LE DERNIER VEILLEUR DU VIEUX CAIRE

Michael David Lukas

LE DERNIER VEILLEUR DU VIEUX CAIRE

ROMAN

Traduit de l'anglais (États-Unis)
par Jean-Luc Piningre

MERCVRE DE FRANCE

BIBLIOTHÈQUE ÉTRANGÈRE
Collection dirigée par
Marie-Pierre Bay

Titre original :

THE LAST WATCHMAN OF OLD CAIRO

This translation published by arrangement with Spiegel & Grau, an imprint of Random House, a division of Penguin Random House LLC.

Pour Mona,
sa mère,
ses grands-parents
et les générations précédentes

«*Autrefois, quand la tempête nous menaçait,*
nous partions chaque fois nous réfugier ailleurs ;
mais aujourd'hui, grâce à Dieu miséricordieux,
nous avons pu trouver le repos dans cette ville.»

MOÏSE MAÏMONIDE

1

Très, très longtemps avant Moubarak et la révolution, avant el-Sadate et Begin, avant Nasser et le Mouvement des officiers libres, avant le canal de Suez et la crise du même nom, avant Theodor Herzl et Gustave Dreyfus, avant Solomon Schechter et la bibliothèque de l'université de Cambridge, avant Ismaïl Pacha et Méhémet Ali, avant les Anglais, les Français, les Ottomans, les Mamelouks et les Ayyoubides, avant la grande peste et Saladin, avant le grand sage Maïmonide – que son souvenir nous porte bonheur –, commence donc notre récit, sous le règne d'al-Mustansir, quand Le Caire se composait de deux villes et que les juifs n'y étaient qu'une tribu.

C'était la fin de l'été, en l'an quatre mille huit cent de la Création, quatre siècles après la migration de Mahomet à Médine et plus de mille ans après la naissance de Jésus-Christ. En crue quelques jours plus tôt, le Nil avait recouvert le fond plat de la vallée d'un long voile lumineux. Les cigognes se profilaient sur le ciel rouge avant de piquer dans la vase, tandis que, pendant l'appel à la prière, le forgeron martelait le fer et qu'il flottait dans l'air l'odeur du pain au four. Mais une autre odeur se distinguait, ce matin-là, âcre et inhabituelle. Les yeux troubles, encore endormis, les habitants n'auraient su la nommer en mettant le pied dehors. Ils discernèrent cependant le filet de fumée noire, bien net, qui s'élevait au-dessus de la synagogue Ben Ezra.

Une foule se rassembla vite dans la cour de celle-ci : femmes et enfants, teinturiers et souffleurs de verre, apothicaires, changeurs et pêcheurs. La plupart découvraient la synagogue telle qu'on venait de la reconstruire. Avant même d'être achevé et consacré par la prière, le bel édifice était déjà barbouillé de noir. Affreux, oui, et pourtant cela aurait pu être pire. Excepté l'odeur de fumée dans la grande salle, les dégâts se limitaient à un dépôt de suie sous l'échafaudage où le feu s'était déclaré.

Qui était capable d'une telle chose ? Dans la foule, les plus optimistes croyaient à un accident, à un charbon ardent échappé de quelque part, au geste d'une femme maladroite. Pour d'autres, c'était un acte de vandalisme mesquin. Puis il y avait ceux qui considéraient ce méfait comme un sinistre rappel, de très mauvais augure – non qu'il fût besoin de rappeler quoi que ce soit. Qui oublierait jamais le règne de l'horrible al-Hakim ? Qui ne tremblait pas en repensant à ce faux prophète, épris de sa sœur, qui avait rasé près d'une douzaine d'églises et de synagogues, y compris la première Ben Ezra ? Qui effacerait de sa mémoire l'odieux despote qui était allé jusqu'à prohiber la corète, cette plante verte feuillue également dénommée mauve des juifs ? Certes, al-Hakim avait disparu depuis presque vingt ans, et l'actuel calife, al-Mustansir, s'était révélé leur ami, mais on n'était jamais sûr de rien.

La foule s'interrogea encore un moment sur les causes du feu. Pendant ce temps, Ali ibn al-Marwani, qui se tenait aux abords de la cour, attendait le moment adéquat pour intervenir. Tout en palpant nerveusement la manche de sa djellaba, il tentait de se souvenir de ce qu'on lui avait ordonné de dire, et à qui il devait s'adresser. Car en se concentrant sur le chemin à suivre pour se rendre à la synagogue – à droite du vieux palais, puis à gauche de l'église Saint-Serge –, il avait oublié ce qu'il était censé faire, une fois arrivé.

Quelqu'un finit par le remarquer alors que les juifs commençaient à se disperser, et il sentit aussitôt leur attention se reporter sur lui. C'est de lui qu'ils parlaient à présent – un garçon inconnu, âgé de treize ans au plus, vêtu d'une mince robe de coton et de sandales à bon marché. Les murmures, les insinuations échauffèrent les esprits et, bientôt, un cercle se forma autour de lui. L'espace d'un instant, Ali se retrouva seul au milieu de la cour. Alors un jeune homme s'avança et l'empoigna par le col.

— C'est toi qui as fait ça ? lui demanda-t-il en le forçant à regarder le feu éteint.

Ali ouvrit la bouche, mais aucun son ne sortit.

— On dit que l'assassin revient toujours sur les lieux de son crime, continua le jeune homme. En va-t-il de même pour les incendiaires ?

Il s'ensuivit des rumeurs d'approbation et quelques appels étouffés à la vengeance.

— Pourquoi est-il muet ? Pourquoi ne s'est-il pas annoncé ? Que vient-il faire chez nous ?

Le jeune homme s'interrompit et étudia la foule, comme en quête d'une réponse. On entendit seulement quelqu'un s'éclaircir la voix.

— Shemarya le Pieux, annonça-t-on, et tout le monde s'écarta pour laisser passer un vieil homme voûté, à la longue chevelure blanche qui se mêlait à sa barbe.

Arrivé au milieu du cercle, il se tourna vers le garçon, qui tenait toujours Ali par le col.

— Amram, déclara-t-il, n'est-il pas écrit que nous devons juger chacun sous son jour le plus favorable ?

— Oui, père, mais ne…

— Lâche-le ! ordonna Shemarya le Pieux, qui se tourna ensuite vers Ali.

S'il ne souriait pas, la compassion se lisait dans ses yeux.

— Dis-nous ce qui t'amène, mon enfant.

Devant la foule muette, Ali dut fournir un effort pour répondre.

— J'apporte un message d'Abou Saad, déclara-t-il finalement.

Un silence plus profond se fit alors qu'il sortait un billet de la manche de sa djellaba. Abou Saad était le premier conseiller du calife et le principal allié des juifs au palais. Ses missives revêtaient toujours une grande importance et, en cette journée pleine d'incertitudes, ils avaient particulièrement besoin qu'il les rassure.

— Tu n'es pas le messager habituel d'Abou Saad, nota Shemarya. Comment t'appelles-tu, mon enfant ?

— Ali ibn al-Marwani.

— Tu es musulman ?

Ali hocha la tête.

— Quel métier ton père exerce-t-il ?

— Il était porteur d'eau, mais il est mort avant ma naissance. J'habite chez le frère de ma mère, près de Bab Zuwayla.

— Que Dieu protège les orphelins, dit Shemarya, suscitant un murmure clément dans la foule.

Lorsqu'on eut établi le nom, l'occupation, la religion et l'ascendance d'Ali, Shemarya déplia le billet qu'il lut entièrement deux fois. Il ferma les yeux un instant pour réfléchir, puis retira un calame de sa poche, demanda qu'on lui porte de l'encre et rédigea une réponse sur le verso.

— Voilà pour Abou Saad, déclara-t-il en rendant le parchemin à Ali. Il ne faut le donner à personne d'autre. Est-ce bien compris ?

— Oui, répondit Ali, qui inséra le billet dans sa manche.

Shemarya le Pieux conclut leur dialogue par quelques mots à l'égard de la foule. Ils étaient avant tout destinés à son fils Amram :

— Ne nous abaissons pas à porter des accusations sans fondement. Surtout aujourd'hui où tant de travail nous attend.

Pendant que les juifs de Fostat commençaient à gratter la suie noire déposée sur les murs clairs de leur synagogue, Ali se pressa de retourner à al-Qahira porter la réponse du vieil homme. Il se glissa au milieu des bêtes de somme attroupées devant Bab Zuwayla, longea la maison de son oncle, contourna le bazar des chaudronniers, évita les étudiants rassemblés autour d'al-Azhar. Il courut au milieu des charrettes de nourriture, des chameaux, des magiciens, des esclaves, puis il traversa le marché des changeurs et se faufila vers une entrée dérobée du palais d'Abou Saad.

Presque aussi grande que les plus belles mosquées, la résidence de celui-ci comptait parmi les édifices majestueux d'al-Qahira. Ses murs extérieurs étaient décorés de bannières turquoise et de larges frises calligraphiées, si finement gravées que les lettres ressemblaient à des nids de serpents. Plus tôt dans la matinée, l'habituel messager d'Abou Saad – le voisin d'Ali –, malade, avait levé la tête dans son lit pour lui décrire cette entrée secondaire, dotée d'une haute porte en cèdre, dans une petite rue quelconque qui abritait un boucher, un rémouleur et quelques changeurs louches. En approchant de la porte pour la deuxième fois, ce jour-là, Ali reprit son souffle, monta les quelques marches et frappa. Il attendit un instant et frappa de nouveau, plus fort. La porte s'ouvrit sur un colosse, vêtu d'une robe de lin bordée du même turquoise que les bannières, de l'autre côté du bâtiment. Ce garde-là était beaucoup plus imposant que celui du matin, et bien plus laid aussi.

— Que veux-tu ?

— J'ai un message de Shemarya le Pieux pour Abou Saad.

Le garde tendit sa main et Ali recula légèrement.

— Shemarya m'a recommandé de le remettre à Abou Saad en personne, déclara-t-il.

— Pour toi, cela revient au même.

Ali étudia la paume grasse de l'homme et sentit le soleil lui brûler la nuque. Il serra le billet entre ses doigts, une goutte de sueur coula le long de ses vertèbres, et il répéta :

— Shemarya m'a recommandé de le remettre à Abou Saad en personne.

Son insistance avait quelque chose d'effronté, mais il avait reçu un ordre et tenait à s'y conformer.

— Abou Saad en personne, grommela le garde.

Un instant plus tard, Ali se tenait à moins d'un mètre d'Abou Saad, le premier conseiller du calife, un petit homme au ventre énorme, qui portait un caftan de soie violette au col brodé de fleurs blanches et turquoise. Il se présenta, emporta le message que lui tendit Ali, puis revint au bout de quelques minutes, muni d'un vélin soigneusement plié.

— Voilà pour Shemarya le Pieux, dit-il, et ceci est pour toi.

Les rejoignant, un serviteur offrit à Ali une coupe en argent, remplie à ras bord d'un liquide rouge foncé.

— Du jus de grenade, expliqua le conseiller en voyant le garçon hésiter. Pour te remercier de ta discrétion et te donner des forces.

Le reste de la journée, Ali fit de nombreux autres allers et retours entre Fostat et al-Qahira. Courant entre les ânes et leurs charrettes, les chiens errants, les détritus, il porta les dizaines de messages que les juifs lui demandèrent de remettre à leurs coreligionnaires, leurs associés et d'autres soutiens qu'ils comptaient dans la cité. Ali se rendit chez des détaillants, des grossistes, des cadis, des prêtres. Il traversa des ruelles puantes, ruisselantes d'eaux usées, se faufila entre les battants de lourds portails, se glissa dans les cours ombragées de luxueuses demeures, s'arrêtant à l'église suspendue, chez les souffleurs de verre, dans les jardins de Kafur et dans les sanctuaires les plus secrets d'al-Azhar pour remettre ses billets. En une journée, il visita plus de quartiers de sa ville natale qu'il n'en avait vus pendant sa vie entière.

Il s'acquitta de sa tâche avec le plus grand soin et la plus grande discrétion. Toujours il se présentait d'emblée, jamais il ne s'attarda nulle part ni ne soutint le regard de personne, et pas une seule fois il ne pensa à lire les messages qu'il transportait. La soirée approchant, alors qu'il revenait à Fostat avec un dernier billet d'Abou Saad, il trébucha sur une racine découverte et se coupa la main en tombant sur un caillou. Il ne s'en aperçut pas tout de suite, mais, lorsqu'il retira de sa manche le vélin du conseiller, il vit qu'un des bords supérieurs était teinté de rouge.

— Je suis navré, murmura-t-il devant Shemarya le Pieux, honteux d'avoir taché l'élégant billet avec son sang.

Effacé dans un coin sombre de la cour, Ali suivit des yeux le vélin qui passait d'un membre à l'autre du conseil de la communauté juive – de Shemarya à ses fils, Amram et Ephraïm, à un marchand d'épices tunisien, dénommé Ibn Kammuna, puis au Dr Mevorakh, le scribe et grand chantre de la synagogue, enfin à al-Zikri, le barbier qui était aussi gardien des lieux. S'attendant à essuyer des reproches, Ali retint son souffle, mais aucun ne prêta attention à la tache de sang. Ils ne s'intéressaient qu'au message lui-même.

Tandis que le conseil délibérait, échangeant à voix basse des propos insistants, Ali se détendit et promena son regard sur la façade reconstruite de la synagogue. Hormis les fins bas-reliefs qui ourlaient le toit, elle avait pour seul ornement extérieur son entrée principale, deux épais battants de bois, décorés d'une vigne enlaçant quatre grands caractères hébraïques, disposés en carré. Absorbé par l'étude de cette mystérieuse écriture, Ali omit de remarquer que le conseil gardait soudain le silence. Il leva les yeux et se rendit compte que ces hommes l'observaient.

— Nous avons une offre à te faire, dit Shemarya.

— Nous avons pensé, poursuivit Ephraïm, qu'il serait bon d'avoir quelqu'un pour veiller, la nuit, sur la synagogue. Nous avons déjà al-Zikri, bien sûr, mais nous ne pouvons pas l'occuper nuit et jour.

— Comme tu t'es montré digne de confiance et d'une parfaite discrétion, déclara Ibn Kammuna, nous aimerions te charger de ce travail. Nous te paierions trois dinars par mois et tu pourrais loger dans l'ancienne salle de classe au fond de la cour.

— J'imagine que cela suffirait à tes besoins, ajouta al-Zikri en désignant d'un geste la petite construction. Avec une nouvelle couche de peinture, elle devrait être tout à fait vivable.

— Merci, dit simplement Ali, ne sachant quoi répondre d'autre.

Trois dinars représentaient plus qu'il ne gagnait en six mois comme porteur d'eau, et la salle de classe était plus grande que la maison de la famille de son oncle, dans laquelle il habitait. Une offre inattendue, généreuse, un vrai coup de veine, cependant Ali avait appris à se méfier du destin et, bien que les juifs l'aient décemment traité, il ne savait rien d'eux et de leurs usages. Il ne voyait aucun inconvénient à leur proposition, mais il n'était pas prêt à l'accepter tout de suite. Naturellement, les juifs de Fostat comprirent qu'il se montre prudent. C'était tout à son honneur, ils s'y étaient attendus et cette réaction ne faisait que confirmer le bien-fondé de la suggestion d'Abou Saad.

— Nous ne te demandons pas de te prononcer maintenant, conclut le Dr Mevorakh. La nuit te portera conseil.

S'ensuivit un murmure approbateur et l'on pria Ali de faire connaître sa décision le lendemain.

Dans le débarras qui lui servait de chambre, Ali veilla tard, ce soir-là, l'œil rivé sur le mur de torchis. Il avait très envie de quitter la maison d'oncle Rachid et de tante Fatima. Certes, il éprouvait de l'affection pour sa cousine Fawzia et il serait toujours l'obligé de ceux qui l'avaient élevé, mais la vie dans cette maison était devenue difficile. Des années plus tôt, un âne errant avait donné un coup de pied à son oncle, qui avait perdu l'usage de sa main droite. Il avait dû renoncer à son métier de forgeron. Depuis lors, la famille vivait de la charité et Ali, tenu de travailler, s'était fait porteur d'eau comme son père. Entre-temps, oncle Rachid avait sombré dans l'amertume. Il passait la plupart de ses journées au café voisin à mâchonner des graines, boire du vin de palme et jouer le peu d'argent qu'il mendiait.

L'offre des juifs semblait être la solution idéale aux problèmes d'Ali, et pourtant il doutait. Pouvait-il vraiment leur faire confiance ? Il ignorait tout de ces gens et, quelle que soit sa décision, comment Rachid allait-il réagir ? En étudiant les ombres de la nuit sur le plafond du débarras, Ali prépara une longue liste de réponses aux questions que lui poserait son oncle. Précaution superflue, en définitive. Lorsqu'il apprit quel salaire on proposait à son neveu, Rachid ne pensa qu'à une chose : celui-ci continuerait-il à aider les parents miséreux qui l'avaient si gentiment recueilli ?

— Compte tenu de tout ce qu'on a fait pour toi, ce n'est pas beaucoup demander, dit-il entre deux bouchées de falafel et de navets marinés.

Ali accepta de reverser à son oncle et à sa tante un dinar chaque mois, dont une partie serait réservée à la dot de sa cousine Fawzia. Cela représentait presque deux fois ce qu'il leur donnait actuellement et il savait que son oncle dépenserait la différence à jouer et à boire. Cependant, Rachid avait raison. Ce n'était pas beaucoup demander, eu égard à ce qu'ils avaient fait pour lui.

— Je n'oublierai jamais votre bienveillance, assura Ali, et l'affaire fut conclue.

Il fit connaître sa décision à Fostat et, l'après-midi suivant, s'en alla.

En disant au revoir depuis sa charrette, tirée par un âne, il avait l'impression d'être un prince quittant son foyer pour participer à une lointaine guerre. C'était pour lui un luxe de se déplacer ainsi. Ses affaires – quelques vêtements de rechange, de quoi se coucher, un panier de nourriture et une vieille théière que sa tante lui avait offerte comme cadeau de départ – auraient largement tenu sur le dos de l'âne, mais au dernier moment il avait choisi la charrette, ce dont il se félicita.

Tandis qu'il suivait la rive droite du Nil au-delà du pont Al-Siba, il s'adossa à sa natte roulée et regarda le soleil de midi illuminer les voiles blanches des bateaux, alignés avant de décharger leur cargaison. Par une aussi belle journée, le monde lui paraissait en ordre. Son seul regret était d'abandonner sa cousine. Rester seule avec ses parents serait pour elle une épreuve et, comme elle n'était pas très jolie, elle ne pouvait compter sur des fiançailles pour améliorer sa situation. Fawzia n'avait que quatorze ans et, déjà, le marieur consultait les veufs et les infirmes. Elle devait donc s'attendre au pire. Ali aurait souhaité lui être utile, partager avec elle la chance qui venait de lui sourire, mais à part grossir sa dot, il ne voyait pas quoi faire. Il entamait à Fostat une nouvelle vie dans laquelle Fawzia n'avait pas sa place.

2

Le paquet est arrivé un mardi au début du mois d'août, un peu moins de trois mois après le décès de mon père. J'avais dû faire la grasse matinée, ce matin-là, car j'ai été réveillé par le grincement de la boîte aux lettres, suivi d'un coup de sonnette. Quand j'ai descendu l'escalier, la factrice était partie. Et là, au milieu de mon paillasson en plastique vert, se trouvait un colis de la taille d'une boîte à chaussures, copieusement recouvert de ruban adhésif et bardé de chaque côté du logo de la Poste égyptienne. Mon nom et mon adresse étaient inscrits sur le dessus, et j'ai aussitôt reconnu l'écriture d'écolier de papa. Quelqu'un d'autre avait ajouté l'adresse de retour, ainsi que la mention « fragile » en anglais et en arabe.

C'était une de ces journées d'été parfaitement ennuyeuses dont Berkeley a le secret. Des nuages ronds masquaient la trajectoire d'un avion dans le ciel, et les deux écureuils qui se coursaient de toit en toit ont finalement disparu dans le feuillage d'un chêne au fond du jardin. Je ne sais combien de temps je suis resté là sur le perron à contempler l'écriture soigneuse de mon père – je l'imaginais penché sur son bureau en train de recopier mon adresse, de rouler en boule des pages de journal, comme il le faisait toujours pour emballer quelque chose. À un moment donné, la sirène d'une ambulance a brisé ma rêverie. J'ai cligné des yeux et me suis ressaisi. Puis j'ai emporté le paquet à l'intérieur et lui ai fait de la place sur la table de la cuisine.

Cela faisait longtemps qu'il était malade – sept ou huit ans, selon le mode de calcul –, mais le coup de fil de ma cousine Aïcha, quelques semaines avant la fin du deuxième trimestre à la fac, m'avait pris au dépourvu. Elle m'apprenait qu'il était hospitalisé et qu'il arrêtait sa chimiothérapie.

Deux semaines plus tard, elle avait rappelé.

— Il s'est éteint dans son sommeil.

La tradition musulmane veut qu'on enterre les morts le plus vite possible. Donc, à moins de prendre un avion l'après-midi même, il m'était impossible de gagner Le Caire à temps pour la cérémonie.

— Il n'y aura pas grand monde, avait-elle commenté, comme pour me rassurer.

En sus de la famille proche, Aïcha comptait sur la présence d'un ou deux employés du négoce de fruits et légumes de l'oncle Hassan, et peut-être de quelques représentants de Ben Ezra. Pour autant que je sache, voilà qui résumait l'existence de mon père : sa famille, son travail et la synagogue dont il avait été le gardien, jeune homme.

— Dis-moi si je peux t'être utile.

— D'accord, avait-elle répondu.

Mais que pouvais-je faire ? Qu'y avait-il à faire ? C'était terminé, non ? Après avoir raccroché, je me suis étendu sur le canapé et j'ai posé un coussin sur ma tête. Une télé était allumée, de l'autre côté de la rue. Le coussin, que j'avais acheté dans une boutique d'occasion, sentait le moisi. Je devais téléphoner à ma mère, bien sûr, mais j'avais besoin d'un moment pour m'habituer à la situation. Papa et moi n'avions jamais été spécialement proches. J'avais bien séjourné quelques étés en Égypte quand j'étais jeune, mais nos relations se réduisaient pratiquement à des coups de téléphone et des cartes de vœux pour les anniversaires. Pourtant il était toujours là, à l'autre bout du monde, à tenir sa place de père. Jusqu'à ce jour.

Je n'avais pas beaucoup d'engagements à respecter, cet été-là – un article pour un séminaire qui demandait quelques petites corrections avant d'être soumis à l'éditeur ; une pile de livres que j'étais censé lire avant des examens préliminaires. Rien que je ne puisse décaler de quelques mois. Et puis les gens étaient de mon côté. On a été vraiment compréhensif à mon égard. Mes amis de Berkeley s'accordaient sur un point : je devais assumer mon chagrin, donner libre cours à mes humeurs.

— Fais ce que tu as à faire, m'a suggéré Steve, mon conseiller pédagogique.

J'ai appliqué son conseil à la lettre.

J'ai passé presque tout le mois de juin au Nouveau-Mexique en compagnie de ma mère et de Bill. Je dormais dans mon ancienne chambre au-dessus du garage. J'ai couru autant que j'ai pu dans les collines derrière la maison. J'ai dévoré deux ou trois romans policiers navajos que Bill aimait lire avant de se coucher. Nous n'avons pas beaucoup parlé de mon père. C'était encore trop frais. Mais un soir, vers la fin de mon séjour, j'étais assis dehors avec maman, qui m'a de nouveau raconté les circonstances de leur rencontre, bien des années auparavant, dans la cour de la synagogue Ben Ezra.

— Je m'en souviens encore, m'a-t-elle dit. Je le revois comme s'il était là.

Il était tard. Nous buvions du thé à l'extrémité de la véranda, d'où nous regardions les orages de chaleur veiner le ciel nocturne d'éclairs étincelants au-dessus du désert.

— Il a toujours été très attentionné, a-t-elle ajouté, avant de me raconter une histoire que je ne connaissais pas : petit garçon, mon père avait pris soin d'un chaton maigrichon qu'il avait nourri et protégé des autres enfants.

— C'était un type bien. Il avait bon cœur.

En levant les yeux, je me suis aperçu qu'elle pleurait, le visage rayé par les reflets argentés de l'abat-jour. J'ai posé ma main sur les siennes et nous sommes restés ainsi un long moment.

Je trouvais toujours étrange de l'entendre parler de cette façon, d'imaginer qu'ils avaient été autrefois unis. Plus jeune, je me les représentais comme de lointaines planètes, situées aux bords opposés de l'univers, mon père musulman et ma mère juive, le vendeur de légumes à la moustache broussailleuse et la prof de français grisonnante, aux lunettes rectangulaires à monture rouge. La plupart du temps, je prétendais qu'ils étaient divorcés, alors qu'ils ne s'étaient jamais mariés. À ce que j'avais compris, leurs relations n'avaient pas duré longtemps. Ils s'étaient rencontrés, enfants, puis ils s'étaient écrit après que la famille de ma mère avait quitté Le Caire à la fin des années 1950. Mon père lui avait rendu visite à Paris à l'automne 1973, juste après la guerre du Kippour, et c'est alors que j'ai été conçu. Ensuite, maman a renoncé à son troisième cycle, s'est installée en Californie et Bill a fait son apparition. Voilà l'histoire telle que je la connaissais. Pourtant, quelque chose dans la voix de maman, ce soir-là – une légère pointe d'émotion –, suggérait que, peut-être, d'autres éléments restaient tapis dans l'ombre. Mais la nature de leurs relations ne me préoccupait pas tant que ça.

Fin juin, j'ai repris l'avion pour Berkeley où le reste de l'été a filé, pendant que je traînais dans les pubs et passais mes soirées devant un barbecue chez les uns et les autres. Je me suis laissé pousser la barbe et j'allais regarder de vieux films étrangers dans un cinéma d'art et d'essai, au coin de la rue. J'ai trop bu, pris des décisions idiotes, lu des magazines sans intérêt, et les cartons de pizza s'empilaient sur le comptoir de la cuisine. Certains jours, je pensais constamment à mon père. D'autres jours, pratiquement pas. Puis, en cassant un œuf sur le bord d'une poêle, je me rappelais le son de sa voix ou sa moustache ourlée sur sa lèvre supérieure.

Apparemment, je n'ai pas traversé les différentes étapes du deuil, cette progression ordonnée entre le déni, la colère, le marchandage, la dépression et l'acceptation. Je dirais plutôt que mes émotions me suivaient comme une meute d'animaux sauvages, qui parfois se prélassaient sur une colline distante et, d'un instant à l'autre, revenaient à la charge.

Pourtant j'avais l'impression sous-jacente, mais persistante, d'attendre quelque chose. D'*espérer* quelque chose, peut-être. Qui manquait forcément. Tout l'été, j'avais espéré un signe de mon père, un dernier conseil, quelques mots, une tentative de réconciliation, une carte d'anniversaire, même tardive, ou un message vocal égaré dans les centraux téléphoniques entre Le Caire et la Californie. Tout l'été, j'avais attendu – jusqu'à ce que, brusquement, un colis se matérialise sur la table de ma cuisine.

J'ai déchiré l'adhésif à l'aide d'une clé et déplié les rabats. À l'intérieur, émergeant d'une couche de pages roulées de journaux égyptiens, se trouvaient un mot de sa main et un vieil étui en cuir rouge, qui aurait pu contenir l'allocution d'un maire ou un prix d'excellence du Rotary club. Le mot était rédigé en anglais, à l'encre bleu foncé, au dos d'un bristol.

Mon cher Joseph,
J'ai pensé que tu voudrais ceci.

Ton père,
AHMED AL-RAQB

Sous la garniture interne de l'étui, en velours noir, un vieux papier aux bords irréguliers était inséré entre deux plaques de verre. D'allure ancienne, pas plus grand qu'une page retirée d'un roman d'aéroport, et moucheté de petits trous qui semblaient fleurir autour des lettres. Le recto était recouvert d'une élégante écriture arabe, penchée, qui avait tendance à s'élever en atteignant la marge. Le verso se réduisait à cinq lignes en hébreu, suivies d'une signature. On aurait dit une lettre, ou peut-être deux lettres, cependant je ne lisais pas assez bien l'arabe pour déchiffrer plus de quelques mots, et l'hébreu aurait aussi bien pu être du grec.

Étudiant l'objet d'un côté, puis de l'autre, j'ai essayé de saisir le sens de ce que m'envoyait mon père et j'ai tout de même éprouvé une légère déception. J'ai senti ma poitrine se serrer en même temps qu'un certain désenchantement, à vrai dire familier, s'emparait de moi. J'aurais dû être content qu'il m'offre quelque chose et je n'avais aucune raison de m'apitoyer sur mon sort. Mais voilà, ce colis, ce bout de papier et son mot si succinct avaient une façon bien à eux de me contrarier. J'avais reçu exactement ce que je désirais, mais je n'avais aucune idée de ce que c'était.

Selon la mince plaque de cuivre collée à l'intérieur de l'étui, le vieux manuscrit qu'il renfermait avait été « Donné à M. Mohammed al-Raqb, ami du savoir et gardien de la synagogue Ben Ezra, par Mmes Margaret Gibson et Agnes Lewis, au mois de février 1897 ». La seule autre information dont je disposais se limitait à une carte de visite, fixée sur le bord opposé de la garniture avec un bout d'adhésif. De couleur crème, l'épais petit carton ne comportait ni titre ni société, mais simplement un nom – Claude Mosseri –, ainsi qu'un numéro de téléphone et une adresse. Ce M. Mosseri avait inscrit quelques mots au verso. « Votre père m'a demandé de vous expédier ceci. C'était un grand ami. Surtout, appelez-moi si jamais vous repassez par Le Caire. »

J'ai supposé que Mohammed al-Raqb était un vague parent, mais je ne savais absolument pas qui étaient Margaret Gibson et Agnes Lewis. Quant à Claude Mosseri, papa l'avait probablement rencontré à la synagogue. Je n'en avais jamais entendu parler, ce qui n'était pas très surprenant. La vie de mon père, surtout avant ma naissance, comportait son lot de mystères.

Mon doigt était resté posé sur la garniture de velours chiné. J'ai de nouveau fouillé le paquet dans l'espoir de découvrir un indice de ce qu'il signifiait, de sa provenance, des raisons pour lesquelles il avait atterri sur la table de ma cuisine. J'ai retiré toutes les feuilles de journal que j'ai défroissées une par une ; déplié les rabats au fond du carton, au cas où ils masqueraient quelque chose ; examiné les surfaces extérieures à la recherche de marques distinctives. Le cachet de la poste indiquait le 14 juin 2000 – environ un mois après le décès de mon père – et ce fut la seule information que j'ai pu glaner. Il n'y avait rien d'autre, ni instruction ni éclaircissement, ni dernière volonté ni testament, seulement cet antique bout de papier, son étui et une lettre d'une phrase.

D'une certaine façon, ce n'était pas étonnant. Après vingt-six ans d'une paternité intermittente, au lointain, voilà les derniers mots qu'il m'adressait. « J'ai pensé que tu voudrais ceci. » N'avait-ce pas toujours été ainsi ? Il m'envoyait quelque chose – une carte postale, un cadeau pour mon anniversaire, un vieux papelard – et à moi d'en percer le sens. J'étais conscient qu'il fournissait un effort, qu'il n'était pas toujours capable de bien s'exprimer par écrit en anglais. Mais aurait-ce été si difficile de rédiger quelques phrases de plus ? Aurait-ce été si dur de m'expliquer pourquoi, parmi toutes les choses qu'il aurait pu m'offrir

– une épingle à cravate, un album de photos ou un chapelet en bois –, il avait choisi cela ?

— Franchement, c'était si difficile que ça ? ai-je demandé à ma mère, plus tard dans l'après-midi, au téléphone.

— Peut-être, oui, a-t-elle répondu, prenant ma question au pied de la lettre. Peut-être ne savait-il pas lui-même ce qu'il faisait.

— Alors pourquoi m'envoyer ce papier ? Pourquoi a-t-il pensé que j'en voudrais ?

J'aurais pu appeler M. Mosseri, ou Aïcha, ou l'oncle Hassan, ou un de mes amis qui étudiait l'hébreu et la littérature arabe. Mais je m'étais d'abord tourné vers elle. Je n'attendais pas qu'elle m'aide à y voir plus clair – elle ne l'a pas fait. Je l'ai appelée car je savais qu'elle comprendrait.

— Il était parfois compliqué, a-t-elle jeté après un court silence. Mais, en général, il avait ses raisons. Et il t'aimait. Beaucoup. Tu n'en doutes pas, Joseph, au moins ?

— Non, je n'en doute pas, ai-je admis et, malgré ma frustration, je disais vrai.

Une fois raccroché, j'ai regardé la carte de M. Mosseri, vérifié quelle heure il était au Caire, et me suis posé la question de savoir qui, à la fac, serait en mesure de traduire les deux textes. Je crois cependant que, au fond de moi, j'avais déjà une idée précise de ce que j'allais faire.

Pendant la plus grande partie de mon enfance, mon père a occupé un secteur de mon imagination réservé aux mythes et aux légendes. Quelque part entre Zeus et le roi Arthur, c'était un demi-dieu, distant et globalement bienveillant, qui régentait le royaume de la poste aérienne et des coups de téléphone. Il m'a offert des statues de pharaons, des presse-papier en forme de pyramide et, pour mon neuvième anniversaire, un véritable scarabée égyptien. Jouer au ballon, me conduire à l'école, me consoler lorsque j'avais raté quelque chose ou un genou éraflé – ces tâches-là, elles aussi paternelles mais plus prosaïques, incombaient à ma mère ou à Bill. Tout bien considéré, ceux-ci ont rempli leur mission. Concrètement, je n'ai manqué de rien à cet âge. Pourtant j'ai toujours ressenti une sorte de rupture, de lacune.

Je suis persuadé que, malgré la distance, mon père a fait de son mieux. Il y a eu les cartes postales et les visites. Les cadeaux d'anniversaire qui arrivaient toujours à temps et, d'aussi loin que je me souvienne, il m'appelait, à cette époque, chaque dimanche soir juste avant que je me couche. Nos conversations suivaient en gros le même cours. Il voulait savoir comment je me débrouillais à l'école et au foot. Parfois, il me répétait une anecdote amusante que lui avait rapportée l'oncle Hassan ou le vendeur de journaux au coin de sa rue. Et, chaque semaine, tandis que je m'allongeais dans mon lit, le combiné en plastique du téléphone coincé entre ma tête et l'oreiller, il me demandait si je voulais qu'il me raconte une histoire.

Il en avait tout un stock, à propos de dragons et de djinns, de trésors enterrés, de pêcheurs et de princes rebelles. Les meilleures, toutefois, provenaient de notre famille, de la longue lignée des hommes al-Raqb qui, pendant près de mille ans, ont gardé la synagogue Ben Ezra. Il y avait celle d'Ahmed al-Raqb, son homonyme, qui avait dû tenir tête à une foule furieuse, persuadée que les juifs étaient immunisés contre la peste noire. Celle d'Ibrahim al-Raqb, qui avait convaincu l'impitoyable sultan mamelouk Baybars d'accepter une amende plutôt que de détruire la synagogue. Et puis, bien sûr, celle d'Ali al-Raqb, le premier et le plus noble des gardiens, grâce au courage duquel notre famille a établi ses lettres de noblesse.

Je m'endormais souvent avant la fin et me réveillais lorsque ma mère venait me souhaiter une bonne nuit. Elle me prenait le téléphone des mains et, pendant que je me rendormais, poursuivait sa conversation avec mon père au salon. Ce furent les seules fois où je l'ai entendue parler arabe, et je me rappelle qu'elle avait une voix très différente dans sa langue natale. Elle ressemblait alors peu à la femme qui, chaque matin, emballait mon déjeuner, m'embrassait au-dessus du front et partait enseigner le français dans une petite université locale.

Voilà ce que fut mon enfance, pendant de nombreuses années. Des anniversaires, des nuits chez des amis, des semaines au ski, et une étagère pleine de trophées en plastique. Puis, un dimanche, vers la fin de ma classe de septième, mon père m'a proposé de passer l'été avec lui en Égypte. Ma mère et lui avaient déjà tout organisé. Je resterais chez lui au Caire pendant deux mois, puis je retournerais à Santa Fe, quelques semaines avant la rentrée des classes.

— Comme tu voudras, m'avait dit maman, le lendemain au petit déjeuner.

L'idée lui plaisait : une chance formidable, j'avais l'occasion de vivre un moment en compagnie de papa.

— Je veux simplement être certaine que tu sois sûr.

— C'est un grand voyage, avait ajouté Bill.

Je ne comprenais pas pourquoi la question se posait. Pourquoi n'aurais-je pas envie de rejoindre mon père, tout un été en Égypte ?

— Oui, je suis sûr, avais-je répondu, levant les yeux pardessus mon bol de Raisin Bran. Sûr d'être sûr.

C'était donc décidé.

Après une visite chez un spécialiste des maladies tropicales, d'autres discussions ont certainement suivi, concernant ce qu'il fallait emporter, et était-ce raisonnable de boire l'eau du robinet là-bas ? Mais je ne m'en souviens pas. Je ne me souviens pas non plus de la route jusqu'à l'aéroport de Los Angeles et je ne sais plus si quelqu'un m'a aidé à changer d'avion à Amsterdam.

En revanche, je me rappelle très bien quand j'ai posé le pied sur le sol, au Caire, tenant d'une main ma petite valise à carreaux rouges et noirs et, de l'autre, un formulaire vierge des douanes. Papa m'attendait juste après le contrôle des arrivées. Appuyé contre un poteau blanc, il portait un vieux veston gris et fumait une cigarette. Sa moustache ressemblait à un petit mammifère aquatique, une loutre ou peut-être un furet. Je l'ai repéré avant qu'il me voie et, pendant un court instant, je suis resté immobile à le regarder fumer. Mon père. J'ai répété le mot plusieurs fois à voix basse, pour vérifier l'effet que ça faisait. Puis je me suis avancé et il m'a aperçu.

— Tu es là, a-t-il dit.

Lorsqu'il s'est penché pour m'embrasser, son odeur forte, orientale – dans laquelle se mêlaient le tabac, l'eau de Cologne et l'acidité de sa sueur – m'a étourdi.

— Bienvenue, mon fils !

Dans le taxi depuis l'aéroport, il s'est animé, m'a ébouriffé les cheveux, parlé dans son anglais haché de nos projets pour l'été. J'ai tenté de lui prêter attention, mais, fatigué par le voyage, j'ai passé la majeure partie du trajet à regarder la ville, les ordures entassées çà et là, les immeubles inachevés à moitié en ruine, les ponts autoroutiers encombrés sur lesquels klaxonnaient une myriade de petits taxis, et les grands panneaux lumineux où s'affichaient en arabe des publicités pour d'étranges marques de lessive et de jus de fruits.

— Nous sommes arrivés, a-t-il annoncé fièrement quand notre véhicule s'est arrêté devant un immense immeuble en béton. Qu'en penses-tu ?

Ce n'était pas ce que j'avais imaginé. Ni cela ni le reste. Mais je ne voulais surtout pas que la déception se lise sur mon visage.

— Chouette, ai-je dit en m'efforçant de sourire. Vraiment super.

La première semaine n'a pas été simple. Il faisait très chaud dans cette ville étrange et polluée, où j'étais coincé avec un père et une famille que je connaissais à peine. J'ai eu des boutons de chaleur et des diarrhées persistantes, aggravés par les remèdes maison de ma tante Basima. Mon père vivait avec la famille de son frère – l'oncle Hassan –, et j'étais obligé de partager une chambre avec Aïcha. Il serait plus exact de dire qu'elle était obligée de la partager avec moi. Quoi qu'il en soit, elle n'a pas fait mystère du désagrément que lui causait mon intrusion.

— Tu as besoin de respirer aussi fort ? m'a-t-elle demandé, le premier soir, alors que nous étions couchés chacun à un bout de la pièce.

Son léger accent britannique ajoutait au mordant de la question.

— Comment ça ?

— Peu importe, a-t-elle répondu avant de marmonner trois mots d'arabe et de couvrir sa tête avec un oreiller.

J'ai dit à ma mère que je souhaitais rentrer plus tôt et elle m'a conseillé d'attendre quelques jours avant de me décider. Comme d'habitude, elle avait raison. La chaleur et la pollution ont fini par paraître normales, je me suis habitué aux microbes, au fait que tout le monde m'appelait « Yusuf » et, au bout d'une semaine, Aïcha et moi étions devenus inséparables.

Le matin, nous traînions le plus souvent dans l'appartement. On regardait de vieux films égyptiens en noir et blanc à la télévision, on lisait *L'Histoire de l'univers en BD* ou on aidait tante Basima à la cuisine. Nous jouions à des jeux de société, nous écrivions des romans d'aventures, basés en Sibérie ou au Sahara.

Et Aïcha m'a appris la version égyptienne d'« action ou vérité », à laquelle nous jouions, tard le soir, quand tout le monde dormait.

J'aimais beaucoup m'amuser avec ma cousine, mais j'appréciais surtout que mon père veuille bien que je l'accompagne dans ses tournées. Après le déjeuner, nous prenions un taxi vers Nasr City, Dokki ou un autre nouveau quartier, où nous remontions la grand-rue à pied pour vanter les produits de l'affaire florissante de l'oncle Hassan. Papa était le roi des représentants et je me délectais de le voir à l'œuvre. Cajoleur, drôle, il fumait ses cigarettes et buvait d'innombrables verres de thé noir sucré. Tandis qu'il plaisantait et flattait ses clients, je m'asseyais tranquillement dans un coin du restaurant ou de la boutique de fruits et légumes, où je lisais des bandes dessinées en pensant au riz au lait que nous mangions ensemble à la fin de chaque journée. De temps en temps, un serveur ou un commerçant m'incluait dans la conversation, et je leur répondais, en arabe, les phrases toutes faites qu'Aïcha m'avait apprises.

— Je ne parle pas bien la langue. Je suis américain d'origine égyptienne. J'aime beaucoup Le Caire.

Cela suffisait généralement à satisfaire leur curiosité. De plus, je ne mentais pas. Les deux premières semaines mises à part, j'ai passé un été formidable. Nous sommes montés à dos de chameau derrière les pyramides, nous avons vu les momies au musée égyptien, nous avons gravi les escaliers jusqu'au sommet de la Tour du Caire, depuis lequel la ville s'étendait autour de nous telle une carte géographique. Mais, de toutes ces journées, une en particulier m'a laissé un souvenir durable, quand papa nous a emmenés, avec l'oncle Hassan et deux cousins, faire une promenade en felouque sur le Nil.

Tout était blanc et bleu, une légère brise soufflait vers l'intérieur des terres et, le long du fleuve, les fenêtres des gratte-ciel reflétaient le soleil. J'étais assis avec mon père à l'arrière du bateau, tandis que Hassan et les cousins maniaient la voile à l'avant. Nous avons navigué pendant environ une heure, puis notre capitaine a jeté l'ancre près de la pointe sud de Zamalek et tout le monde s'est jeté à l'eau en ne gardant que ses sous-vêtements. Les cousins m'ont invité à les imiter, mais mon père a eu beau me rassurer, cette eau-là – grasse, boueuse, couleur café au lait – ne m'inspirait pas confiance. Un fleuve pareil risquait d'abriter des sangsues, des piranhas ou, à tout le moins, ces espèces de petits poissons gluants qui mangent les peaux mortes sur vos pieds.

— Non, merci, leur ai-je répondu en arabe.

Je me suis adossé au rebord de la coque en feignant d'être tout à fait à l'aise.

Après avoir barboté un moment, l'oncle Hassan s'est hissé à bord. Souriant, il a fait semblant d'allumer une cigarette, puis, brusquement, il m'a saisi par le torse et m'a précipité dans le Nil. Le choc m'a coupé le souffle et, quand j'ai refait surface, toussant, crachant, essayant de trouver pied avec mes chaussures et mon jean trempés, les autres se marraient tous. Les cousins ont entonné une chanson de circonstance, sûrement très drôle, et, même si j'étais le dindon de la farce, j'ai essayé de rire avec eux.

Sur le bateau, j'ai retiré mes vêtements mouillés que j'ai mis à sécher. J'ai retenu les larmes de colère qui me montaient aux yeux, car je savais, par expérience, que pleurer ne faisait qu'aggraver les choses. J'étais furieux contre l'oncle Hassan, mais surtout, j'en voulais à mon père de ne pas être intervenu, de ne pas m'avoir protégé, de rire sous cape tandis qu'il me jetait une serviette sur les épaules. À sa décharge, il s'est abstenu de tout commentaire en remarquant que j'étais contrarié. Sans tenter de se justifier, de s'excuser, il s'est simplement assis avec moi à l'arrière de la felouque, et nous avons regardé l'eau marronnasse suivre le courant.

— Nous avons un proverbe, ici, a-t-il fini par dire. Qui boit l'eau du Nil reviendra en Égypte. Qui se baigne dedans n'en repartira pas.

Il s'est penché pour recueillir un peu d'eau dans sa main.

— C'est notre sang, a-t-il poursuivi en la laissant goutter sur mon genou. Il y a presque mille ans que notre famille vit sur les rives de ce fleuve. Le Nil coule dans nos veines.

Il a allumé une cigarette et nous sommes restés silencieux un long moment.

— Nous sommes des guetteurs, a-t-il ajouté en jetant pardessus bord la cigarette qu'il n'avait pas terminée.

Je ne répondais pas et il m'a expliqué une chose.

— Notre nom, al-Raqb, signifie « le vigilant », « celui qui observe ».

— Celui qui observe, ai-je répété, et il a souri.

— C'est aussi le quarante-troisième nom de Dieu.

Il a réfléchi un instant, une main au-dessus des yeux pour se protéger du soleil; puis il m'a posé la même question que tous les dimanches soirs.

— Veux-tu que je te raconte une histoire ?

— Oui.

— Il était une fois un jeune garçon qui s'appelait Ali...

J'avais dû l'entendre une bonne dizaine de fois. Mais, cet après-midi-là – tandis que la brume se dissipait au-dessus de la ville –, elle m'a paru plus proche, plus vraisemblable. Sous la felouque, le fleuve était le même qui traversait Le Caire, mille ans plus tôt, quand Ali al-Raqb avait, le premier, accepté son poste de veilleur. Le même qui inondait la vallée, chaque printemps, depuis des siècles.

— Nous gardons la synagogue, a conclu mon père à la fin de l'histoire. Et nous gardons ses secrets.

— Ses secrets ?

Il s'est approché et, après avoir jeté un coup d'œil derrière lui, il a continué à voix basse afin que personne d'autre sur le bateau ne prête attention à ses paroles.

Dans un coin de la cour, m'a-t-il expliqué, un puits marquait l'endroit où Moïse enfant avait été retiré du Nil. Sous les pavés de l'entrée principale se trouvait une cave pleine de reliques, dont une planche provenant de l'Arche de Noé. Et, caché au grenier, derrière un panneau secret, était conservé le plus grand secret de tous : le rouleau d'Ezra.

Il s'est penché vers moi, si près que je sentais son souffle sur mon visage.

Plus de deux mille ans plus tôt, m'a-t-il révélé, à l'époque des prophètes, vivait un scribe flamboyant, portant le nom d'Ezra, qui s'était attribué la tâche de recopier parfaitement la Torah, sans erreur et sans invention. Il y avait consacré de nombreuses années et, quand il eut fini, il avait présenté son travail au peuple rassemblé devant les murs de Jérusalem. Lorsqu'il avait déroulé son parchemin, la communauté entière s'était levée, car les fidèles savaient tous qu'il s'agissait de la vraie parole de Dieu. C'était le livre suprême, la parfaite reproduction du verbe divin, et il en émanait un charme capable de guérir les malades, d'éclairer les indécis ou de réveiller les esprits des morts.

— C'est vrai ? ai-je demandé. Tu l'as vu ?

Papa a allumé une autre cigarette et son regard s'est perdu dans l'eau, comme si elle allait lui apporter le reste de l'histoire.

— Cela suffira pour aujourd'hui, a-t-il fini par dire, et j'ai compris qu'il ne fallait pas insister.

Durant le voyage du retour, tandis que nous voguions vers le pont du 26-Juillet, je suis resté près de lui à l'arrière, à observer le fleuve, à méditer sur le glorieux passé de notre famille, sur le manuscrit d'Ezra et les générations de gardiens qui l'avaient conservé.

Pendant une grande partie de mon enfance, j'ai traîné mon nom de famille – al-Raqb – comme un fardeau. Je détestais les questions qu'il suscitait, les railleries, les adultes bien intentionnés qui se demandaient d'où pouvait provenir un nom pareil. Je redoutais le moment où – cela ne ratait jamais – un professeur remplaçant levait la tête par-dessus le cahier d'appel, en s'excusant par avance de l'estropier. En lui-même, il était étrange : le « a » minuscule au début, le trait d'union au milieu et cette double consonne imprononçable à la fin. En classe de neuvième, après un incident particulièrement embarrassant avec un nouvel instituteur, j'avais mené campagne assez longuement pour adopter celui de ma mère – Shemarya – ou celui de Bill – Levy. Mais lors de cet après-midi sur le Nil, je n'en aurais changé pour rien au monde.

J'étais un guetteur, me suis-je dit. De ceux qui observent.

Papa et moi avons souvent évoqué la possibilité d'une nouvelle visite. Mais pour différentes raisons – l'argent, les colonies de vacances, des emplois du temps qui ne concordaient pas –, nous n'avons jamais pu l'organiser. Au fil des ans, Le Caire s'est éloigné de mon imagination. J'ai quitté le collège pour entrer au lycée. Les jeux vidéo, les poils pubiens, les poussées de croissance ont été remplacés par les entraînements de cross, les tests de prépa à l'université et les mauvais poèmes que j'écrivais. J'ai commencé la fac, j'ai fait mon coming out, je me suis attaché à un groupe d'étudiants des beaux-arts et, sans beaucoup penser à l'avenir, j'ai décidé de me spécialiser en littérature anglaise. Je me suis mis à porter de longues écharpes de laine, de gros pull-overs et un caban beige que j'ai acheté dans une friperie de Somerville. Au lieu de m'incruster à la bibliothèque avec mes amis, j'ai lu mes ouvrages au programme – *Mrs Dalloway*, John

Donne, *L'Homme invisible* – dans un café humide près de Commonwealth Avenue, en essayant de ne pas trop me trahir quand je jetais un coup d'œil par-dessus mon livre et que je remarquais le barista ou le type assis à l'autre bout de la salle.

Tout allait comme sur des roulettes. Puis, un dimanche soir vers la fin de ma première année, j'ai reçu un coup de fil d'Aïcha, qui m'a appris que mon père était malade et que je devrais penser à lui rendre visite.

— Je peux lui parler ? ai-je demandé, en levant un doigt à l'intention de mes amis pour leur indiquer que j'en avais sans doute pour un moment.

— Il ne veut pas qu'on t'informe, m'a-t-elle dit. Mais tu devrais venir. Ça lui ferait du bien de te voir.

Maman et Bill ont proposé de me payer l'avion, et la revue littéraire qui m'avait offert un stage, cet été-là, a accepté que je commence avec quelques semaines de retard. Huit ans plus tard, grandi de trente centimètres, je suis donc retourné au Caire. L'adolescent dégingandé, hypersensible, était devenu un étudiant un rien hirsute, content et relativement sûr de lui, ouvert à toutes sortes de possibles.

Entre-temps, mon père avait perdu des forces. Tante Basima m'a rapporté le diagnostic des médecins, mais je n'avais pas besoin de sa numération sanguine pour comprendre qu'il allait mal. Les traits de son visage s'étaient relâchés et sa peau avait l'aspect cireux d'un vieux fromage. La plupart des journées, il n'avait pas l'énergie de sortir. La plus grande partie de mon séjour, je suis donc resté assis sur le canapé avec lui, à regarder de vieux films égyptiens en noir et blanc, pendant qu'il sirotait son thé et comptait les gélules sur son plateau.

— Ne reste pas enfermé tout le temps, m'a-t-il plusieurs fois répété. Sors. Amuse-toi.

Mais je savais qu'il était heureux que je sois là. Et je savais que, un jour, je serais heureux d'avoir vécu ces moments avec lui. Nous avons parlé de mes cours et de mes projets d'avenir. Je lui ai décrit Boston et l'intérêt de mon stage. Nous avons discuté de la situation politique en Égypte et je lui ai expliqué le sens du terme « postcolonialisme ». Il ne voulait pas évoquer sa santé. Quand je lui demandais comment il se sentait, ou si la chimiothérapie lui coupait l'appétit, il fermait les yeux comme si la question en elle-même le chagrinait, et il changeait de sujet.

— C'est toujours le même film, a-t-il jeté, un après-midi, alors que je répétais ma question.

Il m'a dévisagé, puis il s'est de nouveau tourné vers l'écran de la télé, sur lequel un élégant vieil homme en smoking s'adressait à une jeune femme désespérée.

— Toujours le même film, même quand c'est un autre.

D'une certaine façon, j'étais content qu'il ne dise rien de son cancer. J'essayais encore d'y trouver un sens, je tentais de rapprocher l'homme assis sur le canapé et le père qui habitait mon imagination. En outre, je comprenais. Il suffit d'énoncer une chose pour qu'elle devienne réalité. Après quoi, on est obligé de s'en préoccuper.

— Son moral a remonté depuis que tu es là, avait affirmé Aïcha, quelques soirs plus tôt, alors que nous fêtions l'anniversaire d'un de ses amis de fac sur le toit-terrasse du Four Seasons. Ça se voit sur son visage.

À l'autre bout de la table, la discussion venait de passer de Charm el-Cheikh et la plongée sous-marine au job dans le marketing du frère d'un invité, qui travaillait chez Unilever. Une amie d'Aïcha racontait l'histoire de la bonne engagée par sa famille, une réfugiée soudanaise qui avait auparavant logé sur le toit de leur immeuble.

— Je regrette seulement que…

Je n'ai pas fini ma phrase, mais Aïcha savait où je voulais en venir.

— Si cela doit te rassurer, il n'en parle à personne.

J'ai baissé les yeux sur une soucoupe pleine de coques de pistache vides, puis je me suis tourné vers l'extrémité de la terrasse. Les lumières de la ville se fondaient les unes dans les autres comme de lointaines conversations, avec pour seule interruption le ruban noir du Nil.

— C'est toujours plus facile de faire semblant, a ajouté Aïcha en suivant mon regard. Pour tout le monde.

— Oui. Tu dois avoir raison, ai-je reconnu.

Sa remarque était à double sens. Mais je n'ai fait le lien que quelques jours plus tard, alors que nous dînions tous au restaurant préféré de l'oncle Hassan, un libanais chic d'El Mohandessin avec nappes blanches en tissu et serveurs en costume pourpre. Vers la fin du repas – il restait devant nous des assiettes à moitié pleines de houmous, de caviar d'aubergines, de kibbeh[1] et de feuilles de vigne farcies –, mon oncle m'a demandé, dans son anglais pataud d'homme d'affaires, ce que je pensais des jeunes femmes assises à la table voisine.

— Elles ont l'air bien, lui ai-je répondu.

— Elles sont très bien.

— Oui, ai-je admis en rassemblant quelques miettes de pain dans ma main. Elles sont très bien.

Je m'étais confié à Aïcha, quelques mois plus tôt – ma mère et Bill y avaient eu droit juste avant – et je crois que Basima avait eu des doutes à ce propos. Mais je n'avais pas l'intention d'informer mon père ni l'oncle Hassan, du moins pas encore. Je n'étais pas certain de leur réaction et je ne voulais pas effrayer mon père.

Pourtant, c'est exactement ce qui s'est produit.

1. Boulettes de viande hachée et de boulgour.

— Comment? a insisté Hassan, sensible à mon manque d'enthousiasme. Les Égyptiennes ne sont pas assez bien pour toi?

— Il pense trop à ses études, a jeté tante Basima. Il faut t'amuser, Yusuf. Tu es en vacances.

Aïcha a tenté de changer de sujet.

— Ils mettent quoi, là-dedans? a-t-elle demandé en mordant dans une boulette de kibbeh. De la cannelle? De la muscade?

L'oncle Hassan n'allait pas céder aussi facilement. Se penchant beaucoup trop près de moi, il a posé une main sur mon bras.

— Tu es en vacances, a-t-il répété. Si tu veux, Yusuf, j'en connais, des belles filles.

— Je ne veux pas de belles filles, lui ai-je dit en repliant mon bras.

— Alors, qu'est-ce que tu veux?

Il me faisait miroiter la chose comme un appât multicolore. À cet instant, je me trouvais devant un choix. Je pouvais continuer de me cacher, de les protéger, et moi avec. Ou je pouvais tout mettre sur la table en espérant que ça se passe bien. Dans le silence qui a suivi, j'ai bu une gorgée d'eau, posé mon verre, et j'ai regardé Hassan droit dans les yeux. En attente de ma réponse, il a levé les sourcils et j'ai eu un frisson dans le dos.

Le fond du problème n'était pas vraiment de savoir avec qui je couchais. Si je m'affichais avec une petite amie, tout en sortant par ailleurs avec des garçons, il n'y avait pas d'inquiétude à avoir. D'après ce que j'avais compris, c'est ainsi qu'on procédait en Égypte. La transgression résidait en fait dans l'aveu.

— Des garçons. De beaux garçons, ai-je fini par répondre, d'une voix aussi calme que possible.

Mon père, qui avait suivi l'échange sans rien dire, s'est lentement levé en posant les mains à plat sur la table. Il a jeté à son frère un regard dégoûté, s'est retourné et, en vacillant légèrement à cause des rayons qu'il avait subis dans la semaine, il s'est dirigé vers les toilettes.

Revenant s'asseoir un instant plus tard, il s'est essuyé la bouche à l'aide d'une serviette. Il n'a rien dit et tout le monde s'est tu. Après avoir mangé nos desserts, nous sommes retournés à l'appartement. À l'avant de la voiture, papa et l'oncle Hassan gardaient le silence, tandis que Basima rabâchait l'histoire de sa grand-tante, qui avait épousé un Libanais et vécu à Beyrouth plus de quarante ans, avant de trouver la mort lors d'un attentat à la voiture piégée. La bombe était destinée à un chef de l'OLP qui achetait ses croissants chaque matin à la boulangerie en bas de chez elle.

— Mon père peut être un vrai connard quand il s'y met, m'a confié Aïcha, une fois tout le monde couché.

Elle a donné un coup de pied sur un des montants de son bureau.

— Tu es sûr que ça va ?

— Oui, ai-je répondu en étudiant ma main. Je crois.

J'avais des picotements au bout des doigts et peut-être le souffle plus court que d'habitude. À part ça, ça allait. On ne m'avait pas réprouvé. Personne n'avait cassé d'assiette ni prononcé de discours exaspéré. Je n'avais pas eu droit à une condamnation publique. Mais, le lendemain matin, quand je me suis assis près de mon père, un mur de briques se dressait entre nous, au milieu du canapé. Nous avons observé, la semaine suivante, un silence tendu. Je suis sorti plusieurs fois avec Aïcha et ses copains, j'ai acheté quelques babioles pour touristes à Khan al-Khalili[1]. Puis j'ai repris mon avion pour Boston et j'ai commencé mon stage.

1. Le grand souk du Caire.

Environ quinze jours plus tard, tante Basima m'a téléphoné pour me tenir au courant de la santé de papa.

— Il t'embrasse, a-t-elle dit à la fin.

— Il est là ? Je peux lui parler ?

— Il dort, a-t-elle répondu un peu trop vite. Mais il voulait que je t'embrasse de sa part.

Tout l'été, chaque fois que je me suis entretenu avec Aïcha ou avec Basima, j'ai suggéré qu'on me le passe et, chaque fois, il dormait, il était trop fatigué ou pas d'humeur. Il m'embrassait. Demandait de mes nouvelles. Mais prendre le téléphone, non. Selon Aïcha, il avait besoin d'un peu de temps et j'ai réussi à me convaincre que tout s'arrangerait. Un jour, il m'appellerait et les choses reprendraient leur cours habituel. Évidemment, Aïcha se trompait. Les choses ne reprennent jamais leur cours habituel.

Lorsque, la dernière semaine d'août, il a finalement trouvé la force de me parler, nous avons tenu des propos boiteux, guindés, comme deux anciens colocataires de l'université que la vie aurait éloignés. Nous avons commenté le temps qu'il faisait, l'actualité, les affaires de l'oncle Hassan, la cuisine de Basima. Il m'a interrogé à propos de mon stage et je lui ai appris qu'une de mes nouvelles, ressortie d'une pile de manuscrits refusés, serait peut-être malgré tout publiée par la revue.

— Qu'est-ce que ça raconte ?

J'ai tenté de lui résumer l'histoire, mais je me suis enferré dans les fils narratifs.

— Ça a l'air intéressant.

C'est alors que – notant son intérêt poli, son souffle légèrement saccadé – j'ai compris : je ne pouvais pas espérer mieux.

Non que la situation se soit aggravée. Pendant ma première année de fac, il a eu une période de rémission, et nous avons pris de nouvelles habitudes. Une ou deux fois par mois, on s'appelait le dimanche matin. Si elles manquaient de profondeur, nos conversations avaient tout de même quelque chose de chaleureux. Je lui ai parlé du cours d'arabe que je suivais, du troisième cycle auquel je pensais et, quand j'ai été admis, des avantages et des inconvénients des différents cursus. Nous discutions de politique, de littérature, de football et de la famille, quoique de façon superficielle, en écartant tout sujet susceptible de nuire à l'équilibre de nos relations. Pendant sept ans, nous n'avons jamais évoqué ma vie personnelle, mes liaisons, mes ruptures. C'est à peine si j'ai mentionné quelques amis. Je ne lui ai jamais demandé comment il se sentait, ni quels effets produisait son traitement. Je ne lui ai jamais demandé ce qu'il avait pensé, ce fameux soir, au restaurant libanais d'El Mohandessin. Je ne lui ai pas demandé dans quelles circonstances il avait quitté la synagogue et rencontré ma mère. Je ne lui ai pas posé de questions à propos d'Ali al-Raqb et du rouleau d'Ezra. Et je ne lui ai plus jamais demandé de me raconter une autre histoire.

3

Agnes Lewis et Margaret Gibson arrivèrent au Caire par le train express d'Alexandrie, censé relier les deux villes en deux heures et quart. C'est du moins ce qu'indiquait l'horaire des chemins de fer. En fait d'express, c'était plutôt un tortillard. Lorsqu'il entra en gare – il avait été ralenti par des vents violents, des inondations, une erreur d'aiguillage et une vache en goguette, ruminant au milieu des voies –, le soleil déclinait déjà. Selon la montre de gousset d'Agnes, il était dix-neuf heures vingt-cinq, ce qui représentait plus de trois heures de retard.

En soi, ces aléas n'auraient rien eu de spécialement irritant. Mais les jumelles voyageaient depuis six jours d'affilée, sans repos ni sanitaires convenables, et elles étaient toutes deux d'humeur revêche. Quinze ans plus tôt, toute l'aventure – la traversée de la Manche, puis de la France en train, puis le trajet en bateau depuis Marseille – les aurait peut-être amusées. Quinze ans plus tôt, elles auraient peut-être toléré les puces, l'humidité, le mal de mer et ses équivalents. Elles les auraient peut-être oubliés en découvrant brusquement les dimensions imposantes de la citadelle. Mais quinze ans avaient passé et nous entamions le premier mois de l'an de grâce 1897. Les sœurs, qui avaient fêté leur cinquante-quatrième anniversaire quelques semaines auparavant, ressentaient durement le poids des années. Quoi qu'il arrive, qu'elles trouvent ou pas leurs précieux manuscrits, ce voyage serait probablement leur dernier en Égypte.

Agnes descendit la première, suivie par Margaret, qui se plaça près de sa sœur. À les voir ainsi, de loin, côte à côte, on n'aurait su les différencier : deux femmes très distinguées, trapues, emmitouflées dans leurs fourrures, avec un regard perçant et des cheveux fins, brun-gris, à peine relevés en chignon. Un examen prolongé aurait révélé un grain de beauté sur le visage de Margaret, la démarche un peu raide d'Agnes, et différentes nuances de vert dans leurs yeux respectifs. Mais, pratiquement, elles étaient la réplique exacte l'une de l'autre : deux respectables veuves britanniques, nimbées d'une auréole de rigorisme protestant.

Insensibles au tumulte régnant sur le quai, elles remarquèrent la structure métallique de la nouvelle verrière et s'attardèrent sur les vains cliquetis du panneau des arrivées. Des pachas aux turbans verts se frayaient un chemin entre des débardeurs à moitié nus et des fellahs poussiéreux, chargés de grands sacs de coton. Deux ou trois femmes voilées de noir, ourlant les bords de la foule, se faufilèrent au milieu d'un troupeau de touristes anglais qui, à coup sûr, se dirigeaient lentement vers l'hôtel Shepheard, puis un déjeuner au Gezira Club, avant une promenade sur le Nil à bord d'un Steam Packet. Avançant légèrement le menton, Agnes indiqua à sa sœur un vieux porteur nubien qui fumait une cigarette près d'un kiosque à journaux, et les deux femmes longèrent le quai vers lui.

— Veuillez nous pardonner, monsieur, dit Margaret dans son arabe le plus musical. Nous avons dix malles dans l'express qui vient d'arriver d'Alexandrie, toutes marquées aux noms de Lewis et de Gibson, et nous vous serions particulièrement reconnaissantes de bien vouloir les porter jusqu'à la voiture qui nous attend devant la gare.

L'homme hésita, le temps de les étudier attentivement, puis il écrasa le bout sa cigarette sur la semelle de sa sandale et partit récupérer leurs bagages.

— Leur contenu est fragile, ajouta Agnes dans son dos, ce qu'il ne parut pas entendre.

Quand leurs malles furent chargées dans la voiture et qu'elles eurent payé le porteur, le cocher emprunta la rue Clot Bey en direction de l'hôtel d'Angleterre. À la demande de Margaret, il choisit le chemin le plus long, par le jardin de l'Ezbekiyya.

— Cela fait un petit détour, dit-elle, anticipant d'éventuelles objections de sa sœur, mais c'est tellement plus agréable. Tu ne trouves pas ?

— Si, répondit Agnes, je suis bien de ton avis.

Car rien ne valait une promenade dans ce jardin au crépuscule. L'ombre des hauts palmiers, l'air chaud de la soirée, le crissement des roues en bois sur le gravier, tout leur rappelait leur enthousiasme de jeunes filles, lorsqu'elles étaient venues pour la première fois au Caire, bien des années plus tôt. Sous les lueurs vacillantes des réverbères à gaz, la vieille ville semblait se réduire à ses contours, une fantaisie de minarets collés sur un fond obscur. Puis l'hôtel apparut tel un énorme gâteau rose, entre une haie et la fronde gracieusement inclinée d'un palmier.

Ce n'était pas leur premier séjour à l'hôtel d'Angleterre, dont le décor avait considérablement changé, ces dernières années. On avait tendu dans le hall d'épais rideaux bleu canard, et quelqu'un avait jugé bon d'orner la grande salle de tableaux typiquement égyptiens, comme pour suggérer que le Nil, les pyramides, le mont Sinaï et les colosses d'Abou Simbel vous attendaient derrière les murs. Tandis qu'elles suivaient le groom, les sœurs jetèrent un coup d'œil aux voyageurs d'un groupe touristique, blottis devant l'immense cheminée, qui buvaient des liqueurs et s'extasiaient sur la qualité des parfums vendus à Khan al-Khalili.

Margaret leur offrit un rapide sourire, presque assez avenant pour engager une conversation – mais presque seulement.

— Votre chambre, mesdames, dit le groom lorsqu'ils arrivèrent à l'étage.

Agnes franchit le seuil de la 327 et se pencha pour mieux voir.

— Votre chambre, insista le garçon en tendant le bras pour les inviter à entrer.

Les sœurs échangèrent un regard et Agnes recula dans le couloir.

— Ce n'est malheureusement pas la nôtre, expliqua-t-elle en arabe. Nous avions demandé une chambre orientée au nord, dotée de deux grands lits et d'une salle de bains. Celle-ci est exposée au sud et, si je ne me trompe, elle est privée de salle de bains.

Le garçon se tourna vers Margaret, qui hocha la tête.

— Un instant, je vous prie, les pria-t-il en anglais, le doigt levé, avant de redescendre à la réception.

Il réapparut un instant plus tard, accompagné du concierge, un gros homme qui ressemblait à un fruit tropical trop mûr et vaguement talé. Sur le palier de la chambre 327, il s'essuya le front avec un mouchoir et jeta un coup d'œil à l'intérieur.

— La chambre ne convient pas à ces dames ?

— Elle est très convenable, répondit Agnes. Malheureusement, ce n'est pas la nôtre.

Elle répéta qu'elles avaient réservé une chambre orientée au nord, dotée de deux grands lits et d'une salle de bains. L'homme suçota sa moustache en regardant ses doigts danser sur son chapelet.

— Je peux vous en proposer une autre, au même étage, très spacieuse, exposée au nord, avec deux grands lits.

La 322 se trouvait en face dans le couloir. De fait, elle était bien plus spacieuse que la 327. Les fenêtres donnaient au nord, les lits étaient plus grands, et la salle de bains, dotée d'une baignoire à pieds en serre d'aigle.

— Naturellement, dit le concierge, constatant que cette autre chambre leur donnait satisfaction, elle vous reviendra un peu plus cher.

— Naturellement, admit Margaret, qui posa une main sur le bras de sa sœur.

Voyageant fréquemment au Proche-Orient, bien souvent sans un homme pour les défendre, Agnes et Margaret avaient, au fil des ans, appris à repérer les escrocs et à négocier avec un aplomb qui n'aurait pas choqué les plus pingres des marchands de Khan al-Khalili. Non qu'elles eussent besoin d'argent. Leur cher père leur avait laissé de quoi vivre largement jusqu'à la fin de leurs jours, et même au-delà. Mais les jumelles mettaient un point d'honneur à ne pas dilapider leurs avoirs. En outre, chaque livre économisée était une livre de plus à donner aux bonnes œuvres. En réalité, ce concierge obséquieux essayait de détourner des fonds destinés à secourir les orphelins de guerre, à sauvegarder des manuscrits anciens et à créer un nouveau synode presbytérien à Cambridge.

— Nous serons ravies de payer le prix convenu, le mois dernier, poursuivit Margaret, qui retira de son sac à main une lettre du propriétaire de l'hôtel, qui détaillait précisément les termes de leur réservation. Sept piastres par nuit, me semble-t-il.

— Oui, dit le gros homme sans même regarder la lettre. Sept piastres, sans les taxes et les pourboires.

Lorsqu'on eut monté leurs malles et que toute personne, associée de près ou de loin à leur transport, eut reçu un bakchich, Agnes s'allongea pendant que Margaret s'assurait que les bagages étaient arrivés en bon état. Les deux jumelles se déplaçaient avec une dizaine de malles. Quatre étaient pleines de robes, jupons, fourrures, chaussures, chapeaux et autres vêtements nécessaires à un voyage qui les mènerait de la salle à manger de l'hôtel Shepheard aux coins les plus reculés du désert du Sinaï. Deux autres étaient bourrées de dictionnaires, bibles, lexiques, récits de voyage et divers ouvrages indispensables à l'authentification des manuscrits anciens. Une malle contenait tous les médicaments et les denrées que les sœurs ne seraient pas en mesure de se procurer au Caire. Une autre comprenait leur trépied, deux cents plaques photographiques et l'appareil de photographie lui-même, un Fallowfield pliable demi-plaque. Une encore renfermait les réactifs chimiques et le matériel d'entretien et de conservation dont elles auraient besoin, lors de leur expédition à Sainte-Catherine. Dans la dernière, enfin, elles avaient inclus les fournitures que Mme Schechter leur avait demandé d'apporter à son mari : un respirateur avec des pièces de rechange, de la quinine et une grosse loupe.

Une fois sûre que l'ensemble était intact, Margaret sortit leur échiquier d'une des deux malles-bibliothèques, qu'elle plaça sur un guéridon. Elle avait presque fini de disposer les pièces lorsque le groom frappa et glissa un mot sous leur porte.

— Une lettre ? demanda Agnes, qui leva la tête par-dessus son oreiller pour voir ce que sa sœur venait de ramasser.

— Du Dr Schechter, précisa Margaret.

Les jumelles s'étaient rendues au Caire pour l'aider à mettre la main sur une variété de pièces rares, pour l'ensemble inconnues des savants, actuellement conservées au grenier d'une synagogue de la vieille ville. Elles avaient eu l'intention de gagner l'Égypte avec lui, mais, au dernier moment, elles avaient été retenues à Cambridge par une affaire urgente, concernant la création du synode presbytérien. Tout le monde avait pensé qu'il vaudrait mieux que Schechter les précède, afin d'obtenir les autorisations nécessaires auprès de la communauté juive. Compte tenu des difficultés d'acheminement et de la déliquescence des services postaux égyptiens, elles n'avaient pas reçu de ses nouvelles depuis près d'un mois, et elles étaient impatientes d'en avoir.

— Veux-tu me la lire ? demanda Agnes.

Margaret jeta un coup d'œil à la lettre, griffonnée à la hâte. Schechter avait une écriture large et ronde. Elle s'assit au bord du lit et commença la lecture à haute voix.

Après les salutations d'usage, il leur souhaitait la bienvenue, s'inquiétait des conditions de leur voyage et supposait qu'elles seraient enchantées par les progrès accomplis auprès du rabbin Ben Simon. Il avait hâte d'évoquer ces points-là en détail si, comme il l'espérait, elles voulaient bien se joindre à lui et à Mlle de Witt, le lendemain soir au dîner.

— On peut imaginer que Ben Simon est le grand rabbin du Caire, commenta Agnes quand sa sœur eut fini. Mais qui diable est cette Mlle de Witt ?

— Aucune idée. Cela étant, Schechter n'a pas perdu son temps, apparemment.

— Pas étonnant.

— Certes pas.

Agnes et Margaret connaissaient le professeur depuis des années. Ils fréquentaient les mêmes milieux à Cambridge et se voyaient régulièrement chez le Dr Taylor. En sus d'un intérêt commun pour les études bibliques, un lien tacite les unissait : l'amère conviction que, nonobstant leurs nombreux succès académiques, ils seraient toujours relégués à l'extérieur du premier cercle de Taylor, et n'intégreraient jamais le corps enseignant de l'université en tant que membres permanents – Schechter à cause de sa foi, les jumelles à cause de leur sexe. Une telle conviction aurait pu les amener à se rapprocher davantage ; c'est le contraire qui s'était produit. Les sœurs conviaient parfois Schechter et son épouse à prendre le thé – en même temps que d'autres connaissances –, mais leurs relations n'avaient pas dépassé le stade des amabilités, malgré les rancœurs partagées. Du moins jusqu'à récemment.

Un après-midi au printemps dernier, Agnes et Margaret l'avaient invité à étudier une pile de documents qu'elles avaient rapportés d'un précédent séjour en Égypte. En les étudiant rapidement, elles avaient remarqué de nombreux manuscrits intéressants, notamment un livre de prières du XVe siècle, et ce qui ressemblait à des séries d'incantations anciennes. Quand elles lui avaient fait part de leurs découvertes, quelques jours plus tôt chez Taylor, Schechter s'était montré assez enthousiaste. En revanche, lorsqu'il s'était rendu compte *de visu*, il n'avait pas semblé convaincu. Il avait feuilleté ce fatras de vieilles lettres et d'actes de commerce en souriant poliment, s'interrompant ici ou là pour lire un passage à haute voix. Son regard ne s'était réellement attardé sur rien, jusqu'à ce que, au bas de la pile, il tombât sur une page, apparemment quelconque, d'un très ancien codex hébreu. Après l'avoir contemplée trois bonnes minutes, il avait demandé à l'emporter chez lui afin de mieux l'examiner. À son retour, plus tard dans l'après-midi, Schechter était dans un état qu'un seul mot pouvait décrire : hystérique. Cette page, avait-il dit après s'être enfin calmé, semblait être un fragment de la version initiale en hébreu de L'Ecclésiastique.

Les sœurs avaient échangé un regard.

— Initiale ? En hébreu ?

— Je crois bien, avait-il affirmé.

Les conséquences étaient considérables. Si l'authenticité du fragment était démontrée, on disposerait d'un extrait du livre original de L'Ecclésiastique, susceptible de confirmer la théorie de Schechter, selon laquelle il avait au départ été rédigé en hébreu. Mais une chose l'enthousiasmait plus encore : la possibilité d'accéder à quantité d'autres pièces du même type, là où les jumelles l'avaient déniché. Le bon état du fragment, sa taille, le type de parchemin utilisé, tout cela poussait le savant à penser que cet extrait, selon ses propres mots, n'était qu'un pétale dans un vaste champ de fleurs sauvages. Sans succès, Schechter avait tenté d'expliquer – il avait peine à boire son thé, tant ses mains tremblaient – qu'il était interdit aux juifs de jeter tout livre de prière, toute copie de la Torah, tout document comportant le nom de Dieu. Pour la plupart, les fidèles enterraient ceux-ci dans une section réservée du cimetière. Certains, cependant, préféraient rassembler ces textes dans un grenier ou une pièce particulière, appelée la gueniza, jusqu'à ce qu'ils soient en mesure de s'en défaire conformément à l'usage.

Ses propos semblaient peut-être incohérents, mais l'enthousiasme de Schechter était, lui, facile à comprendre. Quelque part, dans le vieux Caire, se trouvait une synagogue dont le grenier débordait de manuscrits anciens qui n'avaient pas vu la lumière du jour depuis des siècles. Si l'on arrivait à les acquérir et à les rapporter à Cambridge, ces documents figureraient parmi les découvertes les plus prodigieuses des vingt années précédentes. Eu égard à la liturgie, à la linguistique et aux études bibliques, les retombées seraient incalculables. Mais il fallait agir vite. Si Agnes et Margaret avaient pu se procurer cet extrait auprès d'un simple marchand de manuscrits, alors d'autres étaient aussi capables de le faire. Quelqu'un qui avait accès à la synagogue – un membre de la communauté juive, ou peut-être un de ses employés – vendait déjà des pièces au marché noir. Sans intervention rapide de leur part, cette mine serait pillée en un rien de temps, et tout son or dispersé aux quatre vents.

Agnes et Margaret avaient également tout lieu de croire que la synagogue recélait un trésor plus précieux encore : le rouleau d'Ezra. De fait, ce matin même, dans l'express qui les menait d'Alexandrie au Caire, Margaret était tombée sur un passage d'un récit de voyage du XVIIe siècle, lequel rapportait que « l'Arche* de la synagogue Ben Ezra contient, dans un recoin, une copie de la loi mosaïque, écrite de la main même d'Ezra le Scribe, de sainte mémoire ». En lisant ces mots, elle avait poussé un petit cri de joie et les avait montrés à sa sœur, qui avait réagi comme elle. Rien que de penser à ce texte – une parfaite reproduction des Écritures hébraïques, réalisée quelques milliers d'années auparavant par le prophète Ezra – avait de quoi vous donner la chair de poule. S'il existait vraiment, si elles l'exhumaient et réussissaient à le rapporter en Angleterre, les conséquences seraient innombrables. L'idée en soi était trop savoureuse pour être contemplée. Manuscrit de référence de l'Ancien Testament, incontestable, exempt de toute erreur ou variation, le rouleau d'Ezra serait considéré comme la plus grande découverte archéologique du siècle, sinon du millénaire. Leurs noms – Agnes Lewis et Margaret Gibson – resteraient dans l'histoire pendant des décennies et, plus important encore, le manuscrit permettrait de restituer la parole véritable de Dieu, puisqu'il était l'exemplaire le plus parfait, irrécusable, de la Bible hébraïque, dénué d'altérations et d'interprétations ultérieures.

Dans la chambre 322 de l'hôtel d'Angleterre, les deux sœurs fatiguées, légèrement irritables, avaient les membres endoloris au terme d'un voyage de presque une semaine. Certes, elles avaient hâte d'entamer leurs recherches, mais l'épuisement prit le pas sur le reste.

— As-tu faim ? s'enquit Agnes.

Margaret fit signe que non.

— Pas particulièrement.

*Voir le glossaire en fin de volume pour les mots ou formules accompagnés d'un astérisque.

— Alors rien ne nous empêche de profiter d'un bon sommeil réparateur.

— Tout de suite.

Après leur gymnastique du soir, elles se lavèrent et enfilèrent leurs chemises de nuit.

— Cela t'embête, Meggie ? demanda Agnes en se couchant sur le ventre.

— Bien sûr que non, Nestor.

Margaret retira de la malle réservée aux médicaments et aux denrées alimentaires un petit pot contenant un onguent spécial qui, s'il dégageait une forte odeur d'opium et de piment, contribuait grandement à soulager les rhumatismes de sa sœur. Elle recueillit un peu de pâte sur ses paumes, déboutonna la chemise d'Agnes et commença à l'appliquer sur son dos nu.

Les jumelles étaient livrées à elles-mêmes depuis déjà longtemps. James Gibson, l'époux bien-aimé de Margaret, était décédé après seulement trois années de mariage, et Agnes avait perdu son cher Samuel moins de cinq ans plus tard. Jamais elles n'auraient imaginé mener cette vie-là – sans mari, sans enfants, sans occupations domestiques –, mais c'était une vie bien remplie, dédiée au savoir et au bien commun. La certitude que leurs époux auraient été fiers de leurs accomplissements les consolait quelque peu. Elles avaient leurs bonnes œuvres, aidaient l'Église, écrivaient au *Times*, et, lorsqu'elles n'écumaient pas le Proche-Orient à la recherche de manuscrits anciens, susceptibles de les éclairer sur leur foi, elles passaient la plupart de leurs journées, tranquilles et satisfaites, à lire ou à étudier la grammaire arabe au salon. Comme toute association, la leur était le fruit de la négociation, un arrangement soigneusement structuré de faveurs et d'humeurs. Elles se trouvaient parfois en désaccord, naturellement, mais pour l'essentiel les deux sœurs s'entendaient remarquablement. Chacune connaissait les pensées de l'autre aussi intimement que les siennes.

À cet instant précis – Agnes étant allongée sur le ventre, tandis que Margaret lui massait le dos –, elles pensaient, comme souvent, à leur père adoré. Bien qu'il fût mort depuis longtemps, elles s'en souvenaient nettement, le revoyaient penché sur son bureau, prêt à leur reprocher un excès d'orgueil ou à louer une traduction bien tournée.

Que seraient-elles devenues sans ses conseils avisés et, parfois, quelques sévères réprimandes ? Il leur avait fait la faveur d'une éducation digne de ce nom, les avait guidées sur le chemin de la foi, leur avait inculqué le goût du travail sérieux. Il avait éveillé leur curiosité aux choses de ce monde, bien au-delà de Glasgow, d'Édimbourg et de Londres. Car, s'il n'était pas favorable à l'instruction des femmes en général, il avait tôt perçu leurs grandes aptitudes et décidé de les former lui-même. Dès l'âge de cinq ans, elles avaient appris le latin et le grec, puis l'hébreu, l'arabe et l'araméen. Six jours par semaine, du petit déjeuner jusqu'au dîner, Agnes et Margaret avaient étudié côte à côte, traduisant avec zèle Cicéron, l'Exode et Avicenne. Le soir à table, les conversations tournaient autour de leurs progrès et de leurs connaissances, et, une fois le couvert débarrassé et la vaisselle lavée, il leur lisait à haute voix des passages de *L'Odyssée* et des *Mille et Une Nuits*. Puis, alors qu'elles s'endormaient, le son de sa voix peuplait leurs rêves de bateaux en bois, de grands palais de marbre, de lampes magiques et d'obscures cavernes débordant de trésors.

Le soir suivant – après une journée agréable, passée à lire, à flâner dans les jardins, à se renseigner auprès de leurs amis du marché aux livres anciens – Agnes et Margaret se rendirent en voiture à l'hôtel du Dr Schechter.

— Je suis si heureux de vous revoir ! s'exclama-t-il en bondissant de son fauteuil, à peine arrivaient-elles dans le hall.

Avec ses cheveux en bataille et sa longue barbe grise, il aurait davantage paru chez lui parmi les moines du mont Sinaï qu'au milieu des touristes affairés à la réception d'un hôtel moderne.

— Quel plaisir, vraiment ! poursuivit-il. Pardonnez-moi de ne pas vous avoir écrit plus tôt. Mais nous sommes en pleine effervescence, ici. J'ai fait de grands progrès avec le rabbin Ben Simon, de grands progrès…

Depuis six mois, Schechter – un homme déjà agité dans son état naturel – était en transe. Il marmonnait tout seul en longeant King's Parade[1], ou en parcourant les rayonnages de la bibliothèque. Pas lavé, échevelé, il avait tout l'air d'un fou. Apparemment, son arrivée au Caire n'avait en rien calmé ses nerfs. Il semblait cependant s'être acheté un costume neuf.

— Nous avons d'épatantes nouvelles à vous annoncer, déclara-t-il. Tout à fait extraordinaires.

— Nous ? releva Agnes en jetant un coup d'œil à la jeune femme, plutôt jolie, assise auprès du savant.

— Mes excuses, dit-il en rougissant légèrement. Permettez-moi de vous présenter Mlle Emily de Witt, du Girton College[2]. Vous ai-je signalé que j'avais emmené une étudiante pour m'aider dans mes transcriptions ?

— Je ne crois pas m'en souvenir, répondit Agnes. Mais c'est tout juste si je me rappelle le nom de mon propre chien.

Contrairement à sa sœur, Margaret sourit.

— Enchantée, mademoiselle de Witt.

1. Une des grandes artères de Cambridge.
2. Collège féminin de l'université de Cambridge.

— Tout le plaisir est pour moi, affirma cette dernière en faisant une courte, quoique fort gracieuse, révérence.

— Les nouvelles sont donc très bonnes, insista Schechter en les conduisant toutes trois à la salle à manger. J'ai beaucoup avancé avec le rabbin Ben Simon.

Cette façon qu'il avait de se référer à leur projet avait quelque chose de contrariant. Depuis plusieurs mois, il s'attribuait la direction de l'expédition, les documents d'Égypte étaient « sa trouvaille », et il avait maintes fois remercié les jumelles pour « leur assistance ». Bien sûr, elles avaient été encensées, quelques années auparavant, lorsqu'elles avaient découvert le *Codex Sinaiticus** au monastère Sainte-Catherine. Agnes avait été invitée à prononcer un discours à la Royal Asiatic Society, et l'article qu'avait écrit Margaret sur leur découverte avait été salué par les journaux du monde entier. Pour beaucoup, la page de L'Ecclésiastique qu'elles avaient montrée à Schechter était d'égale importance. Mais la renommée était en soi secondaire. Tout l'épisode – révéler l'existence du codex, le rapporter en Angleterre, voir leurs noms célébrés – leur avait surtout rappelé ce que répétait leur père : c'est le texte qui compte, pas l'auteur. Le travail, l'érudition ne sont pas censés faire votre gloire. Ils ont pour but d'approfondir vos connaissances, d'éclairer d'anciennes variantes textuelles, de mettre au jour le sens profond d'un palimpseste poussiéreux.

— De grands progrès, répéta le docteur Schechter.

Incapable de se contenir plus longtemps, il se lança dans un compte rendu théâtral de ses activités au Caire. Il avait assisté à une série de réunions avec le grand rabbin et d'autres membres éminents de la communauté juive – un M. Bechor, un M. Mosseri et trois ou quatre autres qui, avec le rabbin Ben Simon, constituaient une sorte de comité informel. Familier des mœurs orientales, il avait passé l'essentiel des deux semaines précédentes à tisser des liens, boire du café, fumer des cigarettes et visiter la ville. Parfois, devait-il admettre, l'ensemble lui avait paru n'être qu'une vaste manœuvre de diversion. Puis, trois jours plus tôt, ses assiduités avaient porté leurs fruits. Le rabbin leur accordait un accès illimité à la gueniza et lui avait laissé entendre qu'il ne s'opposerait pas à ce que l'intégralité de son contenu soit conservée à la bibliothèque de Cambridge.

— Qu'attend-il en échange ? demanda Agnes.

Ayant eu à traiter avec toutes sortes d'Égyptiens – du marchand de chameaux bédouin au patriarche copte –, elle avait peine à croire que Ben Simon céderait tant de documents rares et précieux sans contrepartie.

— Rien, répondit Schechter. Il mesure la valeur didactique de ce qu'elle renferme et j'ai réussi à le convaincre que tous ces documents seraient conservés comme ils le méritent. C'est un homme charmant et très instruit. Vous en conviendrez sûrement quand vous le rencontrerez.

— Certainement, dit Margaret, qui partageait cependant les soupçons de sa sœur.

L'expérience lui avait appris que les individus les plus habiles étaient souvent ceux qui, au départ, ne semblaient pas nourrir d'arrière-pensées.

— J'ai visité la synagogue deux fois, indiqua Schechter, reprenant le fil de la conversation, et, sincèrement, cette gueniza dépasse tout ce que j'aurais pu imaginer.

Une toux l'interrompit tandis que le garçon servait le dîner – bœuf Wellington pour les dames et un plat casher, gracieusement offert par le comité, pour le gentleman. Puis il commença à décrire un vaste capharnaüm de papiers, de livres et de lettres, de toutes parts envahi par la poussière. La plupart des documents – contrats de mariages, actes de commerce, décisions du tribunal religieux – ne présentaient que peu d'intérêt pour l'université, mais il y avait des merveilles à extraire du rebut, de véritables joyaux, stupéfiants à plus d'un titre : une page d'une Haggada de Pessah, datant du XIVe siècle, et la première moitié d'une lettre écrite par le grand poète et érudit Samuel ibn Nagrela.

— Samuel ibn Nagrela, s'étonna Agnes.

Pris d'une nouvelle quinte de toux, Schechter ne lui laissa pas le temps de poser une question au sujet de cette lettre.

— C'est la gueniza, admit-il, terrassé. Je n'ai jamais vu autant de poussière nulle part.

Il continua de tousser jusqu'à ce que Mlle de Witt lui apporte un verre d'eau.

— Nous avons laissé votre respirateur à la réception, annonça Margaret. Si nous avions su, nous l'aurions apporté ici.

Mlle de Witt jeta un coup d'œil au savant, d'un air soucieux qui suggérait une excessive familiarité.

— Mme Schechter nous a confié d'autres affaires pour vous.

— Merci, dit le professeur qui, se ressaisissant, en revint à la gueniza. Toute cette crasse vous donne moins l'impression d'être un lettré qu'une femme de ménage en train de nettoyer le grenier de l'Histoire.

— Nous ne demandons qu'à vous assister de la manière qui vous conviendra le mieux, assura Margaret. Comme vous le savez, ma sœur et moi sommes rompues aux tâches ménagères et notre arabe n'est pas si mauvais.

— Il est même très bon, commenta le savant, insensible à la litote. D'abord, il nous faut obtenir la permission officielle de vider la gueniza. Le rabbin a fourni un accord de principe, mais ces choses prennent du temps.

— Si vous pensez que c'est envisageable, nous serions absolument ravies de visiter la synagogue.

Les jumelles étaient impatientes de se rendre compte par elles-mêmes. Elles avaient, après tout, parcouru la moitié du globe pour cela. Maintenant qu'il leur avait décrit la gueniza et son contenu, elles n'avaient plus qu'un seul désir : poursuivre leur mission dans les meilleurs délais, protéger les lieux et éviter que ses inestimables trésors soient offerts à la vente.

— Évidemment, convint Schechter.

Un instant silencieux, il se tapota un côté du crâne, tel un écolier en butte à une récitation difficile.

— Le problème est que M. Bechor nous invite tous, demain, à visiter la ville avec lui. C'est un membre important du comité. Peut-être pourrions-nous aller à la synagogue l'après-midi suivant ?

Si elles avaient hâte de se mettre au travail et ne voyaient aucun intérêt à parcourir une ville qu'elles avaient visitée une bonne dizaine de fois, les jumelles savaient qu'elles ne pouvaient refuser cette invitation d'un membre éminent de la communauté juive. À regret, elles acceptèrent donc de retrouver celui-ci et Schechter, le lendemain matin, dans le hall de leur hôtel.

Le dessert terminé, elles souhaitèrent une bonne soirée au professeur, à Mlle de Witt, et choisirent une voiture découverte pour regagner l'hôtel d'Angleterre. Dans la nuit froide, les étoiles brillaient tels d'incandescents grains de sable.

— Elle est assez jolie, jeta Margaret après quelques minutes de silence.

— Ce n'est pas la personne que j'imaginais quand Schechter nous a annoncé qu'il emmenait un assistant.

— Peut-être sait-elle un peu d'hébreu ?

— Je doute qu'elle sache quoi que ce soit, à part user de ses charmes.

Une pointe de méchanceté que Margaret laissa s'émousser avant de reprendre la parole.

— Et le rabbin Ben Simon, que veut-il, à ton avis ?

— De l'argent, répondit Agnes en jouant avec le siège mal

fixé à côté d'elle. C'est le plus souvent ce qu'ils veulent, n'est-ce pas ?

— Neuf fois sur dix.

— Ou alors un appui politique, pour le préserver des caprices d'Abbas II.

— Peut-être se fiche-t-il complètement de la gueniza ? Peut-être considère-t-il qu'elle ne contient que des détritus et que nous sommes bien bêtes de nous y intéresser ?

— Ou, au contraire, il est très conscient de ce qu'elle vaut et il estime que son contenu sera mieux conservé à Cambridge.

— Auquel cas il voit juste.

— Tout cela n'importe guère, non ? Tant qu'il est disposé à nous fournir les autorisations.

— Et vite, ajouta Margaret.

— Aussi vite que possible.

Elles se turent pendant le reste du trajet, pensant au grand rabbin et à M. Bechor, au précieux manuscrit d'Ezra, à Schechter et sa fâcheuse tendance à croire les gens sur parole. Comme dit le proverbe, un tien vaut mieux que deux tu l'auras. Avoir accès à la gueniza était une bonne chose, mais il restait beaucoup de travail à accomplir. Les jumelles étaient maintenant sûres qu'on écumait ses richesses. Quelqu'un les écoulait au compte-gouttes, et qui que cela fût – un membre du comité, le gardien de la synagogue, Ben Simon lui-même, voire le premier venu –, elles ne seraient pas tranquilles tant que leur trésor ne serait pas à l'abri. Sans cette précaution, la gueniza serait pillée, et l'une des plus grandes découvertes du siècle vendue en petits morceaux sur les étals du marché aux livres anciens. Des milliers de documents, sans doute inestimables, seraient disséminés dans les cabinets de curiosité de touristes complaisants, incapables de distinguer le syriaque de l'araméen.

4

Le travail du veilleur de nuit était relativement simple. Six fois par nuit, expliqua al-Zikri, Ali ferait le tour entier de la synagogue. Trois autres fois, il inspecterait la cour, les bains rituels et la salle de prière, ainsi que la galerie des femmes et le débarras au grenier. Entre chaque ronde, il devait s'asseoir devant l'entrée principale où l'on avait placé un brasero. Le conseil lui avait également fourni un tabouret en bois, et une couverture qu'al-Zikri le dissuada d'utiliser.

— On s'endort trop facilement quand on a chaud.

Ali acquiesça à voix basse.

— Bien, entrons que je te montre le reste, poursuivit al-Zikri en lui posant une main sur l'épaule.

À l'intérieur, éclairé par les lueurs tremblotantes d'une dizaine de lampes, les tapis de prière étaient tous orientés vers une chaire en bois. Intrigué par cet endroit mystérieux, Ali ne savait ni où se diriger ni quand baisser le ton. Il suivit al-Zikri autour de la salle de prière, attentif aux explications qu'il lui donnait à propos des différents éléments architecturaux. Au-dessus de la galerie des femmes, la lune qui filtrait à travers les fenêtres éclairait des moucharabiehs, en bois également, dont les bas-reliefs narraient l'histoire de Noé, de Joseph et de Moïse. C'était un soulagement pour Ali que le nom de ces prophètes bien connus orne les murs de la synagogue.

— Nous lisons les mêmes histoires, remarqua-t-il.

Al-Zikri sourit.

— Les mêmes histoires, oui. Et nous avons le même dieu, pourrais-tu dire, sauf qu'il porte un autre nom.

Ali hocha la tête sans vraiment comprendre. Les juifs priaient-ils le même dieu que lui ? Si c'était le cas, quelle différence y avait-il entre un musulman et un juif?

Un peu plus loin, al-Zikri s'arrêta devant une grande armoire, couronnée d'une lampe ornementale.

— C'est l'Arche, déclara-t-il, où l'on entrepose le Sefer Torah*.

Ali étudia les portes de l'Arche, les motifs géométriques, très particuliers, autour de celles-ci, et les quelques lettres lumineuses, en nacre, incrustées au milieu dans le bois. Il répéta :

— Le Sefer Torah.

— Notre livre saint. Notre Coran à nous.

— Puis-je le voir ?

— Il faut parfois un an pour arriver au bout, dit al-Zikri, éludant la question. Et, lorsqu'il est trop usé, nous l'enterrons dans une partie réservée du cimetière.

Après être passés devant l'Arche, les deux hommes descendirent aux bains, puis remontèrent vers la galerie des femmes, un étroit balcon surplombant la chaire. Tout au fond de la galerie, sous le toit, le plafond comportait une ouverture carrée. La poignée de sa lanterne entre les dents, al-Zikri grimpa le long de l'échelle qui menait au-dessus et fit signe à Ali de le suivre.

— Tu n'as besoin de venir ici que trois fois dans la nuit, annonça-t-il. Mais il est très important que tu y penses.

Bien qu'elle fût vide, excepté quelques piles de vieux papiers, il se dégageait de cette pièce une sorte de sens caché. Pris d'un étrange fourmillement au bout des doigts, Ali pensa à demander à quoi elle servait, quels étaient ces papiers, mais, avant qu'une question sorte de sa bouche, al-Zikri faisait demi-tour.

— Si tu entends ici quoi que ce soit de suspect, si tu as le moindre doute, n'hésite pas à me réveiller, dit-il.

— Entendu.

Après quoi, Ali entama sa première nuit de garde en tant que veilleur officiel de la synagogue. Accroupi sous la voûte de l'entrée principale, il commença par scruter consciencieusement la cour froide et déserte, avec, pour seuls compagnons, les grenouilles qui coassaient au loin, l'œil pénétrant de la lune et un chat qui rôdait furtivement près d'un mur, du côté nord. Peu habitué aux rythmes de la nuit, Ali n'eut bientôt plus aucun moyen d'estimer l'heure qu'il était. Il jeta de petits cailloux vers le puits qui marquait l'endroit où la fille du pharaon avait sorti Moïse de l'eau, fredonna un air de musique, étudia la flamme mobile de sa lanterne jusqu'à ce que sa vue se trouble. Il semblait s'être écoulé un temps raisonnable lorsqu'il se releva et remit ses sandales. En faisant scrupuleusement le tour de la cour, il leva sa lanterne bien haut pour regarder derrière le tronc des palmiers dattiers et examiner les coins sombres autour du puits. Il repéra les endroits où lui-même aurait pensé à se cacher et les éclaira. Puis il inspecta l'intérieur de la synagogue, les bains souterrains aux eaux troubles, et la galerie des femmes.

Il se rendit finalement à la gueniza. Sa lanterne éclairait à peine l'ouverture dans le plafond. Le reste de la mansarde était plongé dans le noir et il y faisait encore chaud au milieu de la nuit. Comme tout à l'heure, Ali ressentit cette curieuse tension dans l'air, ce bizarre fourmillement qui se prolongeait jusqu'au bout de ses doigts. Avançant prudemment, il éclaira les quatre angles. Les piles de papiers se parèrent de mornes clartés. Il crut reconnaître la dernière lettre d'Abou Saad au conseil, dont la partie supérieure était tachée de son propre sang. Mais, avant de pouvoir s'en assurer, il entendit comme un frémissement quelque part.

Ali retint son souffle, parfaitement immobile, et tendit l'oreille. Comme le bruit persistait, il traversa la gueniza dans sa direction, longeant la cloison jusqu'à ce que l'inclinaison du toit l'empêche de se tenir debout. Trois fois il examina le fond de la pièce à l'aide de sa lanterne avant de découvrir l'origine du frémissement. Cachée dans les combles, au niveau de son nez, se trouvait une portée de chatons, tous du même gris clair. Ali refit le tour des murs à la recherche de la mère, mais celle-ci avait disparu. Il considéra un instant la situation, puis retira sa djellaba pour composer une sorte de panier, dans lequel il plaça les petits chats et les emporta dans son nouveau logis. Ce dernier était bien assez grand pour lui et ces compagnons inattendus. Dans un coin de la pièce principale, près de sa couche, il improvisa une litière avec les restes d'une vieille couverture et donna aux chatons du pain rassis, préalablement trempé dans l'eau. Cela terminé, il reprit ses rondes.

Il en fit encore cinq, cette nuit-là. Bien qu'il fût épuisé, le froid et l'excitation le gardèrent éveillé tandis que les étoiles roulaient dans le noir profond du ciel. Et quand les tout premiers rayons du jour se faufilèrent entre les frondes des palmiers, al-Zikri vint prendre sa relève. Il lui demanda comment les choses s'étaient passées, et Ali répondit qu'il n'avait rien à signaler. Il ne se souvint des chats qu'en les entendant miauler dans leur litière, près de son lit, mais il était déjà couché, ravi de profiter de cette chance qu'on lui avait accordée, et, peu à peu, il se laissa glisser dans un lourd sommeil, le sommeil bien mérité des travailleurs.

Au fil des semaines, Ali s'habitua à sa vie à Fostat, au monde des juifs, à l'inversion de ses jours et de ses nuits. Ses horaires ne le gênaient pas. Il appréciait sa solitude, propice à la contemplation. Il veillait sur la synagogue pendant que la ville dormait et il était heureux de fermer l'œil au lever du soleil. La plupart du temps, il était réveillé, peu après midi, par les enfants qui jouaient dans la rue. Alors il se lavait, priait, versait l'eau chaude dans la théière, se réchauffait une assiette de foul[1] ou les restes du dîner de la veille. Puis il donnait à manger aux chatons et partait faire sa promenade quotidienne à Fostat. En passant par le quartier majoritairement copte autour de la vieille forteresse romaine, il achetait parfois quelques légumes au marché et du pain à la boulangerie qu'al-Zikri lui avait recommandée. S'il était particulièrement en fonds, il se restaurait chez un des vendeurs de rue, massés à l'entrée du marché aux fruits – leurs marmites dégageaient l'odeur forte et piquante du *mloukhiya*, à base de corète, ou celle d'un bœuf aux légumes.

Lorsqu'il avait terminé ses courses, il rentrait en général par une petite rue dans laquelle on comptait de nombreux tisserands et couturiers. Après les fabricants de tentes, les tailleurs, les brodeurs, se trouvait le petit magasin de tissus d'Ephraïm ibn Shemarya, qui, pour des raisons oubliées, était devenu le lieu de réunion de quelques membres éminents de la synagogue. Ils formaient une sorte d'assemblée secrète, de conseil officieux. Ali était tombé par hasard sur la boutique alors qu'il cherchait un raccourci pour revenir du marché, et Ephraïm avait insisté pour lui offrir un thé.

Au cours des semaines suivantes, Ali composa un itinéraire plus rapide, pourtant il s'aperçut qu'il retournait fréquemment au magasin, où il s'asseyait devant un verre de thé fort et sucré,

1. Plat de fèves.

pendant que les hommes échangeaient des nouvelles du quartier, de Fostat, d'al-Qahira et du monde entier. Parfois, l'un d'eux lui posait une question, mais, d'ordinaire, il se contentait de les écouter.

Avec le temps, il finit par mieux comprendre la communauté qui l'employait. Tout de même, beaucoup d'aspects de la vie des juifs continuaient de lui échapper. Il savait qu'ils étalaient leurs prières dans le courant de la journée, et les voyait souvent s'interrompre pour prononcer un vœu, devant un thé ou un morceau de pain. Mais il n'avait qu'une vague idée des moments auxquels ils étaient tenus de prier, et pour quelle raison. Il ne saisissait pas bien le sens du Sefer Torah, à quoi servait-il, et pourquoi le conservaient-ils dans cette Arche ? Les questions qu'il posa à propos des bains rituels suscitèrent des rires et des sous-entendus grivois. Le plus déconcertant, toutefois, était cette habitude d'entreposer les vieux papiers dans le débarras sous les combles, à proximité de la galerie des femmes. Ephraïm eut beau lui expliquer qu'un texte comportant le nom de Dieu ne pouvait être jeté aux ordures, Ali se demandait toujours pourquoi ils apportaient ces écrits dans la mansarde, et d'où venait ce chatouillement qu'il ressentait lorsqu'il s'y rendait. Pour l'instant, il valait mieux, pensait-il, s'acquitter correctement de sa tâche, laisser les juifs faire comme les juifs, et garder ses questions pour lui. Il aurait les réponses à celles-ci, et à bien d'autres, suffisamment tôt.

Presque un mois, exactement, après les premières rondes d'Ali, Ben Ezra était entièrement remise à neuf. Après avoir prié aux alentours pendant des mois, les fidèles disposaient enfin d'un endroit à eux, juste à temps pour le nouvel an juif. Une semaine durant, tout le quartier fut occupé par les préparatifs. On cousit des vêtements neufs, on nettoya les chambres d'amis, et il flottait dans l'air une bonne odeur de pain frais. L'extérieur de la synagogue fut encore brossé à grande eau, et les fenêtres lavées au-dessus de la galerie des femmes. On sortit les tapisseries pour les battre, avant de les suspendre à nouveau. L'estrade au centre de la salle de prière fut remplacée par celle qu'Abou Saad venait d'offrir et l'on remplit les réservoirs des lampes à huile. On fit l'honneur au fils aîné d'Ibn Kammuna de lire des extraits du Sefer Torah, et sa lecture devait être suivie d'une des rares exégèses de Shemarya le Pieux.

Le matin du nouvel an, Ali se força à rester éveillé. Assis sur le perron de sa maisonnette, il caressait un de ses petits chats, posé sur ses genoux, en regardant les membres de la synagogue défiler dans la cour, vêtus de leurs plus beaux habits et rayonnants à l'aube d'une nouvelle année prometteuse. Ali les écouta prier et, quand le fils d'Ibn Kammuna psalmodia la Torah, il éprouva un sentiment proche de la fierté. Ali restait en tout point musulman – il s'efforçait de réciter ses prières, cinq fois par jour, croyait de tout son cœur qu'il n'y avait d'autre dieu que Dieu, et que Mahomet était l'ultime sceau des prophètes –, mais il se considérait à présent comme un membre de cette communauté. Lorsqu'on protège une chose, quelle qu'elle soit, elle finit par devenir la vôtre.

Après l'office, les fidèles se dispersèrent dans la cour. Les hommes commentaient l'excellente exégèse de Shemarya le Pieux, tandis que les femmes s'occupaient des enfants. Ali regardait un de ses chatons jouer près du puits, lorsqu'un poignet mince et nu surgit pour lui gratter la tête entre les oreilles. Apparemment, ce poignet appartenait à une jeune fille guère plus âgée qu'Ali, et, à en juger par la coupe fine de son manteau, son père devait être un riche marchand. Pubère et bientôt nubile, elle restait bien à sa place devant le puits, répondant de temps à autre au salut d'une dame ou grondant gentiment un garçon turbulent. Ali ne l'avait jamais croisée, il en était certain. Comment aurait-il pu oublier sa bouche et la courbure gracieuse de son front ? Son visage lui était cependant familier.

Il était indécent de l'observer, ce qu'il savait, pourtant il ne parvenait pas à se détourner. Il allait se lever – pour s'arracher à la tentation – lorsqu'elle pivota légèrement sur elle-même et le regarda dans les yeux. Lorsqu'il s'en souviendrait plus tard, il reverrait son nez, les arcs parfaits de ses deux sourcils, mais pas la couleur de ses iris. Tourbillonnant dans sa mémoire, ils passeraient du vert au bleu et au brun clair, tels les reflets du soleil dansant sur l'eau. Ce qu'il se rappela, en revanche, et très distinctement, était que le destin venait de parler, avec la force d'un éclair qui s'abat sur la terre. Et quand la jeune fille, avec une grimace, reporta son attention sur le chaton, ce fut comme si elle tranchait le nerf qui reliait les yeux d'Ali à son cœur.

Ce soir-là, il fit de son mieux pour rester concentré. Il prépara du thé très fort et redoubla d'attention pendant ses rondes, s'arrêtant souvent, l'oreille tendue, pour écouter les bruits de la nuit et éclairer des pierres trop petites pour même cacher un chat. Il dut cependant puiser dans ses ressources pour ne pas penser à sa bien-aimée, la jeune fille qui, quelques heures plus tôt, avait embelli de sa présence la cour qu'il était chargé de surveiller.

Ali savait très bien que le fils bâtard d'un porteur d'eau musulman ne pourrait jamais épouser une riche et belle jeune juive. Il le savait, mais son cœur débordait. La probabilité était infime et, pourtant, il s'obstinait à croire qu'elle avait eu la même sensation que lui, que leurs regards, lorsqu'ils s'étaient croisés, avaient également signifié quelque chose pour elle. Toute la semaine, il étouffa sous la pression de son propre désir. Il aurait eu envie d'en parler à quelqu'un, mais se doutait qu'un tel aveu ne lui apporterait rien de bon. Alors il garda ses pensées pour lui, en se rappelant cent fois le prophète Mahomet, qui avait dit sagement : « Celui qui est amoureux, le cache et demeure chaste, est un martyr. » Ces mots le consolèrent, car le prophète avait dû lui-même comprendre ce qu'il éprouvait. Plus rassurant était le fait que, dans moins de dix jours, sa bien-aimée serait de retour pour célébrer le Grand Pardon.

Quand arriva ce jour tant attendu, Ali s'assit sur son perron et regarda les juifs qui, le matin, affluèrent vers la synagogue. Il suivit de loin le déroulement de la journée, reconnaissant certaines prières, maintenant familières. Le soir, quand retentit le son strident, lugubre et chevrotant de la corne de bélier, il eut l'impression qu'elle résonnait dans ses entrailles. Enfin, les portes de la synagogue s'ouvrirent et la cour se remplit de sobres robes blanches, aux coutures argentées qui brillaient sous la lune. Ali respira profondément, répéta à voix basse les mots du prophète en serrant si fort un caillou dans sa main qu'il se coupa.

Il ne l'aperçut pas tout de suite. Mais elle apparut soudain, à moins de dix pas, aussi belle que le jour du nouvel an. Cette fois, sa bien-aimée garda obstinément la tête baissée. Elle dut comprendre qu'il la dévisageait. Comment n'aurait-elle pas senti la brûlure de son désir ? Ali avait envie de crier, d'agiter les bras au-dessus de sa tête et de proclamer son amour à toute l'assistance. Il réussit heureusement à se contrôler.

Toute la soirée, elle l'ignora. Puis, tandis que la foule commençait à se disperser, une mèche de ses cheveux s'échappa de son voile. Lorsqu'elle leva la main pour la remettre en place, elle jeta un coup d'œil vers Ali et croisa son regard. Ses yeux avaient la couleur du miel. Cela ne dura qu'une seconde, mais suffisamment longtemps pour conforter les plus folles espérances du jeune homme. Elle se souvenait. Pourquoi, sinon, se serait-elle volontairement tournée vers lui ? Et, si elle se souvenait, c'est qu'elle avait pensé à lui. Ali lâcha le caillou qu'il tenait dans sa main et ferma les yeux. Quand il s'autorisa à les rouvrir, il vit qu'elle parlait avec Amram ibn Shemarya. Il supposa, un instant, qu'on les avait récemment fiancés, mais la vérité était plus cruelle encore. Lorsqu'elle quitta la cour avec Amram et le reste de la famille, Ali comprit que sa bien-aimée n'était autre que la plus jolie et la plus jeune fille de Shemarya le Pieux.

Dans la confusion des semaines suivantes, Ali poursuivit ses rondes, se rendit comme d'habitude au marché aux légumes, et prit le thé à la boutique d'Ephraïm. S'il s'efforçait de garder une vie ordonnée, il avait le plus grand mal à maîtriser ses pensées et, pendant ses heures de sommeil, il rêvait de la jeune femme – qui attendait près du puits ou se faufilait dans les rues sombres, vêtue d'une chemise de nuit pâle. Ses rêves étaient si réalistes qu'il les croyait vrais, sinon dans ce monde, du moins dans un autre.

Malgré tout, les journées passaient. Le Nil amorçait sa décrue et les jeunes spatules perdaient leurs rayures noires. Quand l'automne fut vraiment arrivé, les juifs commencèrent à préparer Souccot*, la fête des Cabanes. Ali aida al-Zikri à construire une hutte au milieu de la cour, avec du bois de sycomore et de la mousseline. Partout à Fostat et dans le monde entier, expliqua-t-il, les juifs édifiaient de semblables paillotes, dans leurs champs, leurs cours et en plein air, là où ils n'avaient pas l'habitude de résider. Le premier soir de la fête – qui durerait une semaine, avait-il dit –, Ali regarda Ibn Kammuna agiter un rameau de palmier vers les quatre points cardinaux, pendant que le reste du conseil récitait une série de prières. Les hommes firent circuler un grand fruit jaune et partagèrent un repas sous la hutte. Le Dr Mevorakh invita Ali à se joindre à eux, mais il déclina, craignant de les déranger.

Pendant quatre jours, les juifs de Fostat mangèrent et prièrent dans ces habitations provisoires, sans aucun incident à déplorer.

Puis, au matin de la cinquième nuit, Ali se réveilla en entendant al-Zikri et Ibn Kammuna échanger des propos inquiets dans la cour. Lorsqu'il les rejoignit, le premier lui apprit que de nombreuses huttes avaient été saccagées. Celle de Shemarya le Pieux était entièrement démolie, ainsi qu'une autre, devant la synagogue babylonienne.

— Ouvre bien les yeux, recommanda al-Zikri quand Ali le relaya, ce soir-là.

Ali comprit. Lors de sa deuxième ronde, tandis qu'il ressortait de la salle de prière, il aperçut des ombres mouvantes près de l'entrée de la synagogue. Il éteignit sa lanterne et s'accroupit derrière le puits. Au clair de lune, il distingua les silhouettes de trois garçons de son âge environ. Deux d'entre eux étaient munis de bâtons, et le troisième, d'une pierre. Lorsqu'ils étouffèrent leurs rires, Ali sentit la peur lui serrer la gorge. Il serait lâche de se cacher, se dit-il, mais n'était-il pas plus prudent de les laisser faire et de rapporter ensuite à al-Zikri qu'il se trouvait à l'intérieur du bâtiment quand ils avaient accompli leur forfait ? Alors qu'ils se rapprochaient d'une hutte au milieu de la cour, Ali tenta de respirer plus calmement et pensa à sa bien-aimée, qu'il imagina près de lui à cet instant. Que penserait-elle de lui s'il se terrait derrière le puits ?

Sans réfléchir ni se préoccuper des conséquences, il bondit en agitant les bras et en poussant des cris aigus, à la manière d'un fantôme ou d'un djinn. Les garçons se turent un instant, et deux d'entre eux prirent la fuite. Le troisième se figea, se retourna, puis jeta sa pierre sur Ali avant de filer avec les autres. Ali la sentit qui lui éraflait le bras, mais s'aperçut seulement plus tard qu'il saignait, au moment où al-Zikri apparut près de lui.

— Qu'y a-t-il ?

Il éclaira le bras du garçon avec sa lanterne.

— Que s'est-il passé ?

— Je leur ai fait peur, répondit Ali, qui appliqua le bas de sa manche sur l'écorchure. J'ai crié, j'ai sauté, et ils se sont enfuis.

Les jours suivants, nombreux furent ceux qui vinrent le remercier et l'écouter raconter lui-même toute l'histoire. Ibn Kammuna lui remit un paquet de bonbons parfumés à l'eau de rose, le Dr Mevorakh lui donna une boîte d'un excellent thé, mais Ali se réjouit surtout d'avoir la visite d'Ephraïm et d'Amram ibn Shemarya. S'ils ne lui offraient rien qui témoigne de leur gratitude, ils lui apportaient l'assurance que leur jeune sœur avait eu vent de son courage. C'était le plus beau cadeau qu'il pût imaginer.

Quand la fête des Cabanes fut terminée, al-Zikri proposa à Ali de prendre congé jusqu'au lendemain, pour le remercier de ses si bons services. Ali ne se le fit pas dire deux fois. Il ne se demanda pas pourquoi on le libérait cette nuit-là plutôt qu'une autre, ni qui allait garder la synagogue en son absence. C'était un soulagement et il remercia al-Zikri de sa bienveillance. Il profiterait de l'après-midi pour faire une promenade plus longue que d'habitude.

Après ses prières de la mi-journée, il enfila une robe propre et se mit en route. Sans suivre une direction particulière, il flâna dans les rues de Fostat, songeant que, même si la probabilité était infime, il croiserait peut-être sa bien-aimée. Il prit à gauche près du marché des sculpteurs sur bois, rebroussa chemin dans une impasse et déboucha finalement dans un petit passage abrité par un olivier. Il n'avait aucune idée de l'endroit où il était, mais quelque chose d'étincelant dans l'air lui rappelait le quartier des ferronniers, où son oncle Rachid avait travaillé pendant des années.

— Ali.

Il crut, un moment, reconnaître la douce voix de sa belle ; puis il se rappela qu'il ne l'avait jamais entendue parler.

— Ali. Par ici.

Se retournant, il découvrit l'homme qui chuchotait dans son dos, à la porte d'une minuscule boutique. Guère plus grand qu'un enfant, celui-ci ne semblait pas bien vieux, et sa barbe et ses cheveux étaient blancs comme des nuages. Au-dessus de la porte, la pancarte n'indiquait ni son titre ni son métier, seulement son nom : Hasdi el-Sephardi, et un caractère hébraïque entouré d'un cercle.

— Entre, dit-il en s'effaçant devant Ali.

La poussière et le désordre régnaient dans la boutique, de dimensions comparables à la pièce principale qu'occupait Ali dans sa maisonnette. Il remarqua la forte odeur de soufre. Au fond, un meuble bas, en bois, était couvert d'amulettes en argile, de bandes de parchemin, de balances et de fûts de différentes tailles. Une pile de livres encombrait un fauteuil, près de la porte, couronnée d'une petite cage de roseau qui hébergeait, semblait-il, toute une famille de grenouilles. En entrant, Ali eut la même impression que dans la mansarde, en haut de la synagogue, la même sensation de clarté, le même picotement au bout des doigts et des orteils.

— Est-ce… ?

Il s'interrompit sans terminer sa phrase. Il cherchait ses mots et sans doute n'était-il pas bon de poser cette question-là. Ali ne savait pas grand-chose de la magie, quoique bien assez pour faire preuve de prudence. Il avait entendu parler de jeunes femmes, possédées par des djinns, d'enfants emportés vers des terres lointaines, d'hommes égarés dans les vastes déserts de l'esprit. Il ne fallait pas prendre la magie à la légère, car, partout et sous toutes ses formes, elle émanait du nom de Dieu. En permutant l'ordre de certaines lettres, en les recopiant ou en les adaptant à leur guise, les magiciens exploitaient une petite part des pouvoirs divins attribués aux noms.

— Je vois que l'amour te tourmente, dit Hasdi.

— Comment ?

Ali était ébahi que cet homme, à peine l'avait-il rencontré, soit capable de deviner ce qui l'obsédait.

— Qui est-ce ? le pressa le magicien. Comment s'appelle-t-elle ?

En reculant d'un pas, Ali faillit renverser la cage et les livres sur le fauteuil derrière lui. Il ne pouvait pas révéler l'identité de sa bien-aimée. Ne serait-ce que prononcer son nom serait indécent de sa part, et il risquait de perdre sa place de veilleur. Cependant, à l'idée de se confier – même à un inconnu, surtout à un inconnu –, il éprouva une sorte de soulagement qu'il cherchait en vain depuis des mois.

— Il y a quelqu'un, admit-il finalement.

— Ne joue pas au timide, dit Hasdi en riant. Je la connais. Je lis son nom sur ton visage.

Ali se retourna vers les grenouilles qui coassaient doucement dans leur cage près de l'entrée.

— Avec un simple charme, je peux la faire tomber amoureuse de toi.

La gorge serrée, Ali laissa son esprit suivre une voie qu'il avait parcourue bien des fois. Sa belle vivrait auprès de lui dans sa maisonnette et, chaque après-midi, il se réveillerait devant son sourire. Plus que tout, il souhaitait faire de ce rêve une réalité, mais il craignait aussi de porter atteinte à sa bien-aimée.

Quelque temps auparavant, à la boutique de tissus, le Dr Mevorakh avait raconté l'histoire d'une vieille Copte qu'il avait voulu soigner. La première fois qu'il l'avait vue, avait-il dit, elle avait les yeux jaunes et gardait les poings constamment serrés. Ses enfants lui avaient rapporté qu'elle avait de la fièvre et qu'elle tremblait depuis plusieurs jours. Sans savoir de quel mal elle souffrait, Mevorakh avait essayé tous les traitements possibles, jusqu'à ce qu'en ressortant de chez elle il trébuche sur une amulette, couverte de caractères coptes et hébraïques. En réalité, elle était victime d'un mauvais sort qu'on avait jeté à sa voisine.

— Ce sera un charme bénin, expliqua Hasdi, comme s'il lisait dans les pensées d'Ali. Il ne te coûtera rien. J'aime aider les jeunes couples amoureux.

Avant qu'Ali trouve d'autres raisons de refuser, le petit homme alla fouiller sur une étagère, derrière le meuble bas, d'où il sortit un morceau d'étoffe et un tesson de poterie. En marmonnant dans sa barbe, il inscrivit une lettre en hébreu de chaque côté de l'étoffe, avec laquelle il enveloppa le tesson, puis il attacha le tout avec un bout de ficelle.

— Voilà, dit-il en tendant l'objet par-dessus le meuble en bois. Garde ça constamment sur toi. Bientôt, ta belle ne pourra pas te résister, et peut-être d'autres femmes non plus.

— Mais je…

— Si cela ne marche pas, reviens dans une semaine. Je te donnerai quelque chose de plus puissant.

En revenant à la synagogue, Ali sentait dans sa poche les bords pointus du talisman. Il n'avait rien fait de mal, se dit-il. Il était tombé amoureux, il s'était perdu, il avait accepté un présent d'un inconnu. Il avait agi sans malveillance ni préméditation. Ali n'avait pas demandé ni cherché l'amulette. Il l'avait simplement prise, il avait consenti à la porter dans sa poche. Ali savait que de tels actes – calculés ou pas – étaient susceptibles de le mener à des manquements plus graves, mais, pour l'instant du moins, il pouvait dormir sur ses deux oreilles.

Plus tard, le même soir, de curieux marmonnements le réveillèrent. Bien qu'il fût en congé, Ali n'hésita pas à quitter sa couche pour aller voir de quoi il retournait. Il enfila sa djellaba, se munit de sa lanterne et sortit. La cour était déserte, et la porte d'entrée de la synagogue, fermée. Ressemblant à un fruit jaune pâle, suspendu à l'envers au-dessus des palmiers, la lune fournissait le seul éclairage. Ali retint son souffle et tendit l'oreille. Les murmures, lents et rythmés, semblaient provenir de l'allée, derrière la synagogue. Au cours de ses rondes, il n'avait jamais rien remarqué de tel. C'était un fredonnement, constant et presque surnaturel. Ni vraiment un son, ni vraiment une sensation.

Sur le perron de sa maisonnette, il imagina dans quels termes il décrirait plus tard son intervention – l'intrépide veilleur de nuit osant affronter l'inconnu. Les frères Shemarya raconteraient l'histoire à leur jeune sœur. Ali toucha le charme dans sa poche, alluma sa lanterne et traversa la cour.

Depuis le grand portail, il entendit clairement un chantonnement et les pas répétés de quatre, ou peut-être cinq hommes. Ou peut-être, pensa-t-il, n'était-ce pas du tout des hommes ? Il s'arma de courage, serra les poings, respira profondément et ouvrit le portail. À l'autre bout de l'allée, près de l'entrée de la galerie des femmes, se détachaient plusieurs silhouettes, toutes vêtues de robes blanches et coiffées de turbans.

— Halte ! ordonna Ali, d'un ton aussi menaçant que possible. Qui va là ?

Les hommes échangèrent quelques chuchotements, puis l'un d'eux s'avança, les paumes vers le ciel, en signe de paix. Ali leva sa lanterne.

— N'aie crainte, dit l'homme en avançant dans la lumière.

C'était Ephraïm ibn Shemarya.

— Nous fêtons Sim'hat Torah[1], expliqua une silhouette, dont la voix ressemblait à celle du Dr Mevorakh.

1. Fête qui marque la fin du cycle annuel de lecture de la Torah.

— Tu es un bon gardien, ajouta Ephraïm avec un sourire satisfait. Nous n'aurions pas cru que tu nous entendrais.

Hésitant, Ali observa le groupe d'hommes. L'un d'entre eux, en retrait, portait un grand objet lumineux, de taille et de forme analogues à celles du Sefer Torah qu'il avait vu, le jour du nouvel an. Gros comme un sac de farine, il brillait telle une eau mouvante, tel un reflet de lune sur une sphère d'argent.

— Retourne te coucher, mon enfant, conseilla Mevorakh. Tu n'as pas de raison de t'inquiéter.

Ali éteignit sa lanterne et regarda les hommes qui disparurent, l'un après l'autre, dans la synagogue, en fredonnant ensemble leur douce mélodie. Celui qui tenait le grand rouleau referma la porte derrière lui. Revenu dans sa maisonnette, Ali serra fort l'amulette dans sa main en retrouvant le sommeil. Oui, il était un bon gardien. Pourtant, il ne pouvait s'empêcher de penser que, en acceptant ce charme, il avait trahi la communauté qu'il avait pour tâche de protéger.

5

L'été au Caire est un dieu furieux et vengeur. Dès six heures du matin, même avec le ventilateur et la clim réglés au maximum, je sentais la chaleur du jour rentrer par les murs. Le bruit de la circulation montait depuis la rue, et une odeur âcre et explosive de kérosène ou de poubelles incendiées se nichait aux quatre coins de la chambre. Les yeux rivés sur la tache d'humidité au plafond, je suis resté au lit tard, ce matin-là, en essayant de me rendormir, de me détendre dans cet endroit nouveau.

— Ça t'ira parfaitement, avait affirmé Aïcha en me décrivant l'appartement au téléphone.

J'avais déjà idée de ce qu'elle voulait dire. Au deuxième étage d'une vaste et ancienne villa de Garden City, l'appartement avait quelque chose d'une gloire passée, d'une ruine romantique, d'une star de cinéma décatie. Il comprenait deux chambres aux plafonds hauts comme des éléphants, et une salle à manger d'apparat, dotée de portes-fenêtres et d'un lustre en verre dépoli. Il y avait un bidet à la salle de bains, des lambris dans chaque pièce, et un solide balcon de pierre qui donnait sur une rue tranquille, bordée de caroubiers. Voilà où j'ai passé l'essentiel de ma matinée, lors de ce premier matin au Caire – assis sur ce balcon avec mon thé et le paquet de crackers aperçu au fond du réfrigérateur vide –, à regarder le soleil s'élever par-dessus les couches de smog et à trouver étrange de me réveiller là.

Tout s'était enchaîné très vite. Quelques jours après l'arrivée du colis, je revenais de déjeuner avec un ami près du campus et je me suis arrêté devant une agence de voyages de College Avenue. L'idée s'est imposée toute seule, alors que je remarquais un site antique sur une carte postale exposée en vitrine : « Et si je passais le trimestre en Égypte ? » Voilà, comme ça. Sans même réfléchir, m'interroger sur mes motivations ou le prix d'un billet d'avion, au dernier moment, pour l'autre bout de la terre. Je suis entré et j'ai demandé à l'employée de me réserver une place dans un vol pour Le Caire. Je ne savais pas ce que je cherchais, où j'habiterais, comment j'occuperais mes journées, mais j'étais certain de pouvoir arranger ça. Bien que totalement irréfléchie, ma décision était forcément la bonne.

De plus, séjourner un trimestre en Égypte n'avait rien de révolutionnaire. Quand vos amis sont tous des étudiants de troisième cycle, vous vous habituez au va-et-vient de la vie universitaire. Quelques mois aux Archives nationales de l'Inde, un été à apprendre l'espagnol au Guatemala, une année d'enseignement à Rome : au bout d'un moment, on ne fait plus la différence. Les frontières sont poreuses et les corps les franchissent aisément. Il a suffi d'amorcer le mouvement. Dès lors, il devenait presque trop facile d'emballer mon existence dans des cartons et de la laisser derrière moi. Les copains ont pensé que c'était une super idée. Devon me rendrait peut-être visite au retour de sa conférence à Madrid. Et Analise avait un nom pour qualifier ce que je faisais :

— Contrer le chagrin, voilà comment mon psy appelle ça. C'est un stade essentiel du processus.

Même les épineuses questions de logistique ont été résolues sans problème. Mon propriétaire ne s'est pas opposé à ce que je sous-loue mon appart à un étudiant roumain en biochimie, rencontré alors qu'il étudiait les annonces sur le panneau devant la Cité internationale. Aïcha, promis, essayerait de me trouver un pied-à-terre. Et Steve, mon conseiller, s'en fichait complètement.

« Pas mal ! a-t-il répondu au long e-mail que j'avais passé une bonne partie de la matinée à rédiger. Tiens-moi au courant. »

Les journées suivantes, consacrées aux dernières courses avant le départ – acheter des chèques de voyage, remplir une demande de congé exceptionnel à la fac, me faire vacciner contre la typhoïde, la rage et l'hépatite A –, je sentais déjà s'éloigner ma vie à Berkeley. Déjeuner avec des amis, sortir boire des verres, faire encore un jogging dans les collines au-dessus du campus… Tout cela paraissait irréel. Les rangées de bungalows Craftsman aux bardeaux polis par la pluie, leurs petits vitraux, les parterres de tournesols surélevés dans les jardins, les affiches pour Gore et Nader à perte de vue, mes copains, la pile de livres que j'aurais dû lire, mon article à réviser, l'Albatross, Chez Zachary et le petit restaurant thaï en bas de chez moi : la ville entière s'effaçait lentement, ses contours devenaient flous.

Lorsqu'on me demandait ce qui m'attirait au Caire, j'évitais de parler de mon père, du colis ou de M. Mosseri. Je répondais plutôt que je voulais réviser mon arabe, revoir des parents, peut-être réorienter mes recherches. À la fin de la semaine, à force de les répéter, mes explications s'étaient agglomérées pour prendre une forme concrète.

La seule personne à mettre mon projet en cause était ma mère.

— Au Caire ? s'est-elle étonnée. Tu veux vraiment passer un trimestre au Caire ?

— Je crois que ça me fera du bien. Les étapes du deuil, contrer le chagrin, tout ça… Et depuis le temps que j'ai envie de rafraîchir mon arabe !

— Mais tu seras en sécurité, là-bas ? Enfin, il n'y a pas si longtemps qu'ils ont tué tous ces touristes à Louxor.

— Maman, lui ai-je dit, ma voix retrouvant ses gémissements d'ado. Tu sais bien que c'est un fait rarissime.

Bien qu'elle n'y fût pas retournée depuis plus de quarante ans, qu'elle ne manquât jamais de rappeler qu'elle était une *juive* égyptienne, qu'elle eût vécu la majeure partie de son enfance à Paris, elle était née au Caire et, à maints égards, se considérait encore égyptienne. Elle cultivait la corète dans notre jardin, lisait *Al-Ahram* en ligne, n'hésitait pas à faire douze heures de route, deux fois par an, pour se réapprovisionner en épices à Los Angeles. Autant de raisons, croyait-elle, qui l'autorisaient à penser ce qu'elle voulait de Moubarak et des Frères musulmans.

— Je n'ai rien à craindre, ai-je affirmé sans aller plus loin, pour éviter un débat animé sur le terrorisme, la corruption et le déclin de la culture égyptienne.

— Oui, mais…

Elle n'avait pas besoin de terminer sa phrase. Je savais où elle nous menait. C'était toujours la même histoire. À l'âge de dix ans, elle avait été chassée du Caire avec sa famille – ainsi que tous les juifs et tous les étrangers –, expulsée d'une ville dans laquelle ils avaient habité plus d'un millier d'années. Elle avait été obligée de quitter ses amis, son école, la seule patrie qu'elle eût jamais connue. C'est pourquoi chaque discussion à propos de l'Égypte se résumait pour elle à une opposition : eux contre nous. Il était impossible de « leur » faire confiance, quels qu'ils soient. Et que cela soit vrai ou pas, « nous » devions nous serrer les coudes.

Dans le temps, j'aurais peut-être tenté de la contrer un peu, de pointer les failles de son manichéisme. Je lui aurais peut-être fait remarquer que l'identité n'était pas un concept immuable et que, bien qu'elle eût la gentillesse de m'inclure dans son « nous », j'étais également l'un d'« eux ». Mais il était plus simple de changer de sujet.

— J'ai parlé à Steve, hier, lui ai-je annoncé, comptant sur l'intérêt qu'éveillait constamment chez elle la poursuite de mes études. Il ne voit pas d'inconvénient à ce que je passe mes exams à la fin du printemps. C'est même une super idée, selon lui, que j'aille là-bas.

— J'aimerais seulement que tu sois heureux, a dit maman après un long silence, impliquant par là que, malgré l'avis de Steve ou de quiconque, malgré ce que j'espérais y trouver, aller au Caire n'était pas une bonne idée et ne ferait rien pour mon bonheur.

Peut-être avait-elle raison, pensais-je en regardant le matin s'étendre sur Garden City. Peut-être essayais-je d'échapper à mes problèmes. Peut-être m'exposais-je au danger. Peut-être renonçais-je à mes études, à mon diplôme, pour courir après des fantômes qui ne m'apporteraient aucune réponse, du moins pas celles que je souhaitais. Peut-être mon idée était-elle très mauvaise, en définitive.

J'ai posé ma tasse vide près de moi et jeté un coup d'œil au petit téléphone portable bleu que m'avait donné Aïcha. Il était déjà presque sept heures et le quartier se réveillait. Quelques vieux messieurs fumaient la chicha, assis sur des tabourets de bois près d'un kiosque à journaux vert vif et, de l'autre côté de la rue, le moteur au ralenti, deux taxis étriqués noir et blanc attendaient devant un hôtel modeste, le Pharaoh's Palace. Dans un sens, il importait peu que ma mère ait raison, que ma décision soit bonne ou pas. Puisque, de toute façon, j'étais là.

Vers la fin de cette première semaine au Caire, l'agencement de mon quartier m'est apparu plus clairement. Il y avait un petit café au coin de la rue, une école primaire en face de la villa, et une épicerie, au deuxième carrefour, bien approvisionnée en beurre de cacahuète et en Marmite[1] pour les diplomates habitant à proximité. Si l'on marchait trop loin dans une direction ou une autre, on tombait forcément sur le Nil, sur la rue Qasr Al-Ainy, ou sur l'une des quasi-forteresses – l'ambassade des États-Unis, celle du Royaume-Uni, les ministères du Tourisme et du Pétrole – qui séparent Garden City du centre-ville. À ce stade, je m'étais habitué à la chaleur, à la pollution, aux grands hôtels, aux enseignes lumineuses, au vrombissement des taxis grouillant autour de la place Tahrir. L'arabe me revenait peu à peu. Aïcha m'a emmené à un marché de l'occasion, près de la gare Ramsès, où l'on trouvait des meubles et toutes sortes de choses, et j'ai acheté une bouilloire électrique dans un grand magasin clinquant, rue Talaat Harb. Mais j'avais beau me sentir à nouveau chez moi dans cette ville, je n'en savais pas plus au sujet du colis qui m'y avait amené.

Il m'attendait chaque matin, au réveil, sur la table basse. Et, chaque après-midi quand je rentrais à l'appartement – après un saut à l'épicerie, un déjeuner avec Aïcha ou une promenade autour de chez moi, à la recherche d'un distributeur de billets qui accepte ma carte bancaire –, il était toujours là à m'attendre. Parfois, si je n'étais pas trop fatigué, je m'asseyais sur le canapé du salon, dégageais l'étui de son nid de papier journal et j'inclinais le vieux parchemin vers la lumière. Je glissais mon pouce sur le bord du verre en essayant d'imaginer mon père, dans son fauteuil, en train de l'étudier comme moi.

Au départ, ce sont surtout les mots qui m'avaient intéressé. Mais, avec le temps, j'ai davantage prêté attention à la morphologie de l'objet en soi, à la tache rougeâtre estompée en haut de la feuille, à la trame du parchemin, à l'encre marron décolorée. Car tout objet a son histoire ; n'importe quels clé, roche ou morceau

1. Pâte à tartiner salée, consommée en Grande-Bretagne.

de verre prennent un sens à mesure qu'ils parcourent le monde, de la poche à la main, du placard à l'étagère, du grenier à la table de la cuisine. L'histoire était là, quelque part, sous les mots, dans les espaces entre les lettres, dans son cheminement à travers les siècles, de père en fils, et encore de père en fils, jusqu'à ce qu'il me parvienne.

Que signifiait-il, d'où sortait-il, pourquoi mon père me l'avait-il envoyé, ces questions restaient sans réponse. J'avais tenté, six ou sept fois, de joindre M. Mosseri au numéro indiqué sur sa carte de visite, mais, chaque fois, la même voix enregistrée me répétait qu'il n'était plus attribué. J'ai fait des recherches sur Internet, au cybercafé poussiéreux au coin de la rue, où je n'ai trouvé que deux autres Claude Mosseri. L'un vendait des tissus en gros à Paris, l'autre était un banquier enterré au cimetière Bassatine, à l'extérieur du Caire.

Ma famille ne m'a pas beaucoup aidé non plus. Quand je leur ai montré le colis – mon premier dimanche chez eux, après le déjeuner –, tous ont été embarrassés. L'oncle Hassan a pensé que le parchemin venait peut-être du grenier de la synagogue Ben Ezra. Aïcha a essayé de déchiffrer la partie arabe, mais n'a reconnu que quelques expressions isolées, en tout cas pas assez pour obtenir une traduction.

— Je ne crois pas que cela soit de l'arabe, a-t-elle dit avant de passer l'objet à son père, qui s'est penché un instant sur le texte avant de renoncer.

— Et M. Mosseri ? a demandé tante Basima en posant une assiette de baklavas au milieu de la table.

— Oui, a distraitement approuvé Hassan en jetant un coup d'œil à la carte de visite. Un type bien, Mosseri. C'était un grand ami de ton père. Lui saurait te renseigner à propos de ce bout de papier.

— As-tu son numéro ? Celui de la carte n'est plus bon.

— Il est venu à l'enterrement, s'est souvenue Aïcha.

Hochant la tête, mon oncle a ajouté :

— Nous habitions un autre quartier et nous avons grandi avec lui.

Mais ils étaient incapables de me dire comment le contacter.

— Et papa ? ai-je insisté. Il n'a jamais parlé de ce colis ou du parchemin ?

Hassan a fait signe que non.

— Nous étions très proches, ton père et moi. Nous vivions ensemble, nous travaillions ensemble, nous partagions nos repas. Seulement, à propos de la synagogue, il y a des choses qu'il ne pouvait pas me répéter. Je ne suis que le deuxième fils, comprends-tu ? Dans notre famille, l'ordre des naissances détermine tout.

Il s'est massé la nuque et il a desserré le bracelet doré de sa montre.

— Cela étant, je m'en suis plutôt bien sorti.

Vrai. Sans relations ni capital – dans un pays où l'entregent et les pots-de-vin font force de loi –, il avait transformé la petite boutique de son beau-père en empire de la distribution. Sa société fournissait des tomates, des concombres, des aubergines à pratiquement tous les hôpitaux et toutes les écoles de la ville. Sa Mercedes était neuve et il avait envoyé sa fille étudier dans les meilleurs établissements. Malgré tout cela, rappelait-il, il était toujours le cadet et, chez les al-Raqb, c'est l'aîné qui comptait. Le premier-né était le veilleur, la sentinelle.

— À ton avis… ai-je suggéré, cherchant mes mots… pourrait-il y avoir autre chose ?

Les mains jointes sur le ventre, mon oncle s'est adossé à sa chaise et il a étudié le plafond. L'ombre d'une idée est passée sur son visage, qu'il a chassée presque aussitôt.

— Autre chose ?

— Dans sa chambre, peut-être ?

Il s'est tourné vers le couloir, vers la petite pièce dans laquelle mon père avait habité plus de vingt-cinq ans. Puis il a tendu le bras et s'est servi un baklava débordant de miel. Tout en mâchant, il semblait procéder à une sorte de calcul – le frère divisé par le neveu, le respect des morts moins la curiosité des vivants.

— Cela vaudrait la peine de vérifier, a approuvé Aïcha. Non ?

— Sans doute, a admis Hassan, pas franchement convaincu.

— Je n'en ai que pour une minute, ai-je dit en me levant avant qu'il change d'avis.

— La pièce sentira peut-être le renfermé, a prévenu Basima en ajustant son hidjab. Personne n'y est entré depuis que j'ai passé l'aspirateur. Après…

Elle a fait un pas avec moi dans le couloir, mais s'est arrêtée pour me laisser continuer seul.

L'oncle Hassan m'avait demandé plus tôt si je voulais me rendre sur la tombe de papa, le dimanche suivant. J'avais éludé la question, marmonnant quelque chose de vague, sans m'engager. Trop tôt. Je n'étais pas prêt à le faire. Mais la chambre, un vestige de sa vie plus qu'un témoignage de sa mort, c'était différent. Comment prédire ce que j'allais y trouver ? Un carnet d'adresses, peut-être, une lettre inachevée, quelques notes éparpillées sur des bouts de papier ?

Quand j'ai ouvert la porte, la main sur la poignée, j'ai eu un accroc au cœur et le temps s'est écroulé comme un chapiteau de toile. Tout était là : le papier peint à fleurs jaunes, le réveil chromé sur la commode, le tapis persan bleu-vert. Je le voyais presque, assis dans son fauteuil orange vif au coin de la pièce, en train de retirer ses chaussures à la fin de la journée en écoutant la radio. Il y avait l'empreinte solitaire de ses pantoufles sur la carpette près du lit. J'avais son pull-over rêche sur la peau, je sentais un mélange de fumée de cigarette, d'odeurs corporelles, d'eau de Cologne.

Resté un moment sur le pas de la porte, j'ai fini par entrer. J'ai passé une main sur le couvre-lit, étudié le placard, ouvert quelques tiroirs de la commode. Je ne savais pas ce que je cherchais. Il n'y avait d'ailleurs pas grand-chose d'intéressant : quelques chemises, une pile de vieilles cassettes VHS, un feutre à bille sur la table de nuit. J'ai regardé sous le lit, allumé et éteint la radio. Puis, avant de partir, alors que je feuilletais un livre de poche usé sur la commode, j'ai trouvé une coupure de journal jaunie – qui servait de marque-page, ou peut-être insérée là pour ne pas la perdre. C'était un court article avec la photo d'un homme, trapu et chauve, qui tenait dans ses mains un rouleau de la Torah, avec la légende : « Claude Mosseri, un des principaux représentants de la communauté juive du Caire, devant la synagogue Ben Ezra récemment rénovée. » Quelqu'un, vraisemblablement mon père, avait dessiné un petit point d'interrogation à côté du rouleau, comme si cette photo était la réponse à une question qui le travaillait depuis longtemps.

Hassan avait raison. M. Mosseri était l'homme qui pouvait répondre aux miennes. Celui qui savait ce que le parchemin signifiait pour mon père – et pourquoi, parmi tout ce qu'il aurait pu m'envoyer d'autre, il avait choisi de me le donner. Mais Mosseri n'était pas facile à localiser. Hormis son numéro de téléphone périmé, la coupure de presse et quelques souvenirs d'enfance de mon oncle, le seul élément dont je disposais était son adresse, 72 rue Gamal el-Din.

Malheureusement, Le Caire comptait six rues Gamal el-Din, quatorze si l'on incluait les différentes variations du nom, telles que Gamal el-Din Afifi ou Gamal Izz el-Din.

— Je parie que c'est celle-là, m'a dit Aïcha, quelques jours plus tard, dans son restaurant à kochari[1] préféré.

Elle indiquait une petite rue sinueuse de Garden City, non loin de mon appartement, et elle a tourné le plan vers moi pour que je la voie mieux.

— Et celle-là ? lui ai-je demandé, en ouvrant la page de Dokki.

— Peut-être, ou alors ici ? a-t-elle répondu en passant à celle d'Héliopolis.

Rien ne permettait de croire qu'il habitait une de ces rues plutôt qu'une autre, mais il fallait bien commencer quelque part. Pourquoi pas au plus près de chez moi ? Donc, le lendemain matin, j'ai remonté la rue Qasr Al-Ainy vers l'ambassade du Canada et j'ai tourné à gauche dans la rue Gamal el-Din.

En fermant un œil, on pouvait presque imaginer l'aspect qu'elle avait eu, un siècle auparavant. Une large avenue qui décrivait une courbe, bordée de jeunes arbres et de vastes résidences de pierre, édifiées sur mesure pour de jeunes industriels qui avaient fait fortune. Elle n'était qu'à quelques centaines de mètres du Nil et d'un accès rapide en voiture depuis le centre-ville. Aujourd'hui y étaient établis l'ambassade d'Indonésie, un poste de police, l'école maternelle en langue anglaise de l'Enfant heureux, et il restait un petit nombre de vieilles villas, converties en appartements familiaux. Mais pas de numéro 72.

Entre le 68 et le 74 s'ouvrait une allée étroite, devant laquelle un marchand ambulant avait installé sa voiturette en inox.

— Excusez-moi, ai-je dit au vendeur. Je cherche un M. Mosseri.

Je lui ai tendu la carte de visite, qu'il a étudiée un instant avant de la passer à un autre homme, assis derrière lui sur un tabouret en bois.

1. Plat complet égyptien à base de riz, pâtes, lentilles, oignons, tomates…

— Claude Mosseri, a lu le second homme à haute voix. 72 rue Gamal el-Din.

— C'était un ami de mon père.

Les deux gars m'ont considéré avec bienveillance – surtout quand je leur ai appris que mon père était égyptien et qu'il avait récemment disparu –, mais aucun des deux ne connaissait un Claude Mosseri. Ni le propriétaire du magasin de fruits et légumes au coin de la rue ni celui du kiosque un peu plus haut. Le portier du 74 m'a assuré qu'aucun Mosseri n'habitait dans l'immeuble. Au cas où, il m'a conseillé d'écrire un mot à son patron. C'était plus qu'aléatoire, mais je n'avais pas grand choix. Je suis allé emprunter un stylo et du papier à la boutique de photocopie, à côté, et j'ai rédigé deux fois le même billet dans mon meilleur arabe :

Cher Monsieur,

Je m'appelle Yusuf al-Raqb et je suis à la recherche de M. Claude Mosseri.

Si vous le connaissez, pourriez-vous m'appeler, s'il vous plaît ?

Voici mon numéro : 018 736 2583.

En vous remerciant par avance,

YUSUF AL-RAQB

J'ai confié le premier au portier du 74 et j'ai inséré l'autre dans la boîte aux lettres du cabinet dentaire voisin. Puis je suis revenu chez le marchand ambulant, à qui j'ai acheté quelques falafels et pitas, fourrés au foul, aux aubergines grillées et aux petits légumes marinés. Et j'ai repris la rue Qasr Al-Ainy jusqu'à chez moi.

— Tu l'as trouvé ? m'a demandé Aïcha quand je l'ai appelée dans l'après-midi.

— Il n'y avait même pas de numéro 72.

Elle s'est marrée.

— Alors tu continues.

Les dix jours suivants, tandis que le mois d'août se muait en septembre, que les caroubiers perdaient leurs fruits sous mes fenêtres, j'ai exploré toutes les rues Gamal el-Din du Caire, de Giza, d'Abbassia, de Nasr City, d'Héliopolis et d'Embabeh. J'ai quadrillé la ville dans des taxis aux sièges en plastique déchirés, tapissés d'images collées avec des bouts de scotch. J'ai marché quand je pouvais. J'ai joué des coudes dans des autobus brinquebalants et multicolores, où s'entassaient des familles, des messieurs d'âge mûr et, à l'occasion, une vieille dame transportant des poules dans une cage. Parfois, je visitais un quartier presque toute une matinée. D'autres fois, je n'y restais que quelques minutes. Mais je laissais toujours un petit mot quelque part, sous la porte du numéro 72 ou dans un immeuble proche.

C'était par moments épuisant de se battre contre la circulation, la chaleur et la pollution, de remonter et descendre cette interminable succession de rues Gamal el-Din. Les faubourgs paraissaient se fondre dans une masse indistincte, avec leurs piles de détritus, leurs fers à béton encore nus, les banderoles politiques décolorées suspendues entre deux bâtiments. Des écoliers en uniforme bleu et blanc se poursuivaient entre des charrettes débordantes de fruits et légumes blets. De petits ateliers graisseux de mécanique auto se serraient entre une épicerie et la rôtissoire extérieure d'un restaurant aux broches garnies de poulets.

Mais, quelquefois aussi, une lueur d'espoir brillait. J'ai rencontré un vieil homme à Agouza qui m'a affirmé avoir fréquenté la même école primaire qu'un jeune Mosseri. À Nasr City, j'ai déjeuné avec l'agent de sécurité d'une banque, selon qui un autre Mosseri habitait à côté de chez sa mère. Et, de temps en temps, tandis que je me dirigeais vers une nouvelle rue Gamal el-Din, je passais devant un salon de coiffure ou un petit café qui, sans raison particulière, me rappelaient mon père. En regardant derrière la vitrine, je l'imaginais assis sur un fauteuil en vinyle vert sur le point de se faire coiffer, ou au fond de la salle devant une partie de backgammon. Un matin, je l'ai aperçu qui traversait le pont de Qasr al-Nil à moto. Quelques jours plus tard, il fumait une cigarette devant un bâtiment officiel. Je savais que ce n'était pas lui, mais sa présence me rassurait, me donnait l'impression d'être protégé. Et, chaque fois que je le voyais – en train de boire un thé avec un agent de police ou de manœuvrer un pick-up dans la circulation –, j'étais sûr d'avancer dans la bonne direction.

Le recul me montre à quel point j'étais seul, à déambuler d'un quartier au suivant, en quête de réponses à des questions que je n'arrivais pas à formuler vraiment. Certes, je déjeunais parfois avec Aïcha et ses amis, j'allais dîner, le dimanche, chez oncle Hassan et tante Basima. Je parlais au téléphone avec ma mère. J'envoyais des e-mails joyeux à mes copains, dans lesquels je mêlais à mes impressions de la ville quelques anecdotes amusantes ou, à l'occasion, une réflexion plus sombre sur les inégalités sociales. Mais, pour l'essentiel, j'étais livré à moi-même.

Pendant ces premières semaines au Caire – alors que je parcourais la ville à la recherche d'une rue –, c'est avec Abdallah, le portier de la villa, dit le *bawab*, que je me suis entretenu le plus souvent et le plus longtemps. Il était toujours là quand je partais, le matin, et quand je rentrais, l'après-midi. Il mangeait, buvait une tasse de thé, fumait une cigarette avec un des chauffeurs des taxis garés en face. Parfois, il me demandait comment s'était passée ma journée et il nous est arrivé de prendre le thé ensemble sur les marches, devant la villa. Je lui faisais signe, nous nous saluions et, d'une façon générale, nos relations se limitaient à quelques menus propos et plaisanteries.

Tout cela a changé un après-midi, alors que je revenais d'une rue Gamal el-Din particulièrement sale, près de l'aéroport. Je l'ai trouvé dans le hall, à la porte de la minuscule pièce dans laquelle il dormait, assis en tailleur et les yeux fermés, un magnétocassette à ses pieds, en train d'écouter religieusement une chanson de Van Morrison. Abdallah n'est pas ce qu'on appelle communément un joli garçon, mais il se dégageait un certain charme de ses traits irréguliers. Et, lorsqu'il a rouvert les yeux à la fin du morceau, son sourire m'a désarmé.

— Pourriez-vous m'aider à comprendre le texte ? a-t-il dit en se déplaçant pour me faire une petite place dans son cagibi. C'est assez compliqué, cette chanson.

— Remettez-la, ai-je répondu en m'accroupissant près de lui.

Nous l'avons écoutée une deuxième fois, puis une troisième, en tentant de relever les paroles avant qu'elles se noient dans les cris de la rue et les coups de klaxon. La quatrième, j'ai réussi à retenir quelques expressions – *met them face to face outside… living with a gun*[1] –, suffisamment pour saisir l'idée générale. Il y avait une bagarre dans un bar, quelqu'un qui s'enfuyait, et des conséquences imprévues. Peut-être était-ce tout ce que nous étions censés savoir. Peut-être nous incombait-il de remplir les espaces vides, de créer un sens à partir de ce que l'on nous donnait.

— C'est difficile à comprendre, ai-je admis alors qu'Abdallah attirait mon attention sur un vers franchement déroutant.

— Difficile à comprendre, a-t-il répété. Mais pas à ressentir.

— Non, pas à ressentir.

Il avait raison.

Tandis que nous écoutions la chanson suivante, je fixais le mur au-dessus de lui en prenant soin de ne pas bouger pour

1. « Dehors face à eux… vivre avec une arme. »

conserver le charme de cette intimité, la sensation de chaleur que j'éprouvais et l'odeur piquante de son corps. Voilà sa chambre, ai-je pensé alors qu'il se penchait devant moi pour récupérer le boîtier de la cassette. Son salon aussi et allez savoir quoi, avec pour seul mobilier un nid de couvertures, quelques oreillers, son petit magnétophone et une phrase calligraphiée en arabe dans un cadre doré. J'ignorais où il rangeait ses vêtements, ses affaires de toilette, où il allait se laver et se brosser les dents. Impossible de me représenter les gestes les plus élémentaires de son existence.

— Linden Arden, a-t-il lu à haute voix en retournant le boîtier. Qui est-ce ?

— Aucune idée.

— Ça ne m'aide pas beaucoup, a-t-il jeté, moqueur.

Je lui ai pris le boîtier des mains pour étudier la photo de couverture. Van Morrison, échevelé, était assis tout seul dans un pré vert vif entre deux lévriers irlandais. C'était un autre monde, aussi différent que possible de ce cagibi à quelques rues du Nil.

— Où avez-vous trouvé ça ?

— Mon ami de Rotterdam, Gerrit, me l'a apportée il y a des années, quand il est venu visiter Siwa.

Abdallah s'est interrompu, le temps de laisser ce nom – Gerrit – flotter entre nous.

— Vous connaissez Siwa ?

Une oasis perdue au milieu du désert, près de la frontière libyenne. J'en avais entendu parler, j'aurais pu la situer sur une carte. Je connaissais surtout l'histoire d'Alexandre le Grand, qui avait suivi une nuée d'oiseaux à travers le désert pour consulter l'oracle du temple d'Amon.

— Les dattes les plus sucrées de toute l'Égypte, a dit Abdallah.

— C'est vrai ?

Il m'a repris le boîtier en souriant.

Nous sommes restés là une grande partie de l'après-midi, à écouter Van Morrison, tandis que défilaient les résidents de la villa, avec leurs paquets, leurs enfants, leurs sacs en plastique noir remplis de provisions. Tous nous ont salués d'une manière ou d'une autre. Quelques-uns ont demandé à Abdallah s'il voulait bien monter chez eux plus tard pour réparer une fuite sur un robinet ou régler un problème de climatisation. Aucun n'a paru gêné de nous voir blottis l'un contre l'autre dans la minuscule pièce, devant le magnétocassette.

La nuit tombait dehors quand il a évoqué son enfance à Siwa. À l'âge de dix-sept ans, il avait gagné Le Caire avec ses parents, pour commencer une préparation à l'école vétérinaire. Sa mère faisait des ménages et son père était bawab. Mais sa maman était tombée malade et, renonçant à ses études, il avait pris la place du père, qui travaillait depuis comme chauffeur de taxi.

— Ce n'est pas si mal, a-t-il assuré, anticipant une attention émue de ma part. Je peux lire, écouter de la musique. Je regarde les gens passer.

— Sans doute, ai-je acquiescé en jetant un coup d'œil au hall désert.

Petit garçon, j'étais vaguement embarrassé à l'idée que mon père exerce la profession de gardien. J'imaginais un agent de sécurité devant une banque ou un fast-food, un homme de main dans un uniforme bidon, pas assez héroïque pour faire policier ou pompier. Mais en présence d'Abdallah, alors que nous bavardions avec les résidents qui entraient ou sortaient, j'ai saisi un autre aspect de la chose, empreint de discrétion et de dignité. Un gardien est plus qu'un surveillant. Il est à la fois l'âme d'un lieu et son incarnation humaine.

— Vous connaissez ? m'a demandé Abdallah en montrant le mur derrière moi.

J'ai suivi la direction de son doigt, qui indiquait la phrase en arabe, dans un cadre doré, au-dessus de ma tête.

— Non.

— C'est une citation de Mahomet : « Sois au monde tel un étranger ou un passant et considère que tu appartiens aux morts. »

J'ai étudié la calligraphie, tentant de déchiffrer les lettres enchevêtrées, de comprendre ce qu'il essayait de me dire.

— Vous êtes très croyant ?

Question idiote, simpliste, un ou deux crans au-dessous de celle que je voulais poser. Il l'a prise au premier degré.

— Je crois en Dieu, oui. Mais il y a certaines choses que je n'admets pas.

— Bon…

En changeant de place pendant que je préparais une autre question, je me suis rendu compte que j'avais une jambe engourdie. J'étais resté assis dessus, presque toute la soirée.

Je me suis redressé pour m'adosser au mur et la plier afin de faire circuler le sang.

— Ma jambe. Ankylosée. J'ai des fourmis.

Debout, je me suis massé les muscles un petit moment.

— Je ferais sans doute mieux d'aller me coucher.

Levant les yeux, il a tendu le bras et m'a pincé le mollet, juste sous ma main.

— Merci pour ton aide avec la chanson.

Je lui ai souhaité bonne nuit, sans bouger.

Immobiles, nous avons gardé la même position pendant deux bonnes minutes, moi collé au mur, mon mollet entre ses doigts, sans même nous regarder.

Tout m'encourageait à le faire, me baisser, l'embrasser. Mais j'ai eu la prudence de me retenir. Je savais que l'Égypte avait ses particularités, que se toucher chastement y était considéré comme normal, que même les plus homophobes des hommes n'éprouvaient aucune gêne à se promener dans la rue en tenant un ami par la main. Ici, le problème n'était pas d'être gay, mais résidait dans ce qu'on faisait. C'était un acte, ou plusieurs, pas une identité. Autant de raisons qui m'ont poussé à me méfier de mon intuition, à éviter tout geste irréparable avant de bien connaître les intentions d'Abdallah.

— Il faut vraiment que j'aille me coucher.

— Oui.

Il a posé le boîtier vide de la cassette à côté de mon pied.

— À bientôt, j'espère, a-t-il dit.

Après cela, nous avons commencé à nous voir plus souvent. J'allais lui chercher à manger au restaurant de mezzes, plus bas dans la rue. Sur les marches devant l'entrée, nous fumions la chicha ensemble, nous buvions du thé noir sucré, nous regardions le quartier défiler devant nos yeux. Je lui ai parlé de mon père, de M. Mosseri, des différentes rues Gamal el-Din que j'avais parcourues. Du serveur qui voulait absolument me payer mon déjeuner, « pour me donner des forces », du groupe de gamins qui me suivaient dans la rue en criant : « Co-ca-Co-la, Co-ca-Co-la ». Mais je ne lui ai rien dit à propos du colis – qui avait lancé mes recherches. D'une part, c'était trop compliqué à expliquer et, d'autre part, je savais qu'en mentionnant son existence, il me faudrait aussi mentionner la synagogue du Caire, la famille de ma mère, et ainsi révéler que j'étais juif. Ce qui n'aurait pas forcément posé de problème. Mais, compte tenu d'un certain nombre d'incertitudes – qu'il s'agisse de ses intentions envers moi, de ce que signifiait cette citation encadrée de Mahomet, de la disparité fondamentale de nos situations respectives –, j'ai trouvé plus simple de couper court, pour l'instant.

Peu à peu, cependant, ces incertitudes ont fini par s'effacer. Sans doute serait-il plus exact d'avancer qu'elles sont devenues secondaires. Abdallah n'était pas mon genre de mec, ce qui était peut-être une bonne chose. Nous avons rarement échangé des idées. Il ignorait probablement que j'étais encore étudiant. Mais nos relations étaient empreintes d'une aisance dont manquaient celles, si je me souviens bien, que j'entretenais avec les types gonflés, hyper-intellectuels avec qui j'avais coutume de sortir. À mesure que nous passions du temps ensemble, à boire du thé et fumer la chicha sur le perron, nous avons pris l'habitude, par jeu, de nous toucher. Apparemment involontaires, ces frôlements – sa main contre mon bras, son genou proche de ma cheville – sont devenus fréquents. Et, un jour, par un après-midi bizarrement frais de la mi-septembre, le barrage a finalement cédé.

J'avais consacré la majeure partie de la matinée à localiser une des rues Gamal el-Din de ma liste, en fait une minuscule allée vers la pointe sud de Zamalek, et j'étais extrêmement contrarié en rentrant à la villa.

— Ça ne va pas ? a demandé Abdallah alors que je m'engageais dans l'escalier.

Je devais avoir l'air furieux, car il s'est levé pour m'offrir son tabouret.

— Si. C'est juste que…

J'avais cru que ce serait facile. J'allais trouver Mosseri qui répondrait à toutes mes questions. Le simple fait d'être au Caire, avais-je pensé, devait m'aider à comprendre mon père, le parchemin, son étui et toutes les histoires entassées derrière. Les pyramides, la Tour du Caire, le goût terreux de l'eau du robinet, le soleil qui me mordait la nuque, tout cela devait s'unir pour me fournir une traduction viscérale des choses, inconcevable en Californie. Évidemment, la réalité était tout autre.

— Je ne sais plus. Je ne sais plus ce que je fais ici.

J'avais soudain ma tête entre mes mains.

Abdallah n'a pas répondu, mais j'ai senti une des siennes sur mon cou, et son pouce contre mon épaule.

— Tu te donnes du mal, a-t-il commenté après un long silence.

— Qu'est-ce que ça change, puisque Mosseri s'est évanoui dans la nature? ai-je lâché en me redressant. Qu'est-ce que je fous là? Ça ne serait pas plus simple, si je rentrais?

Tout en réfléchissant, Abdallah a fait glisser sa main sur mon genou, comme si c'était sa place habituelle.

— Cela vaut la peine de bien regarder, parfois, a-t-il dit, tandis que son pouce me massait la cuisse. Moi, je…

Il s'est interrompu pour chercher ses mots, marmonnant quelques sons du bout des lèvres. Avant qu'il ajoute quoi que ce soit, j'ai posé une main sur sa nuque et – sans réfléchir, sans égard pour les conséquences, sans même regarder dans mon dos au cas où quelqu'un descendrait l'escalier –, je l'ai attiré vers moi.

J'ai senti son pouls s'accélérer sous mes doigts. Mais, quand je me suis penché, sa main s'est posée sur mon torse et, doucement, résolument, il m'a repoussé.

— Pas ici.

— En haut, alors.

— Pas maintenant. Je ne peux pas quitter mon poste.

— Quand?

— Bientôt.

Plus tard dans la soirée, je me suis réveillé en entendant quelqu'un agiter la porte d'entrée. J'ai pensé à un voleur, un voisin ivre, à un policier venu m'arrêter pour «comportement obscène». Puis j'ai reconnu le déclic de la serrure, la porte s'est ouverte et, à pas feutrés, Abdallah est arrivé dans ma chambre.

— Je croyais que tu ne pouvais pas quitter ton poste, ai-je plaisanté.

— Maintenant, je peux, a-t-il dit en retirant sa djellaba.

Il n'y est pas allé par quatre chemins. Ses étreintes étaient fortes, il grognait, me tirait les cheveux. Il a ralenti avant de conclure et s'est affalé près de moi. Je ne m'attendais pas du tout à ça. Ni réticence honteuse, ni tendresse refoulée à sublimer en torrents de passion. Et pas le moindre embarras à la fin.

Quand je suis ressorti de la salle de bains, il avait revêtu mon T-shirt Santa Cruz et un de mes caleçons rayés bleu et vert. Assis en tailleur sur le canapé en velours saumon, il examinait l'étui que j'avais laissé sur la table basse.

— Qu'est-ce que c'est ?

Il n'y avait dans le ton ni agressivité, ni soupçon, ni accusation. Pourtant, en voyant Abdallah au milieu du salon, j'ai eu un serrement au cœur.

— Ça ?

Je sentais la peur peu à peu m'envahir.

Comment être sûr qu'il ne m'avait pas menti ? Il pouvait être n'importe qui – un intégriste, un agent du ministère de l'Intérieur. Et, cette fois, il était entré, il me posait des questions dont j'ignorais les réponses. Même si j'avais été en mesure de les lui fournir, même s'il était bien l'homme qu'il avait décrit, j'aurais hésité à lui confier que j'étais juif. J'avais en tête la voix de ma mère : « On ne peut pas leur faire confiance, il faut se serrer les coudes. » J'ai tenté d'inventer une histoire, quelque chose de crédible, sans la synagogue, sans la famille, etc. Et, finalement, malgré la peur, la vérité est sortie de ma bouche.

— C'est la raison pour laquelle je suis là, ai-je révélé en prenant place près de lui.

Il a gardé l'étui entre ses mains, puis il l'a ouvert soigneusement et il a glissé un doigt sur le verre protecteur.

— Tu es venu ici à cause d'un bout de papier ?

— Si ce n'était qu'un bout de papier…

Il l'a encore observé, comme pour s'assurer qu'il l'avait bien regardé.

— Pour moi, ce n'est rien de plus, a-t-il dit.

Tandis que je lui expliquais pourquoi cette pièce avait une importance, sans que j'en saisisse toute la portée – il y avait quand même ce qu'Aïcha avait réussi à déchiffrer, les liens entre mon père et Ben Ezra, où l'oncle Hassan pensait qu'on l'avait peut-être trouvée –, Abdallah a retiré le parchemin de la garniture en velours pour étudier attentivement les deux côtés. Il a considéré un long moment l'écriture hébraïque, puis il a levé les yeux vers moi. J'ai lu ses déductions sur son visage.

— C'est un truc juif?

— Hébreu, ai-je corrigé. De la synagogue Ben Ezra, dans le vieux Caire.

Il a hoché la tête, mais il restait perplexe.

— Ton père était juif?

— Non.

J'ai tenté de résumer les faits. Mon père musulman avait été le gardien de cette synagogue, dans la cour de laquelle il avait rencontré ma mère juive, avant qu'elle quitte l'Égypte. Selon celui à qui l'on posait la question – ou le point de vue adopté –, j'étais soit juif, soit musulman, soit les deux. En vérité, je ne me sentais vraiment ni l'un ni l'autre. Petit, on m'avait envoyé quelques semaines dans une colonie de vacances juive, et je m'étais rendu plusieurs fois à la mosquée, le dernier été que j'avais passé au Caire. Mais, à part ça, je n'avais réellement pratiqué aucune des deux religions.

— Sans doute que… ai-je fini par dire, me débattant dans mes explications. Enfin, mon père m'a raconté des histoires, autrefois, à propos de cette synagogue.

— Oui. Raconte-moi une histoire.

Il s'est mis à son aise, la tête sur l'accoudoir du canapé et les pieds sur mes genoux. Alors je lui ai parlé de la longue lignée des al-Raqb, gardiens de père en fils à travers les siècles. Quand je suis arrivé au bout, à l'étui de cuir rouge, à Mosseri et à la coupure de journal découverte dans la chambre de mon père, Abdallah, silencieux, regardait les premières lueurs du jour apparaître derrière les rideaux. Il semblait préparer une réponse, aligner correctement les mots pour composer une phrase claire.

— Je veux t'aider, a-t-il déclaré. Je crois que je peux t'aider à trouver ton Mosseri.

— Comment ça ?

Il s'est redressé et s'est assis bien droit à l'autre extrémité du canapé.

— Dis-m'en un peu plus à propos de ce rouleau, dans le grenier de la synagogue.

6

À l'aube, des lueurs rouge sale teintaient la colline de Mokattam et baignaient la vallée entre la citadelle et Giza. Elles réchauffaient la pierre de la cité médiévale, flânaient entre les piliers de la mosquée Ibn-Tulun, gravissaient l'escalier en spirale du minaret, s'étiraient dans le tissu des rues et des champs de coton jusqu'au sommet brumeux des pyramides. Tandis que sa jumelle dormait, Agnes s'assit sur la bergère bleue près de la fenêtre, étudia l'échiquier et contempla le jour qui colorait la ville. Elle se réveillait en général quelques minutes avant Margaret et goûtait le calme protecteur de cette heure matinale. Cette demi-solitude lui évoquait toujours ses premiers instants au monde, avant qu'elle devienne une sœur, avant la mort de leur mère ; avant que sa vie devienne leur vie de jumelles, et ses pensées, leurs pensées.

Comme pour lui donner la réplique, Margaret ouvrit les yeux et tourna la tête vers ce jour insolite qui apparaissait au nord. Un filet de salive reliait un coin de sa bouche à l'oreiller, tel un poisson retenu au sommeil par l'hameçon.

— Tu es debout depuis longtemps ?

Agnes répondit par la négative. Sans un mot, elles regardèrent le soleil se lever. La lumière était différente, ici. Comment pouvait-il en être autrement ? Moïse, Saladin et Ramsès avaient marché sous ce soleil, qui n'avait rien à voir avec celui de Cambridge. La lumière de l'Orient se constituait d'une trame plus forte, réverbérée par le sable, la terre et cinq mille ans d'histoire. Peut-être sa persistance expliquait-elle pourquoi les Égyptiens recherchaient son contraire dans l'ombre morne du voile, dans l'humidité fraîche et noire au cœur des pyramides. Peut-être sa force avait-elle inspiré cette bizarre coutume qui commandait aux juifs d'enterrer leurs textes sacrés ou de les confiner dans le grenier de la synagogue. Comment avait dit le Dr Schechter ? « Les pages d'un livre montent au ciel comme les âmes. » Le passé, en Égypte, n'était jamais très lointain. Toujours présent, tapi quelque part dans les combles ou au fond d'un coffre oublié. Le pays tout entier était une sorte de palimpseste reptilien. Sous chaque peau subsistait une deuxième, en attente d'un réactif chimique ou d'un voyageur pour la découvrir.

Elles se turent jusqu'à ce que la base du soleil dépasse l'horizon, puis Agnes jeta :

— Échec.

— Comment ?

— Échec au roi.

Margaret tendit le cou vers l'échiquier. Comme toutes leurs parties, celle-ci était dense et complexe. Agnes avait attaqué la première, et Margaret, avec la patience d'une araignée, l'avait attirée dans sa toile.

— Tu as fait une bêtise, Nestor.

— Comment ça, une bêtise ?

— Avance mon fou en case Q2.

En déplaçant la pièce, Agnes comprit son erreur.

— Diable !

Elles gardèrent le silence un long moment, s'habillèrent et préparèrent leur journée, tout en consultant l'échiquier de temps en temps.

— Il faudra que j'y réfléchisse, dit Agnes alors qu'elles descendaient l'escalier.

— Tu joues trop vite, Nestor.

— Et toi, Meggie, tu cries victoire trop vite.

Assis près de la cheminée, à l'autre extrémité du hall, le Dr Schechter et Mlle de Witt discutaient avec un Égyptien de petite taille, aux allures de dandy. C'était sans doute M. Bechor, cet industriel qui faisait partie de la communauté juive et qui avait insisté pour les emmener visiter la ville. Au premier abord, il paraissait digne et soigné – un vrai effendi, coiffé d'un fez et vêtu d'un costume trois pièces gris clair. Il portait une moustache si fine qu'elle disparaissait selon l'angle de vue, et il se dégageait de lui cette sorte d'assurance, un rien impertinente, qu'on associait aux nouveaux riches. Schechter n'eut pas le temps de commencer les présentations que, debout, il s'inclinait déjà pour faire le baisemain à Margaret.

— Très honoré, lui dit-il, soutenant son regard un instant avant de s'adresser à sa sœur. Le Dr Schechter m'a tant parlé de vous.

Bien qu'il ne fût pas très grand – sa calvitie luisante ne dépassait pas le nez d'Agnes –, il semblait habitué à ce qu'on le considère ainsi. Les salutations terminées, il étudia successivement Margaret, Agnes et Mlle de Witt.

— Trois fort jolies femmes ! s'exclama-t-il.

Puis il tourna les talons pour les conduire à sa voiture, un élégant landau argent et bleu marine dont les sœurs n'avaient pas vu de semblable depuis des années.

Après avoir donné ses ordres au cocher dans ce qui ressemblait à un mélange d'arabe nord-africain et d'hébreu, M. Bechor vérifia que Schechter et les trois femmes étaient confortablement installés.

— J'ai composé un itinéraire assez plaisant. D'abord une

visite à la citadelle pour le panorama, puis un déjeuner au Gezira Club.

Il jeta un coup d'œil aux jumelles, qui approuvèrent. Elles n'avaient pas le choix. Comme le leur avait indiqué Schechter, Bechor étant un membre éminent du comité juif, il fallait à tout prix lui être agréable.

— Après quoi, nous nous rendrons sur le site de la nouvelle synagogue, rue Adly, d'ailleurs très proche de votre hôtel. Si nous avons le temps, nous pouvons nous promener dans Garden City et admirer les momies récemment exposées au musée.

Le visage de Margaret, prise d'un intérêt sincère, s'illumina.

— Ma sœur a un faible pour les momies, expliqua Agnes, ce que sa jumelle confirma.

— Je ne connais rien de plus électrisant que contempler les restes d'une personne qui a vécu des millénaires plus tôt, déclara Margaret.

— Avec leurs petits nez et leurs minuscules bouches fripées, elles me font penser à des chats, annonça Mlle de Witt, qui n'avait pas parlé de toute la matinée et tenait apparemment à faire bonne impression. Ne trouvez-vous pas ?

Comme personne ne répondait, elle se redressa sur son siège et, du regard, interrogea les sœurs, puis les hommes.

— Bien sûr, cela n'est peut-être que mon imagination.

— Si, si, vous avez raison, approuva Schechter, quoique un peu tard. Cela ne me déplairait pas d'être moi-même momifié. Du moins si ma religion ne l'interdisait pas.

Pendant qu'il dissertait sur les rites funéraires juifs, le landau quitta les ombres de la vieille ville pour entamer son ascension vers la citadelle.

Le panorama promis se déployait sous une colline derrière la forteresse. Il fallait admettre qu'il était en tout point remarquable. La colline de Mokattam, d'un blanc de craie, s'élevait derrière le petit groupe et, à moins de cent mètres devant eux, les minarets de la mosquée Mohammed-Ali ressemblaient aux cheminées d'un paquebot, prêt à voguer sur la grande mer de l'humanité. Après avoir situé la mosquée Ibn-Tulun, la place Birkat al-Fil et le palais d'Abedin, Bechor se lança dans une longue énumération à propos de la première des deux mosquées, s'attardant sur le coût affolant de sa construction, la hauteur de ses minarets, le poids de l'argent disposé dans ses dômes.

— L'horloge de la tour, dit-il, indiquant le flamboyant édifice de cuivre dans la cour, a été offerte à Mohammed Ali par le roi Louis-Philippe Ier, pour le remercier de lui avoir cédé l'obélisque qui se dresse actuellement sur la place de la Concorde à Paris.

Selon son raisonnement, cet échange de cadeaux prouvait que l'Égypte se trouvait sur un pied d'égalité avec les grandes puissances européennes et que, d'ici quelques années à peine, le berceau de la civilisation surpasserait ces parvenues dans leurs trous perdus. Il poursuivit dans la même veine nationaliste, tandis qu'ils remontèrent dans la voiture et traversèrent la ville en direction du Gezira Club. Bechor émailla son discours d'affirmations grotesques sur l'Empire britannique, Ismaïl Pacha et la construction du canal de Suez. D'après lui, l'Europe colonialiste avait sans doute lancé l'Égypte sur le chemin du progrès, mais le système avait largement fait son temps.

— Dans vingt-cinq ans, prédit-il, nous serons une nation indépendante, dotée d'une économie moderne et d'un Premier ministre démocratiquement élu.

— Ne serait-ce pas merveilleux ? commenta Agnes aussi aimablement que possible.

— Merveilleux, oui, murmura Margaret tandis que leur landau passait le portail du club. Mais assez improbable.

On devait reconnaître que la ville avait considérablement changé en un quart de siècle, et plutôt à son avantage. Quoi qu'on pensât d'Ismaïl Pacha, on ne pouvait nier qu'il avait réussi à bâtir une cité européenne à côté du Caire médiéval, avec des réverbères à gaz, des jardins d'agrément et l'eau courante. Même le Gezira Club avait une autre allure. Les palmiers et le terrain de polo étaient plus verts que les sœurs ne s'en souvenaient, et la clientèle, nettement plus égyptienne. Partout s'affichaient des hommes d'affaires bien coiffés, arborant un costume trois pièces de prix, un sourire à la fois gêné et malin sous leur fez.

Passé les portes, Bechor mena le groupe dans le hall, garni d'arbres fruitiers en pots, où des serveurs en livrée rouge allaient et venaient avec leurs plateaux en inox. Il s'arrêta tous les trois ou quatre pas pour saluer un ami, un associé ou un employé, gratifiant chacun d'une poignée de main personnalisée, d'une tape sur le dos, et l'embrassant sur les deux joues. Avec un clin d'œil au maître d'hôtel, il conduisit ses hôtes vers une banquette en demi-cercle, dans un coin au fond du restaurant. Quelques instants plus tard, un serveur apporta à leur table des apéritifs et des amuse-gueule. Le menu se composerait de pigeons rôtis pour les dames, et d'un assortiment de grillades pour les messieurs.

Ils commencèrent à manger et les invités louèrent la qualité des mets. Après s'être retenue toute la matinée, Agnes pensa que le moment était venu d'aborder enfin le sujet qui lui importait.

— Le Dr Schechter nous a appris qu'il était tombé sur des documents du plus haut intérêt dans la gueniza de la synagogue Ben Ezra.

— Mme Lewis est une vraie érudite, rappela Schechter. Peut-être avez-vous entendu parler du codex de Sainte-Catherine ? C'est elle qui l'a découvert.

Bechor pinça les lèvres comme s'il tentait de retrouver le nom d'un lointain cousin qui lui aurait jadis sollicité un prêt.

— Oui. Je me souviens de cette affaire. N'était-il pas utilisé pour envelopper le beurre, à ce qu'on disait ?

Agnes but une gorgée d'eau pour chasser sa mauvaise humeur. Cette histoire infernale – comme quoi elle aurait remarqué des taches d'encre dans le beurre, un matin au petit déjeuner, qui lui auraient ouvert les yeux – la poursuivrait jusqu'à la tombe. C'était franchement ridicule. Pourquoi les moines de Sainte-Catherine auraient-ils conservé le beurre dans de vieux manuscrits ? Ils n'en mangeaient même pas, n'utilisaient que de l'huile d'olive. Pourtant, cette histoire était restée dans les mémoires. Le dur labeur d'Agnes, les semaines passées dans le désert à examiner de vieux manuscrits : oubliés. On dédaignait les efforts fournis pour la transcription, qui avait pris des mois, ainsi que l'article de Margaret et le discours d'Agnes à la Royal Asiatic Society. Non, on ne se rappelait que cette histoire de beurrier.

— En réalité, elle l'a découvert dans une réserve de la bibliothèque, répondit Margaret à la place de sa jumelle. Voilà pourquoi la description qu'a faite M. Schechter de la gueniza nous a captivées.

Bechor écouta attentivement jusqu'au bout ; puis il sourit et pressa un citron vert au-dessus de son verre.

— Je n'en doute pas, assura-t-il et, comme s'il s'agissait exactement de la même chose, il se tourna vers Mlle de Witt pour lui demander : J'espère que vous appréciez votre pigeon. C'est une de nos spécialités culinaires.

Mlle de Witt porta sa serviette à ses lèvres.

— Oui, dit-elle, il est excellent.

Agnes entrouvrit la bouche pour revenir au sujet qui l'intéressait, ces précieux papiers qui les avaient fait venir de si loin. Elle changea d'avis en sentant la main de Margaret sur son genou. Les sœurs avaient déjà eu affaire à ce genre d'hommes, ministres et capitaines d'industrie, qui répugnaient à traiter une question importante avec le beau sexe. D'une façon générale, une approche trop directe était à proscrire avec eux. Elles devaient donc prendre garde à Bechor qui, s'il ignorait en grande partie la nature exacte de leur travail, n'en était pas moins un élément indispensable au succès de leur mission.

— C'est une préparation qui exige sûrement beaucoup de soin, dit finalement Agnes. Est-ce bien le goût de la bergamote que je crois deviner ?

Après une courte discussion sur la cuisine égyptienne, le groupe évoqua le système éducatif britannique, l'université de Cambridge et l'éventualité qu'un homme d'affaires cultivé du Levant puisse envoyer ses enfants étudier dans celle-ci. Bechor et Schechter avaient déjà, semblait-il, amplement envisagé cette possibilité, c'est pourquoi l'Égyptien s'adressa avant tout aux jumelles. Au fil de la conversation, il apparut clairement qu'il les considérait comme les garantes de l'établissement, et supposait que leur recommandation serait synonyme d'admission pour son fils.

Elles tentaient de le persuader du contraire – lui expliquant que, si elles entretenaient de bons rapports avec de nombreux professeurs, elles n'étaient cependant titulaires d'aucune chaire –, quand le chef de rang apporta une missive à Bechor. Manifestement, un problème urgent réclamait sa présence à la raffinerie de sucre qu'il dirigeait, en vertu de quoi les visites prévues pour l'après-midi devraient être annulées. Il promit toutefois de les reprogrammer le lendemain matin, si tel était le désir de ses hôtes.

— Son fils est dans de beaux draps, déclara Schechter après son départ.

Jetant un coup d'œil à Mlle de Witt, il rapporta que Marcel, l'aîné de Bechor, avait été surpris, quelques semaines plus tôt, lors de coupables étreintes avec le plus jeune fils du gardien de Ben Ezra. Pour étouffer cet énorme scandale, Bechor pensait que la seule solution consistait à envoyer Marcel poursuivre ses études en Europe. Schechter avait proposé d'écrire une lettre au conseil de l'université de Cambridge, et il suggéra aux jumelles de l'imiter, si elles n'y voyaient pas d'inconvénient. À l'évidence, cette marque de soutien faciliterait leur accès à la gueniza.

— Bien sûr, répondit Margaret, nous serons heureuses d'apporter notre concours.

Compte tenu de l'immense valeur des documents concernés, cela n'était qu'un tout petit geste, et Margaret était disposée à rédiger sa lettre dès qu'elles seraient rentrées à l'hôtel. Agnes n'excluait pas la possibilité d'en faire une monnaie d'échange ; quelque chose dans l'attitude de M. Bechor la dérangeait. Plus tard dans l'après-midi, quand les sœurs finirent leur partie d'échecs dans leur chambre, elle tenta de déterminer la cause de ses soupçons. Elle se remémora le fil de leur journée, la montée à la forteresse, la mosquée Mohammed-Ali, la promenade en voiture dans la ville, le déjeuner au Gezira Club. Après avoir retiré les pièces de l'échiquier – Margaret avait gagné haut la main –, les jumelles se calèrent dans leurs fauteuils et, se grattant le menton d'un même geste songeur, cherchèrent quels liens pouvaient unir les différents protagonistes : Bechor, Mohammed al-Raqb, leurs fils, le rabbin Ben Simon et, naturellement, la très jolie et très attentionnée Mlle de Witt. Plus elles réfléchissaient, plus elles étaient certaines qu'une de ces personnes, sinon deux ou trois, étaient responsables du pillage de la gueniza. Et, plus elles y pensaient, plus leurs soupçons se portaient sur le gardien de la synagogue, M. al-Raqb. Peut-être n'était-il que l'instigateur de ces vols en série, ou bien seulement un complice, en tout cas il était forcément impliqué.

Le lendemain au petit déjeuner, Agnes beurrait ses toasts en feuilletant un exemplaire du *Times*, vieux de deux semaines, et en cherchant le moyen de parer la défense française[1] qui avait la faveur de sa sœur, quand le concierge leur apporta un mot de Schechter. Les problèmes qui affectaient Bechor à sa sucrerie étaient apparemment plus graves qu'il n'avait anticipé, et il ne serait pas en mesure de poursuivre sa visite du Caire avec le petit groupe. Vendredi matin, Schechter leur fit parvenir une autre missive, pour expliquer que ni lui ni Bechor ne seraient disponibles pendant l'après-midi, l'un et l'autre préparant le sabbat. Ce dernier durerait bien sûr jusqu'à samedi soir et les sœurs avaient l'intention de se reposer le dimanche. Le tout avait pour conséquence qu'elles ne visiteraient pas la synagogue avant lundi au plus tôt, un revirement subit qu'elles trouvèrent fort irritant, bien qu'il présentât tout de même un avantage.

Leur petit déjeuner pris, elles se rendirent directement en voiture au marché aux livres anciens où elles passèrent le reste de la journée d'étal en étal, à poser d'habiles questions et à rafler tout ce qu'elles pouvaient avant la fermeture. Elles y retournèrent le lendemain matin et, à la fin de la journée, elles avaient fait le tour complet des cent trente-quatre étals. Au total, les jumelles achetèrent six caisses pleines de documents, tous recouverts de la même fine poussière blanche que leur avait décrite Schechter. Certes, elles s'étaient efforcées de contenir le flot, mais elles n'avaient pas pour autant trouvé sa source. Lorsqu'elles avaient insisté pour connaître la provenance de leurs biens, les marchands avaient haussé les épaules avec nonchalance, un geste qui, s'il légitimait le bien-fondé de leurs questions, écartait tout début de réponse. De plus, les sœurs savaient que leurs achats allaient accélérer le processus. À moins de mettre rapidement la gueniza sous clé, un vent mauvais éparpillerait dans les ténèbres tout ce qu'elle renfermait – dont peut-être le rouleau d'Ezra. De

1. Stratégie aux échecs.

jour en jour, d'autres précieux documents en seraient retirés, pour être vendus et perdus à jamais.

Leur soulagement fut donc grand quand elles reçurent, le dimanche soir, une nouvelle lettre de Schechter. Il leur annonçait qu'il avait enfin réussi à convaincre Bechor de leur faire les honneurs de la synagogue.

— Eh bien, jeta Agnes en tapotant la couverture de son livre, ce n'est pas trop tôt.

Le lendemain, alors qu'elles traversaient le vieux Caire et ses étroites rues de terre, Margaret chercha la main de sa sœur pour la serrer dans la sienne. Pourtant, si le quartier était très pauvre, avec ses mausolées en ruine, ses chats errants, ses cabanes délabrées, il recelait des siècles de trésors.

— L'église suspendue, remarqua-t-elle, indiquant celle-ci à sa gauche. Et là, Saint-Georges.

Les jumelles appréciaient particulièrement l'austérité de l'architecture copte et ne dédaignaient pas de se rappeler que la communauté chrétienne était déjà présente, plusieurs siècles avant l'arrivée des musulmans au Caire. Ce matin-là, toutefois, elles n'avaient guère de temps à consacrer aux églises. Après avoir dépassé Saint-Georges d'une centaine de mètres, elles descendirent devant le portail de la synagogue Ben Ezra, où Schechter et Emily de Witt les attendaient en compagnie de Bechor.

— Très peu de juifs vivent encore dans le vieux Caire, commenta l'homme d'affaires, voyant les jumelles prêter attention à une vieille femme qui mendiait devant la synagogue. Mais le bâtiment a gardé son importance, tant au plan historique que spirituel.

Avant d'entrer, il leur fit faire le tour du terrain, s'arrêtant devant les palmiers récemment plantés, les abris pour les pauvres et le puits dans un coin de la cour, à l'endroit où Moïse, selon la légende, aurait été sauvé des eaux.

— Et ici, dit Bechor, agitant les doigts vers une petite construction de pierre à l'extrémité opposée de la cour, se trouve la résidence de notre gardien, M. al-Raqb.

Au même instant, un grand homme grisonnant, vêtu d'une épaisse djellaba de couleur claire, en sortit et s'avança vers eux. Il ressemblait à un orme sans feuilles. Une sorte de réticence émanait de lui, derrière laquelle on devinait une vive intelligence.

— M. al-Raqb sera ravi de vous montrer l'intérieur, dit Bechor après s'être entretenu rapidement avec lui. Malheureusement, les affaires m'appellent à la sucrerie.

Confirmant d'un hochement de tête, le gardien invita les sœurs à le suivre. Elles échangèrent un regard. Agnes et Margaret allaient pouvoir confronter leurs soupçons à la réalité, et elles se réjouissaient d'être débarrassées de l'industriel et de ses jacasseries.

L'intérieur de la synagogue rappelait celui de nombreux lieux de culte orientaux. Les bancs des hommes étaient disposés autour d'une chaire au milieu de la salle, tandis qu'une série de balcons en surplomb étaient réservés aux femmes. M. al-Raqb marmonna quelques mots dans sa grosse écharpe rouille et, décrivant un arc dans le bâtiment, conduisit les jumelles vers l'Arche, un meuble de bois noir aux contours dorés à la feuille, qui brillaient à la lumière des lampes à gaz.

— C'est ici que la communauté conserve les rouleaux de la Torah, expliqua Schechter, qui, prenant la direction des opérations, désigna un ensemble de planches, inclinées contre un mur. Ces humbles planches servaient de coffrage à l'Arche précédente. Elles datent au moins du XIIIe siècle.

— Du plus haut intérêt, reconnut Agnes quand il eut terminé de traduire le texte inscrit sur la planche la plus proche. Mais ce n'est pas exactement pour cela que nous sommes venues au Caire.

Elle se tourna vers al-Raqb.

— Cher monsieur, demanda-t-elle dans son arabe le plus soutenu. Pourriez-vous nous montrer la gueniza ? Vous savez où elle est, je suppose ?

Le gardien étudia un instant le dos de sa main, puis leva les yeux vers Agnes.

— Mais bien sûr, répondit-il avec un signe de tête vers l'étroit escalier qui menait à la galerie des femmes.

L'entrée de la gueniza, cette mansarde qui les avait attirées depuis l'autre bout du monde, n'était rien de plus qu'une ouverture dans le plafond, tout au fond de la galerie. Une vieille échelle en bois était posée contre le mur, au-dessus de quelques lampes abîmées et d'une enseigne, peinte à la main, portant l'inscription « École élémentaire Ben Ezra » en hébreu, en arabe et en français. Sans un mot, al-Raqb cala l'échelle dans l'ouverture et tendit la main, la paume tournée vers le haut, comme s'il invitait les sœurs à entrer chez lui.

Schechter ouvrit la bouche, mais une quinte de toux lui coupa la parole.

— Puis-je monter la première ? proposa gaiement Mlle de Witt.

Les jumelles convinrent qu'il valait sans doute mieux.

— Voudriez-vous me prendre en photo ? ajouta la jeune femme.

Elle donna son Kodak à Margaret et grimpa à l'échelle. Arrivée en haut, elle se retourna pour la pose, puis disparut dans la gueniza.

— Venez ! lança-t-elle un instant plus tard, le cou tendu par-dessus l'ouverture. L'eau est bonne !

— Bien, dit Margaret, qui confia l'appareil photo à sa sœur.

Elle vérifia la résistance de l'échelle, s'assura qu'al-Raqb et Schechter ne la regardaient pas, et monta les échelons. Parvenue au dernier, elle pivota sur elle-même, s'assit, puis se dressa à l'intérieur de la mansarde. Clignant des yeux, elle s'habitua peu à peu à l'atmosphère floue, onirique, de la petite pièce, mais, cela fait, le fabuleux trésor lui apparut dans toute sa splendeur.

La gueniza était un cimetière sans âge de manuscrits entassés pêle-mêle, du sol au plafond, et protégés par une fine couche de poussière blanche. Allez savoir ce qu'elle recélait ? Cachés dans mille années de livres, d'actes juridiques, de formules magiques et de contrats de mariage, peut-être découvrirait-on une lettre de Saladin, un nouveau chapitre du *Muqaddima*[1], une version inconnue des Évangiles, voire une œuvre inédite de Maïmonide, de Platon ou de Juda Halevi. Même les documents les plus banals avaient leur importance. Une lettre ou un contrat en soi ne présentait sans doute pas beaucoup d'intérêt, mais, étalés sur un millénaire, les vestiges du quotidien étaient l'étoffe dont se composait l'Histoire.

S'il n'y avait eu que ça ! Margaret éprouvait une étrange sensation de clarté, un fourmillement au bout des doigts, qui semblaient émaner de partout : du papier, de la poussière, des poutres de bois et des toiles d'araignée. Lorsqu'elle s'enfonça dans la mansarde, vers un coin sombre où les documents les plus anciens étaient entreposés, la sensation s'intensifia.

— Nestor ! cria-t-elle à sa sœur. Il faut que tu voies ça !

Elle attendit un instant, mais pas de réponse.

— Je vais essayer de la convaincre, offrit Mlle de Witt, qui empoigna l'échelle et redescendit dans la galerie.

Aussitôt après, Margaret s'accroupit pour examiner quelques parchemins, près de l'ouverture. Elle remarqua une empreinte de pied dans la poussière et un espace vide, qui paraissait correspondre à une pile de papiers, récemment retirés. C'était donc

1. *Les Prolégomènes* d'Ibn Khaldoun (1377).

vrai. Quelqu'un pillait la gueniza. Les sœurs s'en doutaient depuis un moment, mais, devant cette preuve matérielle, Margaret sentit la moutarde lui monter au nez. Quel précieux savoir ces textes volés contenaient-ils, quelle énigme savante permettraient-ils de résoudre ?

Alors qu'elle reculait pour étudier l'empreinte plus attentivement – en essayant de se rappeler comment al-Raqb était chaussé –, elle aperçut un petit bout de parchemin juste à côté de son propre pied gauche. Certainement très vieux, et le bord supérieur portait une tache noirâtre, décolorée par le temps. Du sang probablement. La chose ressemblait à une lettre, ou peut-être y en avait-il deux, car le recto était couvert d'une écriture manuscrite en arabe, et le verso, de quelques lignes en hébreu.

— Stupéfiant, n'est-ce pas ?

Levant les yeux, Margaret reconnut Schechter qui grimpait à l'échelle. Il lui tournait le dos en se hissant dans la mansarde. Sans réfléchir, elle enfouit le bout de papier dans les plis de sa robe.

— Oui, répondit-elle, sans doute trop vite. On perd la notion du temps, ici.

— Exactement ce que je pensais, confirma le savant. Je ne saurais mieux dire.

Lui faisant face, il dispersa la poussière collée à son pantalon.

Les sœurs avaient initialement prévu de séjourner dix jours au Caire, ce qu'elles avaient jugé suffisant pour étudier la gueniza, après quoi elles projetaient de retourner au monastère Sainte-Catherine, dans le Sinaï. La date de leur départ approchait et elles acceptèrent de le repousser d'au moins deux semaines. La question ne se posait même pas. Elles étaient sur le point de faire une découverte capitale, certainement aussi importante que celle de Troie, de la grotte de Sédécias ou des papyrus d'Oxyrhynque, dénichés par Grenfell et Hunt dans ce qu'ils croyaient n'être que des piles de détritus. Impossible de quitter Le Caire avant que le contenu de la gueniza – y compris, peut-être, le rouleau d'Ezra – soit emballé et soigneusement expédié à Cambridge.

Elles en discutèrent avec Schechter qui, lui-même, avait deux fois retardé son voyage en Palestine, et ils conclurent ensemble que la prochaine étape consistait à trouver un abri sûr pour les textes de la mansarde. Il leur proposa d'en faire la demande lui-même, seul à seul, lors d'une réunion officielle avec le rabbin Ben Simon, ce qu'elles approuvèrent. Bien qu'elles fussent rompues à l'art de la négociation, elles savaient que la présence de deux femmes les gênerait plutôt qu'autre chose.

« La question est éminemment sensible, leur écrivit Schechter, quelques jours plus tard. Je suis sans cesse à deux doigts de réussir. »

Il consacra la majeure partie de la semaine à convaincre le grand rabbin de lui donner son autorisation. Entre-temps, les jumelles eurent largement de quoi s'occuper. Elles rendirent visite au patriarche copte, et Margaret alla admirer les momies du musée égyptien avec Mlle de Witt. Cela fait, elles passèrent l'essentiel de leurs journées dans leur chambre, à parcourir ce qu'elles avaient rapporté du marché aux livres anciens ; ou à la réception de leur hôtel, où Agnes révisait son arabe pendant que Margaret consultait sa riche collection de récits de voyage en Égypte, à la recherche d'un lien avec le bout de parchemin ramassé à la gueniza.

Pour autant qu'elle comprenne, il s'agissait de deux lettres, une de chaque côté. Toutes deux faisaient référence à un jeune musulman, Ali, que l'on recommandait pour occuper la position de veilleur de nuit à la synagogue Ben Ezra. Le contexte laissait entendre qu'elles avaient pris place dans un long échange de correspondance entre le conseiller d'un calife du XIe siècle, al-Mustansir, et un érudit dénommé Shemarya le Pieux, membre éminent de la communauté juive.

— C'est extraordinaire, jugea Margaret en levant les yeux. Cette pièce est pleine de documents de ce genre, il y en a des centaines, et tous révèlent une histoire.

— Pas de trace du rouleau d'Ezra ? demanda Agnes.

L'idée les poursuivait depuis leur arrivée au Caire. Certes, elles se réjouissaient d'avoir accédé à la mansarde, mais le rouleau d'Ezra… voilà qui serait un sacré trophée !

— Non. Il ne faut pas croire qu'il nous tombera du ciel.

— Sans doute pas.

Margaret s'en revint aux carnets de Jacob Saphir, un voyageur lituanien qui, le premier, aurait découvert la gueniza.

Le lendemain matin, alors qu'elle feuilletait les mêmes carnets – cherchant celui dans lequel Saphir rapportait avoir jeté un coup d'œil dans un obscur placard renfermant ledit rouleau –, Schechter se présenta à l'improviste, vêtu d'un costume marron propre et bien repassé. Le sourire aux lèvres, il s'assit et croisa les jambes sans saluer les sœurs.

— Mesdames, nous avons l'autorisation du rabbin.

Les jumelles le félicitèrent et il leur rapporta par le menu le déroulement de sa semaine, les innombrables cigarettes et tasses de café, les repas interminables et les expéditions en ville. Il avait bu verre sur verre, une grande partie du mercredi, au club avec Bechor, et, le jeudi, il avait accompagné le grand rabbin aux pyramides. Plus tôt dans la matinée, les trois hommes avaient conclu l'affaire, alors qu'ils prenaient le thé chez l'industriel. Pour éviter d'éventuelles contestations, le rabbin Ben Simon avait remis à Schechter une attestation officielle. Il sortit celle-ci de sa poche intérieure et la posa sur la table pour la soumettre aux deux femmes.

— Cela étant, rappela-t-il, M. Bechor serait enchanté que vous écriviez une lettre de recommandation pour son fils.

— Mais avec plaisir, dit Margaret, croisant le regard de sa sœur. Tant que c'est pour la bonne cause.

— Après quoi, bien sûr, poursuivit Schechter en jouant avec les boutons de son veston, nous aurons besoin de louer une pièce pour ranger tout ce fourbi.

Les jumelles avaient su dès le départ que, à un moment ou un autre, on leur demanderait des fonds. C'était toujours le cas et cela devenait lassant. Elles ne rechignaient pas à payer, bien au contraire. Agnes et Margaret se livraient volontiers à la philanthropie. Mais qu'on en revienne sans cesse à l'aspect matériel des choses les chagrinait. Lorsqu'on faisait, comme elles, partie des possédants, on finissait par voir le monde à travers une grille dorée. Chaque bâtiment, chaque professeur, chaque livre ou tableau, bonne action ou bonne idée valaient leur poids en or. Et elles ne voulaient surtout pas être considérées comme de richissimes vieilles tantes qui n'avaient plus toute leur tête.

— En avez-vous parlé à M. Montefiore ? s'enquit Agnes.

— Ou au Dr Taylor ? suggéra Margaret.

Leurs collègues de Cambridge n'ignoraient pas, comme elles, que Montefiore abondait régulièrement le salaire de Schechter, et que celui-ci devait son séjour au Caire à la générosité de Taylor. Mais, étant d'une nature secrète, eu égard à l'argent du moins, Schechter s'étendait rarement sur ses bienfaiteurs.

— Tous deux se sont déjà montrés fort obligeants, déclara-t-il, s'interrompant un moment comme pour évaluer leurs largesses. Je crains cependant qu'ils ne mesurent pas entièrement l'intérêt de cette gueniza qui nous ouvre ses portes, pour ainsi dire. En tout cas pas autant que vous.

Il contempla un instant l'espace qui le séparait des jumelles. Suivaient-elles bien son raisonnement ?

— Le Dr Taylor comprendrait, assura Agnes, qui n'en doutait pas.

— Et il me paraît souhaitable, pour l'instant, que nous soyons seuls, nous trois, à nous occuper de cette affaire, ajouta Schechter.

— Nous trois et Mlle de Witt, rectifia Agnes.

Margaret sourit et posa une main sur le poignet de sa sœur. Il était inutile d'embarrasser Schechter. S'ils devaient aborder ce sujet, ils savaient tous où la discussion les mènerait.

— Combien de pièces nous faudra-t-il, à votre avis ?

— Deux, répondit-il. Deux ou trois. J'en ai parlé au gérant de mon hôtel. Il est prêt à nous accorder une remise.

— Laissez-nous consulter notre concierge, proposa Agnes. Je pense qu'il offrira le meilleur prix.

Visiblement, Schechter ne tenait pas à entreposer le contenu de la gueniza à l'hôtel d'Angleterre – où les sœurs en deviendraient quasiment propriétaires –, mais il jugea qu'il valait mieux ne pas insister.

Il se leva et s'inclina légèrement.

— Merci, leur dit-il. Le savoir et la connaissance vous remercient, ainsi que des générations de futurs étudiants.

— Sans doute, admit Agnes. En ce qui me concerne, je suis contente de me mettre au travail bientôt.

Tôt le lundi matin, les jumelles retrouvèrent Schechter et Emily de Witt devant leur hôtel. Elles avaient réservé une suite en face de leur chambre, et acheté des caisses en bois pour pouvoir transporter leur trésor de Ben Ezra à l'hôtel puis, par bateau, jusqu'à la bibliothèque de l'université de Cambridge. Aucun des quatre n'avait bien dormi et ils n'échangèrent pas un mot tandis qu'ils longeaient le Nil en direction du vieux Caire. Une épaisse couche de brouillard planait au-dessus du fleuve.

Ce fut Mlle de Witt qui brisa le silence lorsqu'ils descendirent de voiture, devant la synagogue.

— Eh bien, que fais-tu là, toi ? roucoula-t-elle en se penchant vers un minuscule chaton gris clair, qui cherchait ses congénères en miaulant. Tu es perdu ?

— Ne touchez pas cet immonde animal ! jeta Agnes.

Comme piquée par une guêpe, Mlle de Witt se redressa soudain. Agnes n'avait pas eu l'intention de la réprimander si vertement, mais c'était pour son bien. Comme avait coutume de dire le Dr Taylor : « Au Caire, le pigeon est un mets délicat, il convient d'éviter les chiens, et les chats sont sales comme des rats d'égout. » Cela ressemblait à une charade, pourtant la vérité n'était pas plus simple. Chaque capitale avait son fléau : chiens à Istanbul, rongeurs à Londres, pigeons à Rome. Au Caire, l'espèce nuisible était le *felis silvestris catus*, ou chat domestique. La ville grouillait de ces infects quadrupèdes aux yeux chassieux. Par milliers, ils crachaient, feulaient, se blottissaient ensemble dans les ruelles humides, fouillaient dans les piles de détritus. Il ne fallait pas manipuler ces créatures. Cela n'était simplement pas hygiénique. Cependant, Agnes aurait pu éviter d'employer ce ton sec.

— Je voulais dire que…

Sans lui laisser le temps de s'excuser convenablement, M. al-Raqb fit son apparition et repoussa le chaton du bout du pied.

— Bonjour à tous !

— Jour de lumière, répondit Margaret, espérant entrer dans ses bonnes grâces en recourant aux salutations traditionnelles.

— Jour de fleurs, abonda le gardien en souriant.

— Jour de bonheur, poursuivit Agnes.

— M. Bechor vous a-t-il averti que nous avions un accord ? demanda Schechter, lorsqu'il fut raisonnablement sûr qu'elles en avaient fini.

Le gardien hocha la tête et, d'un geste du bras, les invita à entrer dans la cour. D'un même mouvement, il tenta de chasser le groupe d'enfants crasseux, aux yeux très noirs, qui s'assemblait près d'eux. Certains étaient encore jeunes, d'autres bientôt des hommes, mais tous avaient le même air affamé et pitoyable.

— Solomon, implora Mlle de Witt, et si nous mettions ces garçons à contribution ?

Ils ne mendiaient pas. Dans l'ensemble, ils paraissaient plutôt curieux. Qui pouvaient être ces étrangers, se demandaient-ils, avec leurs drôles de vêtements et leurs caisses en bois ? On voyait bien, toutefois, qu'ils ne refuseraient pas une pièce ou un quignon de pain.

Peu enthousiaste, Schechter marmonna quelques mots, mais Agnes approuva :

— Oui, cela ne serait pas plus mal.

Mlle de Witt afficha un sourire ravi, imitée par Agnes qui, même si les familiarités de la jeune femme envers son protecteur la gênaient toujours, rattrapait ainsi son invective mieux qu'avec mille excuses.

— Dans un cas comme dans l'autre, dit Schechter, ne traînons pas.

— Fort bien, conclut Agnes, qui se tourna vers al-Raqb. Pensez-vous qu'à huit, ils feront l'affaire ?

Le groupe s'entendit pour que Schechter et Mlle de Witt surveillent ceux qui rempliraient les caisses dans la cour, pendant qu'Agnes et Margaret, autant que leurs poumons le permettraient, dirigeraient ceux qui videraient la gueniza. Assises sur des tabourets bas au milieu de la pièce, elles organisèrent les déplacements des garçons en intimant des ordres et en les guidant de leurs mains. Ils trouvèrent bientôt le rythme adéquat, l'un entassant les piles de papiers près de l'ouverture, l'autre les descendant au bas de l'échelle, un troisième les transportant dans la cour, et ainsi de suite. Au fil des heures, leurs bras et leurs visages se couvrirent de sueur et de poussière, de sorte qu'ils ressemblaient à des fantômes. Schechter avait estimé que la tâche prendrait au moins deux jours, mais, en fin d'après-midi, les garçons avaient terminé.

— Fini ! cria Margaret, dont la voix résonna contre les parois dénudées de la mansarde. Tout est parti.

— Mais toujours pas de rouleau, nota Agnes.

Sa sœur confirma – elles avaient eu la même chose en tête depuis le début. Elles étudièrent cette pièce dans laquelle, pendant près d'un millénaire, on avait entassé une montagne de rebuts. Dégarnie, ce n'était plus qu'une coquille vide, telle qu'elle était à l'origine. Pourtant, il émanait d'elle la même énergie que Margaret avait perçue lorsqu'elle était encore pleine.

Elles ressentaient encore un chatouillement étrange au bout de leurs doigts en descendant l'échelle, puis en rejoignant leurs compagnons devant la voiture prête.

— Sans doute vaudrait-il mieux que vous surveilliez ici ce que nous ne pouvons emporter, suggéra Schechter, pendant que Mlle de Witt et moi partons avec le premier chargement. Nous reviendrons ensuite chercher le reste.

— Excellente idée, admit Margaret en jetant un coup d'œil à sa sœur.

Elles profiteraient de leur absence pour s'entretenir ouvertement avec M. al-Raqb.

— Entendu, renchérit Agnes.

Lorsqu'ils eurent pris congé, le gardien demanda à Agnes et Margaret si elles désiraient un verre de thé. Les jumelles, qui avaient soif, n'auraient de toute façon pas refusé une invitation à manger ou à boire, ce qui aurait été considéré comme une insulte. De plus, c'était l'occasion d'amorcer la conversation.

— Avec plaisir, répondit Agnes en souriant.

Sans un mot, al-Raqb disparut à l'intérieur de sa maisonnette. Il en ressortit, quelques instants plus tard, muni de trois tabourets, d'un petit poêle à charbon et d'une théière en argile. Les sœurs s'assirent et le regardèrent silencieusement préparer et verser le thé.

— Que Dieu vous garde en bonne santé, dit-il en leur tendant leurs verres.

— Pareillement, répondirent-elles d'une même voix, en portant à leurs lèvres le thé noir et sucré.

Elles avaient de nombreuses questions à lui poser, mais attendirent qu'il s'exprime le premier.

— Mon père gardait déjà les lieux, leur confia-t-il finalement. Son propre père et son grand-père aussi. Cela depuis presque mille ans.

Margaret hocha la tête et but une autre gorgée. Elle s'était doutée qu'Ali – le jeune musulman dont il était question sur le parchemin qu'elle avait retiré de la gueniza – était un lointain parent de l'actuel gardien.

— Je ne sais ni lire ni écrire, continua al-Raqb. J'ignore tout des papiers conservés au grenier. Mais je sais qu'ils intéressent bien des gens.

— Bien des gens, répéta Agnes. Et beaucoup voudraient les acheter…

Il confirma. La colère se lisait sur son visage aussi nettement que le soir tombait. Le pillage de la gueniza, semblait-il, le courrouçait autant que les sœurs.

— Pouvez-vous nous dire qui ils intéressent ? le pria Margaret.

— Il ne m'appartient pas de le rapporter.

— Nous sommes prêtes à vous offrir une somme très importante en échange de ce renseignement.

— Ce n'est pas à moi de vous le fournir, s'obstina l'homme.

Margaret observa le fond de son verre et fit tourner ce qu'il restait de thé.

— Connaissez-vous le rouleau d'Ezra ? demanda-t-elle, changeant légèrement de tactique. Il est conservé, paraît-il, dans une armoire noire, sous la protection d'un serpent.

Le visage anguleux du gardien s'éclaira un instant ; il se tourna vers Margaret et la regarda dans les yeux, pour la première fois depuis le début de la conversation.

— Il n'y a pas de serpent.

— Mais le rouleau, le rouleau d'Ezra ? insista Agnes. Est-il ici, dans la synagogue ?

Al-Raqb la dévisagea, pinça les lèvres, fit un hochement de tête négatif.

— Êtes-vous allées au cimetière ? À Bassatine ? Ils enterrent des papiers, là-bas.

— Des livres ? Des rouleaux ? le pressa Margaret.

Le gardien plissa les paupières vers la forteresse de Babylone, comme si, derrière ses murs, le soleil couchant allait lui apporter la réponse.

— Mon père m'a montré ce rouleau quand j'étais petit. Mais ils l'ont retiré lorsqu'ils ont reconstruit la synagogue. Il n'est plus au même endroit.

Les jumelles se consultèrent silencieusement.

— Où se trouve-t-il maintenant ? Au cimetière ? supposa Agnes.

— Je n'en sais pas plus, affirma al-Raqb en leur resservant du thé. Je vous ai tout dit.

Lorsqu'elles terminèrent leur deuxième verre, la voiture de Schechter franchissait le portail de la synagogue. Il en descendit, tout souriant.

— Prêt pour le deuxième chargement, annonça-t-il.

Agnes et Margaret quittèrent leur siège, remercièrent le gardien pour son accueil et promirent de le récompenser de sa gentillesse. Elles aidèrent Schechter de leur mieux à installer les dernières caisses sur le véhicule, puis rejoignirent Mlle de Witt à l'intérieur de celui-ci.

— Un homme fort agréable, ce M. al-Raqb, fit observer Agnes à sa sœur.

— A-t-il révélé quoi que ce soit d'intéressant ? s'enquit Mlle de Witt.

— Non, rien de particulier, jeta Margaret.

— Bon ! s'exclama Schechter en montant à son tour. Nous avons toute raison d'être fiers de nous. Le seul obstacle qui nous reste à franchir est la douane égyptienne.

En chemin, les jumelles regardèrent silencieusement par la fenêtre. Une bande de ciel jaune pâle s'étendait au-dessus du Nil telle une couche de génoise. Elles avaient réellement tout lieu de se féliciter. Après deux longues semaines de dur travail, elles avaient mis le contenu de la gueniza à l'abri des rôdeurs, des voleurs et des attraits du marché noir. Certes, il n'y avait pas trace du rouleau d'Ezra et elles ignoraient toujours qui était responsable du pillage. Mais, pour l'instant, elles pouvaient savourer leur succès. Elles avaient réussi à sauvegarder de précieux documents, ce qui était loin d'être négligeable.

7

Pendant une semaine et un jour, Ali conserva le charme de Hasdi el-Sephardi constamment sur lui. Il le palpait dans sa poche, serrait l'extrémité de la ficelle, entendait presque une petite musique lui chatouiller les sens. Mais il avait beau croire en ses pouvoirs, il n'y avait pas moyen de savoir si le talisman était réellement efficace. Il était parfois sûr que sa bien-aimée brûlait d'amour pour lui. À d'autres moments, il l'imaginait vaquer à ses corvées quotidiennes, parfaitement insensible au charme magique. Huit jours ayant passé sans résultat – autant, du moins, qu'il pût juger –, il décida de recourir à de plus grands moyens.

Revenir à la boutique d'el-Sephardi se révéla beaucoup plus difficile qu'il ne l'avait imaginé. Ali essaya de retracer sa route depuis le marché des sculpteurs sur bois, et ses diverses tentatives le ramenèrent toutes à son point de départ. En chemin, il demanda aux commerçants s'ils pouvaient l'aider, mais la plupart ne connaissaient pas le nom de Hasdi, et les autres répondirent d'une moue indifférente. Après y avoir consacré la majeure partie de l'après-midi, Ali s'assit devant l'étal d'un marchand des rues qui vendait du foul et des falafels. La faim le tiraillait et il soupesait les pièces dans sa poche, lorsqu'il sentit une main sur son épaule.

— C'est moi que tu cherches ?

C'était Hasdi. Ses doigts étaient dotés d'une force surprenante et, dans la pénombre de l'allée, ses cheveux blancs ébouriffés paraissaient teintés de curieux reflets bleus.

— Viens, dit-il en inclinant la tête. Ma boutique est à deux pas.

Ils longèrent une rangée d'étals vides et s'enfoncèrent dans le marché. Puis ils prirent à gauche, contournèrent le coin des souffleurs de verre, revinrent, semblait-il, en arrière, et débouchèrent dans le passage abrité par les branches de l'olivier. La boutique de Hasdi était exactement telle qu'Ali s'en souvenait. Cette fois, cependant, la cage de roseau ne contenait pas de grenouilles, mais des pigeons.

— Le charme n'a pas opéré, conclut le petit homme, sans laisser à Ali le temps de s'exprimer. Puis-je l'examiner ?

Retournant l'objet dans ses mains, Hasdi fit la grimace comme s'il découvrait quelque dangereux défaut. Il jeta le talisman dans le poêle derrière lui, où une flamme blanche le dévora aussitôt.

— Tu es le veilleur de nuit de la synagogue Ben Ezra.

— Oui, admit Ali, puisqu'il était inutile de mentir.

— Et tu as souvent vu le rouleau d'Ezra ? demanda Hasdi, qui disparut derrière son meuble bas.

Un instant plus tard, il se redressa, muni d'un morceau de vélin presque transparent.

Ali fit signe que non. Il n'en avait jamais entendu parler.

— Au grenier, précisa le magicien.

Il répandit une poignée de poudre autour de lui, qui éclaira l'intérieur de la boutique d'une faible lumière argentée. Tandis que celle-ci s'estompait, Ali se rappela la nuit pendant laquelle il s'était réveillé, une semaine plus tôt, après la fête des Cabanes. Dans l'allée, les hommes du conseil, tous vêtus de blanc, fredonnaient une douce mélodie, et l'un d'eux tenait dans ses mains un grand objet lumineux, de la taille d'un Sefer Torah.

— La prochaine fois que tu iras dans le grenier de la synagogue, poursuivit Hasdi d'une voix posée, distincte, comme s'il s'adressait à un enfant, tu éteindras ta lanterne. Tu remarqueras qu'un des panneaux de bois brille légèrement dans le noir. Tu l'ouvriras et tu mettras ce morceau de vélin à l'intérieur. Tu le laisseras là pendant deux nuits, et ensuite tu me le rapporteras.

Ali voulut poser une question, mais Hasdi lui coupa la parole.

— Tu veux qu'elle ait pour toi les sentiments que tu éprouves pour elle ?

— Oui.

— Alors fais ce que je te dis.

Ce soir-là, le vélin serré entre ses doigts, Ali contempla le feu dans sa petite cheminée en tentant d'imaginer les conséquences d'un tel acte. Il ne savait rien du rouleau d'Ezra, mais il sentait que quelque chose n'allait pas du tout dans cette affaire. Hasdi el-Sephardi n'avait rien d'un honnête homme ; Ali en était persuadé. On ne pouvait donc rien attendre de bon de ces ensorcellements. Mais peut-être les résultats primaient-ils sur les intentions ? se demanda-t-il. Quel mal y avait-il, finalement, à se servir d'un charme qui le rapprocherait de sa bien-aimée ?

Arrivé à sa troisième ronde, il se résolut à exécuter les ordres du magicien. Il éteignit sa lanterne au grenier et, immobile dans l'obscurité chaude de la pièce, reconnut le panneau de bois. Comme l'avait indiqué Hasdi, il brillait, enveloppé d'une clarté veloutée. Sans l'éclairage de la lanterne, il était impossible de ne pas le remarquer. Ali l'observa un long moment. Puis il essuya ses mains sur le devant de sa djellaba, traversa lentement la mansarde en sinuant au milieu des papiers et des livres abandonnés. À moins d'un mètre du panneau luisant, il s'accroupit et tendit le bras pour le toucher. En effleurant le bois, il sentit une vague d'énergie se répandre dans son corps, tel un bouillonnement intérieur. La sensation était semblable au picotement qu'il avait perçu au bout de ses doigts, avec cette impression de clarté intérieure, la première fois qu'il était monté au grenier, mais elle était infiniment plus forte.

Comme avait dit Hasdi, le panneau cachait une niche, dans laquelle était rangé un Sefer Torah. Posé tout droit sur un coussin de soie bleu clair, le rouleau était cerné d'un halo laiteux et argenté. Sans prendre le temps de réfléchir ou de reconsidérer ce qu'il faisait, Ali plaça le vélin sur le coussin. Puis il referma le panneau, ramassa sa lanterne et s'en alla.

Lorsqu'il revint à son poste, il avait la bouche sèche et son cœur battait si fort qu'il paraissait sorti de sa poitrine. Cette curieuse énergie ne l'avait pas quitté. Brusquement, il comprit pourquoi le conseil entourait de mystère les rites qu'il avait observés au soir de la fête des Cabanes, et pourquoi Hasdi avait tant insisté pour qu'il exécute ses ordres. Le rouleau d'Ezra était doué d'une force magique si puissante que les mots ne pouvaient en rendre compte. Et Ali savait que, en s'immisçant dans ses pouvoirs, il avait commis un terrible méfait. Il avait trahi la confiance que lui vouaient al-Zikri et le conseil dans son entier. Il portait tort à tous les membres de Ben Ezra, y compris – et surtout – à sa bien-aimée. Son cœur se calmant peu à peu, ce fut bientôt la honte qui lui noua l'estomac. Et pourtant, en même temps, Ali éprouvait une part de bonheur. Il sourit à l'idée que ce nouveau charme se révèle enfin efficace.

Le surlendemain, il récupéra le vélin et le glissa dans la manche de sa djellaba. Il s'efforça de ne pas penser à ce qu'il avait fait, pourtant il le sentit vibrer doucement au creux de son bras. En deux jours au grenier, il semblait avoir absorbé une petite partie des pouvoirs du rouleau, comme un vêtement s'imprègne de l'odeur de son propriétaire.

Dans l'après-midi, Ali se rendit chez Hasdi.

— Tu as réussi, alors, dit l'homme, qui parvint à peine à masquer sa joie.

Ali hocha la tête et lui tendit le vélin. On distinguait mal son éclat dans la lumière vive du jour, mais, dans sa main, la sensation de chaleur était bien nette.

— Parfait, se réjouit le magicien, qui en découpa un coin.

Pendant que Hasdi inscrivait sur l'étroit triangle de parchemin une ligne sinueuse de lettres arabes et hébraïques, Ali promena son regard dans la boutique. Il remarqua que la cage, près de la porte, était maintenant occupée par une portée de chatons noir et blanc. Il tenta de ne pas imaginer ce qu'il adviendrait de ces animaux. Autant ne pas penser aux grenouilles et aux pigeons qui les avaient précédés.

— Jette cela dans ton feu, ce soir, recommanda Hasdi en plaçant le morceau de vélin dans un petit sac de toile. Et n'oublie pas d'avaler un peu de la fumée qu'il produira.

— Bien.

— C'est un sort très puissant, poursuivit le magicien. Tu peux compter dessus, tu ne seras pas déçu.

— Et le reste du vélin ? l'interrogea Ali.

— Tu as eu la part qui te revient, expliqua l'homme en gloussant. Ce n'est pas cher payer pour le grand amour.

« Pas cher payer pour le grand amour. » En procédant à ses rondes, ce soir-là, Ali répéta la phrase encore et encore. Il évita de se demander si un amour obtenu par magie pouvait être sincère et véritable. À l'heure la plus noire de la nuit, quand les oiseaux ne chantent plus, il s'assit sur son tabouret et sortit le nouveau charme de sa poche. Son éclat était bien visible dans l'obscurité et Ali sentit une douce chaleur se répandre dans sa paume. Ce qu'il allait faire était mal, il le savait, aussi sûrement que le Nil serait en crue au printemps. Mais ce n'était pas cher payer pour le grand amour.

Il se représenta sa bien-aimée, endormie par terre près de ses sœurs ; les dents serrées, il lança le charme dans la cheminée, où il ne brûla pas tout de suite. Mais, soudain, le vélin grésilla et une flamme jaillit. Sans dégager de fumée, elle projeta un flot de minuscules étoiles. Une vague d'étincelles se mit à danser dans la petite cheminée. Puis, tout aussi brusquement, le feu retrouva son apparence normale. Ali observait les dernières étincelles en train de mourir lorsqu'il entendit une voix devant sa porte.

— Ces lumières ? demanda al-Zikri en regardant les quatre coins de la cour. Tu as vu ça ?

— C'est mon feu, répondit Ali. Un curieux bout de bois que j'ai fait brûler.

Ils étudièrent la cheminée, comme si elle allait leur livrer une meilleure explication. Ali attendit un instant avant de reprendre la parole.

— Puis-je vous poser une question, al-Zikri ?

Il en avait tant – à propos du rouleau d'Ezra, de Hasdi el-Sephardi, de la magie, de la trahison et du prix de l'amour véritable –, mais celles-là lui étaient interdites. Alors il en choisit une plus simple, qu'il avait en tête depuis quelque temps.

— Pourquoi les juifs rangent-ils leurs vieux papiers au grenier ?

— Ta curiosité est compréhensible.

En suçotant le bas de sa moustache, al-Zikri se tourna de nouveau vers le feu.

Il leur était interdit, expliqua-t-il, de jeter tout document sur lequel figure le nom de Dieu, car, selon la doctrine, ces écrits-là conservent l'empreinte de la majesté divine. Ali hocha la tête. Il connaissait déjà cette partie.

— Mais les synagogues peuvent choisir différents moyens de s'en débarrasser.

Les fidèles de Ben Ezra plaçaient les leurs au grenier – dans une pièce qu'ils appelaient la gueniza –, parce qu'ils respectaient les préceptes de leur religion et pour la raison, aussi, que le cimetière de Bassatine était fort éloigné. Quand al-Zikri arriva au bout de sa tirade, Ali voulut lui poser une autre question, mais s'arrêta en croyant deviner une trace de soupçon dans son regard. Ils gardèrent le silence un instant, puis le gardien posa une main sur l'épaule du jeune homme et s'apprêta à partir.

— Bonne nuit, Ali, lui dit-il. Nous en reparlerons demain matin.

Le lendemain après-midi, lorsque Ali se rendit à la boutique de tissus d'Ephraïm ibn Shemarya, espérant poursuivre la conversation entamée la veille avec le gardien, les hommes avaient une discussion animée à propos d'un des sacrificateurs rituels de la synagogue, un dénommé Yakob, qui était soudain tombé malade. Le Dr Mevorakh n'avait encore jamais constaté de tels symptômes. Yakob avait d'abord eu des frissons, des ballonnements, puis il avait été couvert de plaies purulentes qui semblaient peu à peu le priver de ses forces vitales. Toute la semaine, l'atmosphère resta très tendue à la boutique. Les hommes se taisaient le plus souvent, sauf quand Mevorakh venait les tenir au courant. Puis, un matin, presque huit jours plus tard, Ali se réveilla en entendant des pleurs et des gémissements dans la cour. Il sortit aussitôt de sa maisonnette, et al-Zikri lui apprit la nouvelle. Yakob était mort.

— Il n'est de force et de puissance qu'en Dieu, dit le gardien, et Ali acquiesça. La vie est un hôte inconstant, ajouta al-Zikri. On ne sait jamais quand elle s'en ira.

Yakob avait vécu simplement et sa famille n'était pas assez riche pour payer des musiciens ou des pleureuses. Cependant il avait été aimé. Ce soir-là, quand le cortège funèbre défila devant le portail de la synagogue, toute la communauté suivait le cercueil du mort. Chacun portait un flambeau ou une lanterne. En les regardant passer, Ali baissa la tête, quoique pas assez pour se priver du spectacle de sa bien-aimée, au cas où elle serait là. Une pensée qu'il se reprocha, mais, à ce stade, il n'était plus maître de ses désirs.

Lorsqu'ils eurent disparu, il se munit de sa lanterne pour commencer sa deuxième ronde. Tout paraissait en ordre dans la cour et dans la salle de prière. En revanche, lorsqu'il monta au grenier, il s'aperçut que les piles de papiers avaient été éparpillées. On aurait dit l'œuvre d'un animal affamé. La niche contenant le rouleau d'Ezra avait été forcée, mais, par bonheur, le rouleau s'y trouvait encore. Il brillait doucement sur son coussin de soie bleu clair. Levant sa lanterne, Ali s'avança avec précaution jusqu'au fond de la pièce, à la recherche d'un indice qui puisse lui expliquer l'origine de cette pagaille. Quand l'inclinaison du toit l'empêcha d'aller plus loin, il se retourna et découvrit Hasdi el-Sephardi, caché dans un renfoncement à l'autre bout de la gueniza. Il portait un sac à l'épaule et ses cheveux blancs luisaient à la lueur jaune de la lanterne. Aucun des deux n'ouvrit la bouche pendant un long moment. Ils étaient comme frappés d'immobilité – sauf que les mains d'Ali tremblaient.

— Tu ne me vois pas, dit Hasdi.

Ali ferma les yeux, désireux de croire qu'il s'agissait d'une hallucination. Mais, quand il les rouvrit, le sorcier était toujours là.

Il fit un pas vers lui et le petit homme l'arrêta d'un geste.

— Tu ne diras à personne que tu m'as vu.

Hasdi posa un doigt sur sa tempe, et Ali ressentit une vive douleur exactement au même endroit.

— Si tu dis à quiconque que tu m'as vu, je te dénonce. Je

raconterai que tu m'as forcé à envoûter la jeune fille. Je leur dirai et tu seras brisé. Tu as compris ?

— Oui, réussit à répondre Ali malgré la douleur.

Celle-ci se dissipa aussitôt et Hasdi s'enfuit.

Après s'être assuré que le rouleau d'Ezra n'était pas abîmé, Ali essaya de recomposer les piles de papiers. Malgré tous ses efforts, elles paraissaient beaucoup plus basses qu'auparavant. Il s'assit sur le plancher poussiéreux, éteignit sa lanterne et tenta de se rassurer. Mais rien de rassurant ne lui vint à l'esprit. Si l'on était capable de fabriquer un sort puissant grâce à un morceau de vélin, laissé deux nuits près du rouleau d'Ezra, que ferait-on des milliers de papiers qui avaient coexisté avec lui pendant des décennies ? Ali était perdu. Il avait failli à ses obligations, trahi toute la communauté. Il cria dans le noir, défit les piles de papiers à coups de pied, tapa sur les murs jusqu'à engourdir ses poings. Il avait manqué à son unique devoir, abandonné son poste, accueilli un voleur dans la synagogue. Et il lui était impossible de se racheter. S'il se taisait, on lui reprocherait que des papiers aient disparu. S'il rapportait le vol à al-Zikri, il imaginait déjà les conséquences.

Cette nuit-là et pendant de nombreuses journées, il fut dévoré par la honte et le doute. Il reprit ses rondes nocturnes et n'oublia pas, chaque après-midi, de passer par la boutique d'Ephraïm, ne serait-ce que pour donner l'impression que tout allait bien. Quoi qu'il fît, cependant, ses entrailles le rongeaient. Il en voulait à Hasdi el-Sephardi. Il en voulait au conseil de lui avoir accordé sa confiance. Il en voulait à Yakob d'être mort. Il en vint même à détester sa bien-aimée. Mais c'est à lui, surtout, qu'il en voulait. Dans les affres qui le déchiraient, il regretta la maison de son oncle Rachid, où il avait dormi à même le sol. Il regretta de ne plus transporter des outres pleines sur son dos. Il regretta cette vie simple et misérable, la vie qu'il comprenait, la vie qu'il méritait.

8

En face de la station de métro Mar Girgis, sous une voûte de pierre blonde, une vieille porte en bois aux charnières métalliques donnait sur une allée étroite. De chaque côté, des hommes vendaient de l'eau en bouteille et des cartes postales enveloppées de plastique. Deux chats gris dormaient dans un coin d'ombre sous une chaise cassée et, au milieu de la rue, un groupe d'enfants jouait au foot avec un ballon dégonflé. J'ai demandé au chauffeur du taxi de me déposer là, puis j'ai acheté une bouteille d'eau et j'ai franchi la porte pour entrer dans l'allée, garnie de boutiques.

— Papyrus ! a crié un commerçant, alors que je passais devant la sienne. La meilleure qualité !

— Non, merci, lui ai-je répondu en poursuivant mon chemin au milieu de jeunes hommes impatients qui colportaient d'autres papyrus, des tapis, des boissons fraîches, des pellicules, du parfum et le même éventail de bibelots que l'on vous propose partout en Égypte.

Selon le plan à la fin de mon guide *Lonely Planet*, la synagogue Ben Ezra se trouvait dans le vieux Caire, coincée entre l'église Saint-Serge et le cimetière orthodoxe grec. Elle n'était pas bien difficile à atteindre. À droite devant le couvent Saint-Georges, puis à gauche à Saint-Serge, et j'y étais.

Mon père m'avait plusieurs fois emmené à la synagogue dans mon jeune âge, mais le bâtiment que je me rappelais – une construction rectangulaire, jaunâtre, dominant les églises alentour – ne ressemblait en rien à celui que j'avais en face de moi. Peut-être ma mémoire me jouait-elle un tour; sans doute était-ce une question de perspective ou l'effet des travaux de restauration? Toujours est-il que j'ai dû plisser les yeux pour me convaincre que cet édifice trapu, blanchi à la chaux, était bien celui que j'avais visité, enfant; que c'était la synagogue où la famille de ma mère était allée prier, celle que les ancêtres de mon père avaient gardée pendant près d'un millier d'années, et que cette cour pleine de touristes aux T-shirts tachés de sueur, en train de discuter du dîner de la veille et de leur promenade en chameau, plus tard dans l'après-midi, était l'endroit précis où mes parents s'étaient rencontrés.

Abdallah avait eu l'idée de m'y envoyer. Même si ce n'était qu'une attraction touristique, avait-il dit, j'y trouverais peut-être quelqu'un qui saurait comment joindre Claude Mosseri. Comme bien souvent, il avait raison, cela valait la peine d'essayer. J'en étais presque arrivé à perdre espoir. J'avais parcouru toutes les rues Gamal el-Din de la ville, laissé des mots partout, parlé à des inconnus, insisté auprès de l'oncle Hassan pour qu'il essaie de se souvenir de Mosseri et de sa famille. J'avais contacté la compagnie du téléphone; je m'étais rendu deux fois à la grande synagogue de la rue Adly. Et, la semaine précédente, Abdallah avait réussi à se libérer un après-midi pour m'accompagner dans cette vaste fourmilière de la bureaucratie égyptienne, dans le centre, qui porte le nom de Mogamma. Après avoir cherché Mosseri en vain pendant près d'un mois, je commençais à croire que j'avais échoué et j'envisageais de faire mes valises pour rentrer à Berkeley. Ou de choisir quelques cours à l'école de langues où travaillait Aïcha, et de passer la fin de l'année à enseigner les conjugaisons et corriger des exercices de grammaire.

Me glissant entre les peaux rougies par le soleil et les bermudas à poches, j'entendais un groupe d'Australiens se demander s'il était bon de donner de l'argent aux enfants des rues, et j'essayais de me rappeler une des histoires de mon père, à propos des nombreux al-Raqb qui avaient protégé cet endroit. J'ai tenté de me représenter mes parents en train de jouer à cache-cache derrière les palmiers. Malheureusement, mon imagination était bridée par cette couche de chaux trop blanche, par les bip-bip du portique de sécurité et les vacanciers aux T-shirts assortis.

— Pardon.

Pendant que je méditais, un agent de sécurité s'était avancé dans mon dos.

— Pardon, monsieur, vous ne pouvez pas rester là.

Avec le recul, je crois qu'il aurait été plus intelligent de jouer au touriste désorienté et de lui répondre en anglais. Mais les mots sont sortis de ma bouche en arabe.

— Je ne peux pas rester là ?

— *Là-bas*, oui, a-t-il dit en indiquant le groupe d'Australiens à quelques mètres. Mais pas ici. C'est la zone de sécurité.

J'ai fait un pas vers les Australiens, puis je me suis figé. Pourquoi fallait-il que je me déplace ? Pourquoi m'interdisait-on de me mettre où je voulais ? Si quelqu'un avait le droit d'être ici, c'était moi. Mes ancêtres avaient prié dans cette synagogue ; certains avaient risqué leur vie pour la protéger.

J'étais en train de passer mes arguments en revue quand un autre agent, plus officiel que le premier, a traversé la cour vers nous. Il portait un gilet pare-balles noir et la mitraillette accrochée à son épaule ressemblait à un jouet qui, depuis longtemps, aurait perdu tout intérêt.

— Puis-je vous aider, monsieur ?

Malgré son arme et une trace de soupçon dans le ton, il paraissait vraiment vouloir m'aider.

— Oui. Voilà, je cherche M. Claude Mosseri.

— Claude Mosseri ?

J'avais sa carte de visite sur moi, que je n'ai pas eu besoin de montrer. Son nom avait suffi. Sans rien demander de plus, l'homme au gilet pare-balles a aussitôt réagi. Il a aboyé quelques ordres dans son talkie-walkie et m'a indiqué un petit banc de pierre à proximité.

— Asseyons-nous là, si cela vous convient, m'a-t-il proposé.

Il s'est muni d'une chaise, a sorti un paquet de cigarettes de sa poche et, en même temps qu'il craquait une allumette, m'en a offert une.

— Non, merci.

En silence, nous avons regardé les touristes qui passaient sous le portique. Il m'a étudié plus attentivement.

— Vous êtes juif?

— Oui.

Il s'est décalé pour m'observer sous un autre angle.

— Pour moi, vous avez une tête d'Égyptien.

Il jetait soigneusement ses cendres dans une canette de soda vide.

— Mon père était égyptien, lui ai-je confié, en oubliant ma mère pour plus de commodité.

— Il est musulman ?

— Il était, ai-je répondu.

Puis, pour justifier l'emploi du passé :

— Il est mort, il y a quelques mois.

En marmonnant, l'homme m'a présenté ses condoléances. « Il n'est de force et de puissance qu'en Dieu. » Et il a repris le fil de notre conversation.

— Si votre père était musulman, alors vous l'êtes aussi, a-t-il conclu.

— Oui. Mais on est juif par sa mère, également. Alors je suis aussi juif.

Un paradoxe qu'il a considéré un instant, mais il ne s'avouait pas vaincu.

— Non, vous ne pouvez pas être les deux. C'est impossible.

Sans me laisser le temps d'affirmer le contraire, le talkie-walkie s'est mis à brailler. Mon interlocuteur a échangé quelques mots avec un correspondant à la voix gutturale.

— Vous vous appelez Yusuf?

— Oui.

Ils ont continué pendant quelques minutes – il était question de Mosseri et, peut-être, de sa voiture –, puis l'homme a rangé l'appareil dans son étui.

— Revenez cet après-midi. À dix-sept heures.

— Demain?

— Non, cet après-midi. À dix-sept heures.

Quand je suis retourné à la synagogue – après avoir déjeuné, visité l'église suspendue et passé trois heures au musée copte –, le soleil entamait sa descente derrière les murs de la vieille ville et les commerçants rangeaient leurs étals. Touristes et agents de sécurité avaient tous disparu. L'église Saint-Serge venait de fermer et la cour de la synagogue était déserte, excepté un petit homme chauve, vêtu d'un élégant costume bleu.

— Yusuf! s'est-il écrié en m'ouvrant les bras.

J'avais consacré l'essentiel des dernières semaines à la recherche de cet homme – je l'avais appelé, j'avais battu le pavé de toutes les rues Gamal el-Din du Caire, j'en avais parlé pendant des heures à Abdallah et à Aïcha, j'avais épluché l'annuaire, exploré l'Internet, les couloirs du Mogamma, mille fois relu sa carte de visite et l'article de presse trouvé dans la chambre de mon père, au cas où ils me livreraient malgré tout un indice me permettant de le localiser – et soudain, comme tombé du ciel, il était là à me serrer la main et m'embrasser sur les deux joues.

— Monsieur Mosseri !

Il sentait une légère odeur de gardénia et, tandis qu'il ajustait son veston, j'ai remarqué le mouchoir de soie orange vif qui dépassait de sa poche de poitrine. Il avait le sourire aux lèvres, un grand nez et des manières élégantes, presque raffinées.

— Je suis tellement content de te voir.

Posant une main sur mon épaule, il a froncé les sourcils d'un air compatissant.

— Ton père serait très heureux de te savoir ici, a-t-il ajouté.

— Merci, ai-je répondu, ne sachant quoi dire d'autre.

Il m'a demandé où je logeais et il commençait à me parler d'un restaurant italien qu'il connaissait à Garden City, quand il a soudain pris conscience d'une chose.

— Mon Dieu, j'espère que tu n'as pas essayé de me téléphoner !

— Plusieurs fois, si.

— Cette carte… a-t-il maugréé.

Il a porté sa main à sa bouche, signe qu'il comprenait exactement ce qui s'était passé.

— Je suis vraiment navré, Yusuf. C'est à cause de la compagnie du téléphone qui a installé de nouveaux centraux. On a cru devenir fous, pendant un moment.

Il s'est attardé sur cette affaire de centraux – les télécoms égyptiennes avaient ajouté un chiffre à toutes les lignes fixes, ou modifié les indicatifs régionaux, enfin, quelque chose dans ce genre – et il s'est arrêté au milieu d'une phrase.

— Mais tu es là ! Et tu n'as peut-être pas envie que je te casse les oreilles avec nos histoires de téléphone. Tu dois en avoir, des questions à me poser.

— En effet.

C'était le cas, évidemment, même si je n'avais pas encore pensé à les classer.

Mosseri a levé un sourcil attentif, puis il a paru changer d'avis.

— Avant de s'occuper de tout ça, il vaudrait mieux visiter la synagogue avant qu'il fasse nuit. Elle est plus belle à la lumière du jour.

Tandis que nous montions l'escalier vers la galerie des femmes, il m'a décrit les différentes étapes de la restauration qu'il avait supervisée, quelques années plus tôt, et montré certains aspects particulièrement remarquables. Les motifs géométriques imbriqués du plafond avaient été conçus par un artisan dont l'arrière-grand-père avait participé à la précédente rénovation. Et au fond, l'Arche rutilante, rouge et or, reproduisait au détail près le plan tracé par un architecte, un siècle plus tôt.

— C'est splendide, lui ai-je dit sincèrement.

En étudiant la série d'arcades de marbre blanc et noir qui bordaient la galerie au-dessus de la grande salle, j'ai tenté de me rappeler la dernière fois que j'étais entré dans une synagogue. Pour la bar-mitsvah de Rory Trout, peut-être, ou lors de l'enterrement de ma grand-mère à Paris. Je ne me souvenais plus exactement, mais il y avait longtemps, au moins dix ans. Et, de toute façon, ces autres temples n'avaient rien de comparable.

— Oui, a admis Mosseri avec un sourire, nous sommes très contents du résultat.

Il a tapoté la balustrade métallique devant nous, puis, se retournant, m'a invité à redescendre l'escalier vers la salle de prière.

— C'est que… ai-je suggéré avant qu'il reparte dans ses commentaires. J'espérais que vous pourriez éclairer ma lanterne au sujet de…

Je me suis interrompu, ne sachant quel nom donner au bout de papier que papa m'avait fait parvenir.

— … du parchemin ? a-t-il dit. Mais oui, bien sûr.

Il était difficile de l'affirmer avec certitude, m'a-t-il expliqué, surtout dans le cas d'un document aussi ancien, mais on pouvait décemment croire que ce parchemin réunissait deux lettres, une de chaque côté, datant selon toute vraisemblance de la moitié du XIe siècle. Il s'agissait très probablement d'un extrait d'une longue correspondance entre le principal conseiller du sultan et le représentant de la communauté juive du Caire. Il y était question d'un jeune musulman, dénommé Ali, dont ils se demandaient s'il ferait un bon veilleur de nuit à Ben Ezra.

— Ali al-Raqb ?

— Comme je te disais, il est difficile d'affirmer certaines choses.

— Je pensais que c'était des histoires, tout ça.

— Oui, mais vois-tu, il y a parfois une histoire vraie dans les histoires.

Il a hésité un instant puis il a abordé quelques aspects se rapportant au contexte et à l'époque – l'impossibilité, pour les juifs, de jeter tout document dans lequel figurait le nom de Dieu, et le fait que, dans le courant du XIe siècle, ceux de Ben Ezra ont commencé à en stocker dans une mansarde de leur synagogue. S'il répondait à toutes mes questions, pratiquement, j'avais pourtant l'impression qu'il tournait vaguement autour du pot, qu'il s'ingéniait à contourner un élément important. Il évoquait la dispersion de certains de ces papiers et le rôle joué par un rabbin et deux Anglaises de Cambridge, quand je l'ai coupé au milieu d'une phrase :

— Lorsque mon père vous a demandé d'envoyer son paquet, vous a-t-il dit quelque chose de particulier ?

— Comment ça ?

J'ai tenté de m'exprimer en termes plus clairs.

— Avait-il une raison spéciale de m'adresser ce colis ? Pourquoi voulait-il que je prenne possession du parchemin ?

— Il est extrêmement précieux, évidemment. Inestimable. Mais je suppose que tu…

Mosseri s'est interrompu, lui aussi à la recherche de ses mots – réfléchissant, sans doute, à ce qu'il allait révéler ou pas. J'ai remarqué alors que son regard se posait sur une petite ouverture rectangulaire dans le plafond de la galerie.

— La gueniza ? l'ai-je interrogé. C'est ça ?

— Oui.

Guère plus large qu'une lucarne, l'entrée de la mansarde était bordée de moulures de bois noir et bloquée par un panneau de contreplaqué. À moins d'être averti qu'elle se trouvait là, on serait passé dessous sans la voir.

— On ne peut pas y monter, si ?

— Dans la gueniza ? a-t-il dit, légèrement surpris. Ah non, ce n'est pas commode du tout. Personne n'y est entré depuis des années.

— Mais ce n'est pas impossible ?

Il m'a étudié une minute, puis s'est radouci.

— Non, sans doute pas, a-t-il souri.

Sans un mot, il m'a conduit à l'autre bout de la galerie des femmes. J'ai senti mon cœur battre dans mes tempes alors qu'il dégageait une vieille échelle de bois d'une pile de matériaux de construction. Il l'a calée contre l'ouverture.

— Cela n'est pas éclairé, m'a-t-il prévenu en maintenant l'échelle au sol pendant que je grimpais. Et il doit y avoir une poussière monstre, là-dedans.

Depuis le dernier échelon, j'ai retiré le panneau, me suis assis sur le rebord avant de me hisser à l'intérieur. J'ai mis un moment à m'habituer à l'obscurité, après quoi je me suis rendu compte que la pièce était quasiment vide, excepté l'épaisse couche de poussière noire qui recouvrait le sol.

Me dressant à l'intérieur, je l'ai imaginée pleine – mille ans de lettres d'amour, de recueils de prières, de contrats d'affaires, d'actes en tout genre, peut-être ponctués d'une ou deux listes de commissions. Une montagne de papiers marquée du sceau virtuel de la divinité. J'ai pensé à tous les al-Raqb qui étaient entrés dans la gueniza – du premier au dernier veilleur de nuit, d'Ali al-Raqb à mon père –, quand leurs rondes nocturnes les menaient au grenier. J'ai pensé à tous les documents qui avaient atterri ici et à ce qu'ils signifiaient : un mariage ou un nouvel associé, un décès dans la famille, une lettre à ce frère au bout du monde qui n'a jamais répondu.

Oui, cette mansarde était vide, mais des milliers d'histoires y étaient encore gravées. J'y ai remarqué aussi une sorte d'énergie, comme une charge électrique diffuse, en suspension. J'ai fait un pas vers le centre de la pièce et, tandis que la sensation s'amplifiait, je me suis souvenu de ce que mon père m'avait dit, lors de cet après-midi sur le Nil, bien longtemps auparavant. Un rouleau aurait été caché dans la synagogue.

J'essayais de me rappeler exactement ses paroles – à propos du prophète Ezra, de rumeurs d'envoûtement, du nom de Dieu –, quand j'ai soudain vu un reflet argenté se détacher d'une pile de produits de nettoyage. Mon cœur a bondi et j'ai reculé d'un pas. Puis j'ai perçu un autre mouvement, plus près de moi, et j'ai compris que c'était un chat. Il y en avait plein le grenier, des dizaines de ces créatures maigres, toutes du même gris luisant.

— On s'efforce de les éloigner, a dit Mosseri en me rejoignant dans la mansarde, mais c'est perdu d'avance. Ils ont dû trouver un moyen de passer par le toit.

J'ai hoché la tête en regardant les chats se réfugier dans l'obscurité.

— Ce n'est donc que ça.

— Oui, a-t-il confirmé. Elle ne correspond pas vraiment à l'idée grandiose qu'on s'en fait.

Nous nous sommes tus un instant, puis il a joint les deux mains en souriant, comme un hôte fatigué sur le point de raccompagner à la porte le dernier de ses invités.

— Puis-je vous poser une autre question, si cela ne vous dérange pas ?

— Pas du tout.

Je désirais savoir tant de choses relatives à ce parchemin, au jeune Ali al-Raqb, à la gueniza – et pendant combien de temps mon père avait-il veillé sur la synagogue ? –, mais j'ai lâché sans réfléchir :

— Papa m'a parlé un jour d'un rouleau caché dans ce grenier.

Le sourire de Mosseri s'est figé. Il a ouvert la bouche et l'a refermée, en parcourant peut-être un éventail d'explications possibles. Il a commencé une phrase, s'est arrêté aussitôt, a jeté un coup d'œil à l'ouverture dans le plancher et s'est tapé doucement sur la tempe, comme s'il se rappelait soudain une information vitale.

— Es-tu libre vendredi soir ?

— Oui.

Il a sorti un grand mouchoir blanc d'une poche intérieure pour essuyer les verres de ses lunettes.

— Sans doute pourrais-tu venir dîner avec nous ? J'ai quelque chose à te montrer qui t'intéresserait probablement.

Mosseri a rangé son mouchoir dans sa poche et nous sommes redescendus dans la galerie. Prudent, je me suis gardé de poser d'autres questions. Je l'ai suivi au-dehors et, clignant des yeux à la lumière du jour, j'ai refermé la porte derrière nous.

9

La question d'y aller ou pas – de se rendre à Bassatine pour voir ce que le cimetière avait à offrir – fut débattue presque en silence. Ce fut moins une discussion qu'une guerre d'usure. Quoi qu'elles pussent découvrir là-bas, Agnes était hostile à l'idée de troubler le repos des morts, tandis que, pour Margaret, l'éventualité de soustraire au pillage et à la dispersion des documents de haute valeur l'emportait sur toute considération à l'égard des défunts. De plus, elles ne dérangeraient pas les cadavres.

Pendant les vingt-quatre heures qui suivirent les révélations de M. al-Raqb, selon qui un certain nombre de papiers – dont, peut-être, le rouleau d'Ezra – étaient ensevelis au cimetière de Bassatine, les deux sœurs n'échangèrent pas plus d'une douzaine de mots. Elles ne posèrent pas la question à haute voix ; ne murmurèrent même pas le mot « cimetière ». C'était inutile. Elles savaient toutes deux ce qu'elles pensaient. La plus grande partie de la journée, elles dansèrent une valse muette, bouche cousue, chacune consolidant sa défense, rassemblant ses arguments, cherchant à déceler le moindre changement dans leurs occupations journalières. Une once de beurre supplémentaire au petit déjeuner, une brusque remarque à propos de Mlle de Witt ou du Dr Schechter, n'importe quel détail susceptible de trahir les positions de l'une ou de l'autre.

Agnes avait les blancs et joua la première.

— Cela te plairait, toi, qu'on vienne forcer nos tombes ?

Margaret posa son livre – un recueil de lettres de voyage, écrites par le rabbin Ovadia de Bertinoro au XVe siècle – et regarda sa jumelle, qui venait de terminer ses flexions du buste. Margaret avait anticipé ce raisonnement-là, mais elle ne s'attendait pas à ce qu'Agnes l'exprime aussi vite. Cela pouvait être un piège ou, plus probablement, l'esprit de sa sœur était voilé par son écrasante bonne moralité.

— Selon Ovadia, dit-elle en tapotant son livre, les papiers sont enterrés dans une section inusitée du cimetière, à plus de deux coudées de la tombe la plus proche.

Agnes s'assit sur le lit de sa sœur.

— N'empêche, c'est indécent, objecta cette dernière.

— Pense à un trésor caché. Imagine : un rouleau de la Torah, recopié par Ezra lui-même, quatre siècles avant Jésus-Christ.

Margaret nourrissait peu d'espoir que le rouleau se trouve à Bassatine. Mais cela restait une possibilité, et un argument convaincant.

— Faut-il accorder tant de valeur aux déclarations de M. al-Raqb ? demanda Agnes. Et Schechter ? Que dirait-il si nous l'informions que nous allons fouiller un cimetière juif ?

— Je crois qu'il nous approuverait pleinement. Cela étant, il vaut sans doute mieux le tenir à l'écart de nos projets.

Agnes soupira – signe d'une reddition imminente – et s'allongea brusquement sur le ventre.

— Tu veux bien me masser, Meggie ?

En insistant un peu, Margaret savait qu'elle arriverait à faire céder sa sœur séance tenante. L'expérience lui avait toutefois appris à différer ce type de satisfaction. Il était de loin préférable d'attendre que sa bonne vieille Nestor change d'avis toute seule.

De fait, le lendemain au petit déjeuner, Agnes revint à la charge, préoccupée, cette fois, par les aspects pratiques qui lui étaient apparus dans le courant de la nuit. Où exactement se trouvait le cimetière ? Comment organiser une expédition sans éveiller les soupçons ? Margaret, qui avait les réponses toutes prêtes, et plus encore, lui expliqua en détail comment elle comptait s'y rendre, exhumer et rapporter une cargaison de documents, le tout sans attirer l'attention de Schechter, de Bechor et des autres. Agnes était rassurée à la fin du petit déjeuner et, ensemble, elles rédigèrent un mot à l'intention d'un accompagnateur copte sur lequel elles avaient souvent compté au fil des ans.

Munies de deux caisses vides et d'un assortiment retentissant de pelles, elles se mirent en route le lendemain à l'aube, accompagnées de cinq ânes et de trois solides ouvriers terrassiers, bons travailleurs et – le Copte en attestait – extrêmement discrets. Selon le guide de M. Baedeker, Bassatine était situé à la limite sud de la ville, entre la rive droite du Nil et les carrières de calcaire de Mokattam. Le terrain avait été octroyé aux juifs dans le courant du IXe siècle, après qu'Ibn Tulun eut construit un palais à la place de leur ancien cimetière. Ovadia de Bertinoro, qui, six cents ans plus tard, avait visité l'actuel, rapportait dans ses lettres que la route était infestée de bandits, et le cimetière, cerné par des kilomètres de désert aride. Au cours des siècles suivants, quelques installations militaires y avaient pris place et des carrières avaient été creusées, mais la zone restait désolée. Excepté une bande de corneilles noires, la seule trace de vie se limitait à un camp de Bédouins, dont les tentes marron ponctuaient une dépression indiquée sur la carte sous le nom de Wadi Turah.

Agnes et Margaret ne remarquèrent le cimetière – isolé du désert par un mur de pierre, de même couleur que les dunes alentour – qu'au moment où l'un des terrassiers le leur signala. Assises sur leurs ânes, elles observèrent le guide copte, qui alla réveiller le vieux Bédouin chargé de garder les lieux et lui offrit une cigarette. Sachant qu'il faudrait lui verser une commission, elles avaient convenu au départ de lui allouer jusqu'à trente livres, s'il leur montrait l'endroit où les juifs enterraient leurs papiers – à condition qu'il y en ait un et qu'il ferme les yeux pendant qu'elles les exhumaient. Après une demi-heure de négociations criardes et de gesticulations, le gardien accepta de les laisser faire contre la somme de dix livres.

— Dans le coin sud-ouest, leur dit-il, montrant celui-ci de la pointe du menton, avant de rouler une autre cigarette pour célébrer sa chance. Derrière le caveau Mosseri.

Les jumelles descendirent de leurs montures et traversèrent le cimetière à pied, tandis que les terrassiers faisaient le tour avec le matériel jusqu'au secteur indiqué.

— Cela n'a pas été trop difficile, constata Margaret qui, en riant, aida Agnes à franchir une petite clôture de métal entre deux sections. N'est-ce pas ?

— Non, reconnut sa sœur.

Elles se turent un instant, puis Agnes ajouta :

— Je me pose quand même la question : qu'est-ce qui nous différencie d'un ordinaire pilleur de tombes ?

— Nos intentions, assura Margaret, consciente qu'une réponse simple apaiserait sa jumelle, qui se sentait toujours coupable. Nos intentions sont louables et un monde nous sépare.

Tandis que les ouvriers se mettaient au travail, elles s'installèrent sur un banc en pierre, jouxtant un grand mausolée de marbre, portant l'inscription « Mosseri ». Un tapis de selle sur les genoux, elles regardèrent silencieusement les terrassiers creuser, impatientes de les voir découvrir quelque chose. À l'évidence, leurs hommes n'étaient pas les premiers à sonder cet endroit. Sur une profondeur d'un mètre, la terre était meuble et ne renfermait rien. Les jumelles s'inquiétèrent que leurs fouilles restent vaines. Mais, après plus d'une heure de dur labeur, un des ouvriers cria en montrant un bout de vélin jauni, qui dépassait du sol telle une main amputée.

— Arrêtez ! ordonna Margaret, qui descendit dans le trou.

Ils prirent appui sur leurs manches de pelle tandis qu'elle époussetait le parchemin et parcourait les premières lignes.

— Un contrat de mariage, dit-elle en le tendant à sa sœur.

— Passionnant ! commenta Agnes.

Le document était remarquablement bien conservé, grâce au terreau sableux qui l'avait maintenu au sec pendant de nombreuses années. Naturellement, les jumelles n'avaient pas parcouru tout ce chemin, ni profané un cimetière, pour exhumer un banal contrat de mariage. Mais sa présence rendait probable l'existence d'autres pièces, enterrées plus profondément. Agnes étendit sur le sol son tapis de selle et plaça le contrat en haut et à gauche de celui-ci. Entre-temps, Margaret recommanda aux terrassiers de poser leurs pelles et d'employer des outils plus légers. À la main ou à la truelle, ils remplirent de terre de petits seaux en fer-blanc et passèrent délicatement aux deux sœurs tous les papiers qu'ils recueillaient.

Ils continuèrent ainsi la majeure partie de la matinée. Puis, vers midi, le vieux Bédouin bondit hors de sa tente en poussant des cris et en agitant les bras. Elles ne comprirent tout d'abord pas ce qu'il voulait dire. En se rapprochant de lui, Agnes se rendit compte qu'il répétait le mot qui, en arabe classique, désigne le cheval – *khayl* – et ressemble fort au terme presque identique, utilisé dans la langue moderne, qui exprime l'orgueil ou l'arrogance.

Un instant plus tard, la tache mouvante qui se détachait au nord sur l'horizon prit la forme d'un cavalier sur sa monture.

Il était suivi par deux autres. Arrivé en haut de la dune la plus proche, à quelques centaines de mètres, il tira sur ses rênes, aussitôt imité par ses compagnons. En fouillant le fond d'une sacoche, Margaret trouva une paire de jumelles de théâtre. Lorsqu'elle fit le point sur les cavaliers, ils rebroussaient chemin en direction du Caire. Elle était cependant sûre d'avoir reconnu le chef du groupe.

— M. Bechor.

— M. Bechor… répéta Agnes qui, appuyant sur chaque syllabe du nom, se sentit confortée dans sa bonne moralité.

Peut-être se rendait-il à Bassatine pour se recueillir sur la tombe d'un parent décédé. Peut-être avait-il eu vent de l'expédition des sœurs et voulait-il les réprimander. Mais, dans les deux cas, pourquoi faire demi-tour alors qu'il touchait au but ? Or il fuyait maintenant, et l'isolement du cimetière excluait toute autre destination. La seule explication plausible était celle que les jumelles repoussaient depuis quelque temps. Bechor était le voleur de la gueniza. Il avait pillé le grenier de la synagogue Ben Ezra et vendu son contenu, petit à petit, à son unique profit. Maintenant que les papiers de la mansarde étaient sous clé, il se proposait de mettre la main sur ceux de Bassatine et de poursuivre ses opérations.

Tout bien considéré, l'explication était cohérente. Bechor, qui avait libre accès à la gueniza, avait sans doute besoin d'argent pour financer les études de son fils. Ou pour régler les dettes de sa raffinerie de sucre, qui lui causait apparemment tant de problèmes. Quoi qu'il en soit, elles tenaient leur voleur.

Ses jumelles à la main, Margaret fit signe au vieux Bédouin.

— M. Bechor est déjà venu ici, n'est-ce pas ? lui demanda-t-elle.

— Oui, confirma le gardien en éteignant sa cigarette sur la semelle de sa sandale. Tous les jours, cette semaine.

Agnes réfléchit un instant et se tourna vers sa sœur.

— Que faisons-nous maintenant ?

— La seule chose utile : continuer à creuser.

Meggie avait raison. Le groupe travailla donc jusqu'à la fin de la journée, jusqu'à ce que le soleil se cache derrière les collines aux teintes de sel, et que les ouvriers commencent à se plaindre de leur dos et de leurs reins. Les sœurs ne trouvèrent pas le rouleau d'Ezra, cet après-midi-là, mais réussirent à préserver une pleine caisse de documents promis, sans elles, à un futur incertain.

Agnes et Margaret gardèrent le silence sur le chemin du retour. Tandis qu'apparaissaient les premières étoiles dans le ciel, elles songèrent aux nombreuses conséquences de leur récente découverte. Certes, elles tenaient leur voleur, mais la situation était pour le moins délicate. Si elles l'accusaient, Bechor se déchaînerait, liguerait le comité contre elles et s'arrangerait pour que leur voyage au Caire se termine sur un échec. Elles devaient espérer qu'il ne les ait pas reconnues, du haut de la dune voisine. Car, même si elles ne doutaient pas de leurs bonnes intentions, vu de l'extérieur, leur conduite n'était pas si différente de la sienne. Et, contrairement à lui, elles ne pourraient pas compter sur la bienveillance de la communauté. De fait, la situation apparaissait extrêmement complexe.

— Il ne faut rien dire au Dr Schechter, jeta Agnes lorsqu'elles atteignirent la ville.

— Pas encore, non, approuva Margaret.

Impossible de lui apprendre la vérité sans révéler aussi qu'elles avaient mené une expédition à Bassatine. Les jumelles n'avaient que leur bonne foi à opposer à Bechor – qui Schechter voudrait-il croire ? Il était préférable, décidèrent-elles, de laisser s'écouler un jour ou deux, le temps d'accumuler de nouvelles preuves.

Malheureusement, cela leur fut interdit. Lorsqu'elles regagnèrent leur hôtel, Schechter et Emily de Witt les attendaient dans le hall. Elles avaient beau le connaître depuis des années, les sœurs ne l'avaient jamais vu dans un tel état – totalement hirsute, et ses souliers étaient crottés.

— Vous avez profané un cimetière ? cria-t-il.

Se levant d'un bond, il indiqua la caisse qu'on apportait derrière elles.

— Pour récupérer quoi ? De vieux papiers ?

De toute évidence, Bechor, frappant le premier, avait informé le savant de leur périple à Bassatine. C'était donc sa parole contre la leur.

— Solomon ! lâcha Mlle de Witt d'un ton sec, le forçant à se ressaisir.

Elle lui posa une main sur le coude et il se rassit.

— Allons, poursuivit-elle, tentant de le calmer comme on le ferait avec un enfant. Écoutons d'abord ce que Mme Gibson et Mme Lewis ont à déclarer. Elles ont certainement eu la permission du rabbin Ben Simon.

— Est-ce vrai ? demanda Schechter.

Sa question confinait à la supplication.

Les jumelles se regardèrent une seconde.

— Non, dit Margaret. Nous n'avions pas le temps de passer par lui. En revanche, nous tenons de bonne source que des vendeurs du marché noir écument le cimetière. Selon notre guide, notre présence a même permis d'en écarter quelques-uns.

Agnes sourit intérieurement. Sa sœur avait un don pour mêler à la vérité une savante proportion de mensonges faciles à oublier. Avec la voix calme et assurée d'un dompteur de lions, Margaret poursuivit ses explications, décrivant la vénalité du vieux gardien et les traces visibles des précédentes incursions. Elle évita de mentionner Bechor, ce qui aurait consisté à entrer dans son jeu et à déstabiliser Schechter, qui leur faisait confiance à tous. Grâce à l'intervention de Margaret, il retrouva sa bonhomie habituelle et de meilleures dispositions.

— Si l'on apprend ce que vous avez fait, toute notre entreprise risque de tourner au désastre.

— Nous en étions conscientes, admit Agnes, mais cela valait la peine de courir le risque.

— Il aurait fallu me consulter, leur reprocha-t-il, canalisant un reste de colère. Nous devons nous informer mutuellement des décisions que nous prenons.

Agnes et Margaret s'engagèrent, à l'avenir, à le tenir au courant des décisions importantes.

— À propos, remarqua Mlle de Witt, Mme Gibson et Mme Lewis seraient sûrement heureuses de déjeuner avec nous jeudi, en présence du grand rabbin.

— Bien sûr, convint le savant.

Manifestement, il n'avait pas eu l'intention de les inviter, mais après ses déclarations sur la nécessité d'une plus étroite collaboration, il pouvait difficilement les exclure de ce déjeuner.

— Excellente idée, conclut-il.

Le rabbin Ben Simon avait suggéré le restaurant de l'hôtel Shepheard. Agnes et Margaret ne l'auraient sans doute pas avoué, mais elles étaient enthousiastes à l'idée d'y passer une partie de l'après-midi, notamment parce qu'elles auraient l'occasion de s'y montrer dans leurs plus beaux atours.

— C'est encore ce qu'il y a de mieux, assura Agnes en montant avec sa sœur les marches du perron.

Gagnées par une sensation d'opulence, les jumelles affichaient un air discrètement satisfait en passant sous la marquise, constituée d'un treillis de métal et de verre.

Leurs compagnons les attendaient au fond du hall, ce qui leur permit de les observer pendant qu'elles traversaient celui-ci. Mlle de Witt était radieuse dans son élégante robe jaune, et le Dr Schechter, ébouriffé comme à l'accoutumée. M. Bechor paraissait sombre, son assurance ordinaire ayant laissé place à un air huileux et calculateur. Quant au rabbin, il fit aussitôt grande impression aux jumelles. Si ses vêtements amples et son épaisse barbe blanche lui donnaient une apparence vénérable, on discernait cependant une certaine espièglerie dans le vert lumineux de ses yeux. Dans un autre contexte, il aurait pu être un homme d'affaires prospère ou un ministre.

— Notre table devrait être prête, supposa Bechor, interrompant les présentations hésitantes de Schechter. J'ai réservé pour treize heures.

— Parfait, dit Margaret, qui sourit malgré elle quand l'Égyptien la prit par le bras et les conduisit tous à la salle à manger.

Alors qu'elles s'asseyaient, les sœurs remarquèrent un certain nombre de clients qui se déplaçaient légèrement pour mieux voir le groupe pittoresque qu'elles formaient avec ces messieurs dames. À la table voisine, un couple échangea un regard inquiet, craignant peut-être que le grand rabbin – avec sa longue barbe, sa toge noire, son turban – ne soit suivi d'une procession de coolies, de paysans et de veuves pleurant, voire ululant, le martyre de Hussein*. Habituées à de telles manifestations, les jumelles savaient que la meilleure réaction consistait à garder le dos droit sans y prêter attention.

— Nous avons demandé qu'on nous serve un repas juif traditionnel, préparé selon nos lois alimentaires par l'épouse du rabbin, annonça Bechor.

— Ce sera parfait, dit Agnes, bien qu'à la vérité elle eût espéré quelque chose de plus raffiné.

— Très bien, ajouta Margaret en hébreu. C'est toujours délicieux.

Dès lors qu'ils choisirent dans quelles langues s'exprimer – l'anglais et l'hébreu, parsemés d'un peu d'arabe –, la conversation progressa très vite. Le rabbin Ben Simon se montra sincèrement captivé par le parcours académique des deux sœurs, et par le fruit de leurs précédentes excursions à Sainte-Catherine. Ils parlèrent du patriarche copte, qu'ils avaient pour ami commun, puis se lancèrent dans un débat animé, mais très cordial, concernant l'emplacement exact du mont Sinaï. Le rabbin et Schechter, qui ne s'y étaient pas rendus, soutenaient obstinément que Moïse avait reçu les dix commandements au sommet du mont Horeb. Margaret défendait le point de vue de la plupart des savants d'aujourd'hui, selon lequel le mont Sinaï de la Bible était en réalité l'actuel mont Serbal. Après une heure de propos divers, on leur apporta le café – sans crème ni lait, comme le veut la tradition juive –, et Bechor en vint au sujet qui les réunissait.

— J'espère que les papiers de la gueniza n'ont pas souffert.

Il s'adressait à Schechter en particulier, sous-entendant que les dames n'éprouvaient qu'un lointain intérêt pour la question. Le poing devant la bouche, Margaret réprima une toux et s'efforça de rester calme. Cet homme avait un certain culot pour prétendre se soucier de documents que, seulement quelques jours plus tôt, il s'employait encore à voler.

— Oui, répondit Schechter, et ils sont en lieu sûr. Il faut d'ailleurs remercier Mmes Lewis et Gibson, car, sans leur intervention, nous n'aurions pas pu faire grand-chose.

Agnes hocha la tête et Margaret afficha un demi-sourire, tandis que le professeur décrivait quelques-unes des pièces récupérées – celles qui, à son avis, retiendraient l'attention du rabbin. Puis Bechor évoqua un problème qu'ils auraient forcément à traiter, un jour ou l'autre : le service des douanes égyptien.

Pendant une grande partie de la semaine précédente, expliqua-t-il, le Dr Schechter et lui-même avaient bataillé pour que les caisses puissent quitter les bureaux de l'administration, qui les retenait dans son purgatoire.

— Les douaniers deviennent facilement tatillons lorsqu'il s'agit de sortir des antiquités de leur pays, ce qui ne vous surprendra pas. Et, du fait que certains de nos documents ont presque un millier d'années, l'ensemble a le statut d'antiquité.

Le rabbin avait cédé à Schechter les droits du contenu entier de la gueniza, mais les autorités soutenaient que ces droits étaient légalement incessibles sans preuve formelle que Ben Simon les détenait au départ. Évidemment, aucun acte authentique ne permettait d'attester la propriété de pièces qui, moins d'un mois auparavant, étaient encore considérées comme du rebut. Le fait qu'elles aient été conservées pendant plus de mille ans dans une synagogue, elle-même propriété de la communauté juive, ne signifiait apparemment rien.

— Vous serait-il utile que j'intercède directement auprès des autorités ? proposa le rabbin quand Bechor eut fini.

— Je serais navré que vous vous chargiez d'une tâche aussi prosaïque, assura Bechor, repoussant d'un geste un serveur prêt à remplir de nouveau sa tasse de café. Et je crains que, malgré votre influence, cela ne suffise pas à résoudre notre problème.

Margaret jeta un coup d'œil à Ben Simon – qui semblait prendre au pied de la lettre les propos de Bechor –, puis elle posa sa propre tasse et croisa les mains sur ses genoux. Elle devina où cette discussion les menait.

— Que faut-il, alors ? demanda-t-elle. Un bakchich ?

Les sœurs avaient déjà donné une centaine de livres à Schechter pour graisser quelques pattes, ce qui leur paraissait plus que suffisant.

— Il y a de ça, répondit Bechor en souriant. Cependant, en

matière de bakchich, la douane est plus gourmande qu'un simple porteur.

Il répétait le mot bakchich comme un professeur corrige, presque imperceptiblement, la prononciation de son élève.

— Nous avons quelqu'un dans la place qui veut bien accélérer la procédure, poursuivit-il avec un discret signe de tête à l'intention de Schechter. Je lui ai reparlé hier et il approche du but. Il est sur le point d'obtenir le feu vert pour l'expédition des caisses. C'est juste que…

— … qu'il veut encore de l'argent, le coupa Margaret. Encore un bakchich.

Peu habitué à ce que l'on finisse ses phrases à sa place, encore moins si c'était une femme, Bechor réprima un tremblement de colère.

— Oui, c'est ce qu'il a dit.

— Ce qu'il a dit… grommela Margaret.

Il coulait de source, apparemment, que les jumelles feraient, sans broncher, un effort de générosité.

— Évidemment, conclut Margaret.

Elle aurait volontiers démasqué Bechor, elle aurait tant aimé lui faire perdre la face devant Schechter et Ben Simon, mais elle savait qu'elle ne gagnerait rien à le défier. Comme aux échecs, il avait avancé ses pièces – informant Schechter de leur expédition à Bassatine – et il attendait à présent qu'elles jouent leur tour. Les sœurs avaient la main, mais impossible de prévoir sa réaction si elles le poussaient dans ses derniers retranchements. Cela étant, elles ne le laisseraient pas les abuser indéfiniment.

— Combien lui faut-il ? s'exclama Margaret, d'un ton assuré et sarcastique. Cent livres ? Deux cents ? Cinq cents ?

— Ma sœur veut sans doute dire que… intervint Agnes.

— Non, je dis exactement ce que je pense.

Margaret s'adressa directement à Schechter.

— Très sincèrement, cette méthode ne nous inspire pas confiance. Avant de nous lancer dans de nouvelles dépenses, nous allons essayer une autre stratégie.

— À savoir ? s'enquit le professeur, sceptique et curieux à la fois.

— Nous avons pris rendez-vous, dans la semaine, avec le consul général.

— Lord Cromer ? demanda l'érudit, et Margaret hocha la tête.

Elle posa une main sur le genou de sa sœur pour devancer toute objection – car elles n'avaient, en vérité, pris rendez-vous avec personne. Puis elle répondit à Schechter d'une voix peut-être plus forte qu'elle n'en avait eu l'intention.

— Lord Cromer, en effet.

Au nom du consul général, leur table, et même toute la salle à manger, observèrent un instant de silence.

10

Avant d'envisager qu'Ali soit coupable – ce qui nécessitait des preuves, l'existence d'un mobile et une éventuelle préméditation –, les sages de Ben Ezra eurent besoin de définir ce qu'on lui reprochait exactement. Et avant d'examiner le motif de la plainte, ils durent déterminer le statut du jeune homme. Ali ibn al-Marwani était-il, comme eux, un membre de la communauté, était-il leur invité, leur employé, ou un peu des trois ? Si c'était un employé, comme le firent valoir le Dr Mevorakh et Shemarya le Pieux, le litige pouvait être réglé simplement. Ceux qui soutenaient ce principe suggérèrent qu'al-Zikri s'entretienne avec le garçon et l'interroge au sujet des papiers disparus. Si, dans le cas contraire, Ali était considéré comme un membre de la communauté, ce que revendiquaient Amram ibn Shemarya et Ibn Kammuna, il faudrait alors le confronter aux sages et le juger convenablement. Tous savaient bien sûr que leur décision ne serait pas contraignante. Ali avait le droit de la contester, de ne pas en tenir compte et d'exiger un autre jugement, prononcé par un tribunal musulman.

— Le salaire que nous lui versons est notre seul moyen de pression, remarqua Mevorakh. Ce qui implique que nous intervenons en qualité d'employeur et non en tant que pouvoir judiciaire.

— À quoi bon le juger, demanda Amram ibn Shemarya, si notre verdict doit être annulé par le calife ?

Le débat se prolongea un certain temps, les deux camps se renvoyant des arguments contraires. Il était difficile de prendre une décision, d'autant plus que chacun des deux côtés manquait de cohérence dans son discours. Les partisans de l'indulgence reconnurent finalement qu'Ali comptait parmi les personnes importantes de la communauté, tandis que les plus suspicieux du groupe en vinrent à admettre qu'il n'était rien de plus que le veilleur de nuit.

La discussion tourna en rond jusqu'à tard dans la soirée, jusqu'à ce qu'on décrète à la fin qu'il revenait à al-Zikri de décider. C'était lui qui connaissait le mieux ce garçon ; lui qui s'était rendu compte qu'il manquait des papiers ; lui qui avait établi un lien entre le vol et la question sensible qu'il lui avait posée, quelque temps plus tôt. C'était lui également qui avait porté l'incident à l'attention des sages. S'il pensait que la situation pouvait s'arranger au moyen d'une explication sincère, on procéderait ainsi. Si, au contraire, il estimait utile que les sages se réunissent en conseil, on respecterait sa volonté. Tout le monde savait qu'il aimait bien Ali, mais que, pour autant, il ne laisserait pas ses sentiments prendre le pas sur sa raison.

— Si Ali est innocent, dit-il après avoir bien réfléchi, son innocence sera proclamée devant nous tous. De même, s'il est coupable.

Ali fut avisé des charges qui pesaient contre lui, le lendemain après-midi, lorsqu'il trouva al-Zikri et le Dr Mevorakh sur les marches de son perron.

— Ta présence est requise auprès d'Ibn Kammuna, annonça le docteur, les mains jointes dans son dos.

Ali comprit que les choses se gâtaient, mais se tint coi. Il chaussa ses sandales et suivit les deux hommes qui le conduisirent, par-delà le marché aux fruits et légumes, à l'autre extrémité de Fostat. Ils s'arrêtèrent devant une grande porte bleue, en bois, sur laquelle le sceau de Salomon était représenté plusieurs fois, sous forme de mosaïques. Ils frappèrent. C'était apparemment la demeure du marchand tunisien. Lorsqu'ils entrèrent, Ali, ébloui par l'opulence des lieux, oublia un instant ses craintes. L'étroit couloir de marbre, décoré de plusieurs tapisseries violettes et turquoise, donnait sur un large puits de lumière qui devait être la cour intérieure. Ali attendit là ce qui lui sembla un long moment. Puis un domestique apparut et le guida vers la lumière.

La cour centrale d'Ibn Kammuna était plus vaste et mieux aménagée que celle de la synagogue. Des piliers soutenaient les galeries ombragées qui, sur les quatre côtés, dominaient une petite tonnelle et une fontaine au chant ininterrompu. Devant celle-ci, assis en demi-cercle sur des coussins, étaient rassemblés tous les sages de Ben Ezra. Ali sentit la brûlure du soleil sur son crâne tandis qu'ils l'observaient en silence.

— Prends place, s'il te plaît, le pria finalement Ibn Kammuna, qui lui indiqua le coussin libre au milieu.

Ali s'assit en tailleur et baissa les yeux sur sa robe, tendue entre ses genoux telle une peau de tambour. Comme le marbre était dur contre les os de ses chevilles !

— Nous t'avons fait venir pour te poser quelques questions, poursuivit Shemarya le Pieux.

Le grand sage énuméra les motifs de leur inquiétude : les papiers disparus, l'étrange lumière qui avait brillé dans la cour de la synagogue, la question qu'Ali avait posée à al-Zikri. La gorge serrée, Ali ne doutait pas que le vieil homme évoquerait ensuite Hasdi et ses charmes, mais Shemarya termina son discours sans s'y référer.

— Nous ne t'accusons d'aucun méfait, conclut Ibn Kammuna. Mais si tu sais quoi que ce soit à propos de ces affaires, il faut nous le dire.

Un silence pesa sur le groupe, telle une épaisse couverture qui étouffait les sons. Ali se rendit compte que les sages ignoraient tout de son inconduite. Bien qu'il n'eût pas envie de mentir, il vit dans leur mécontentement l'occasion de soulager sa conscience, même s'il devait confesser un crime qu'il n'avait pas commis.

— C'est moi, affirma-t-il au bout d'un moment. C'est moi qui ai volé les papiers.

Dans le cercle, les hommes avaient le front plissé, les lèvres pincées. Plusieurs, parmi eux, parlèrent en même temps, mais Ephraïm ibn Shemarya plus fort encore que les autres.

— Peux-tu nous laisser un instant, que nous délibérions ?

— Oui, répondit Ali, qui, la tête toujours baissée, se leva.

Il allait atteindre le couloir lorsqu'il entendit Shemarya s'éclaircir la voix – le même raclement de gorge qui, quelques mois plus tôt, l'avait sauvé des aigreurs de la foule. Le silence revint dans la cour.

— Avant que tu sortes, mon enfant, j'aimerais te poser une autre question.

Ali hocha la tête.

— Voudrais-tu, je te prie, nous expliquer pourquoi tu as volé ces papiers ?

— Oui, marmonna Ali, mais aucune raison ne lui vint à l'esprit.

Il n'imaginait pas pourquoi il aurait eu envie de le faire. Fébrile, il répéta :

— C'est moi. Moi qui les ai volés.

— Vraiment ?

Ali ouvrit la bouche, mais aucun mot n'en sortit.

Des hommes, dans le cercle, échangèrent des regards.

— Si réellement tu les as volés, insista le grand sage, peux-tu nous indiquer où ils se trouvent maintenant ?

En observant ces hommes devant lui – Shemarya, ses deux fils, Ibn Kammuna, le Dr Mevorakh et al-Zikri –, Ali se souvint d'un verset de la sourate de la vache que sa tante Fatima lui rappelait souvent, pour l'exhorter à toujours dire la vérité : « Entrez donc dans les maisons par leurs portes. Et craignez Allah, afin que vous réussissiez. » Il était temps, pensa-t-il, de se montrer tel qu'il était. Il en avait assez de mentir, de louvoyer, de laisser ses sentiments fermenter dans son cœur comme une vieille marmite de ragoût abandonnée au soleil. Assez de secrets et de supercheries. Quelles que soient les conséquences de ses actes, il était prêt à les affronter.

Et donc, d'une voix mal assurée, il avoua aux sages qu'il était épris de la plus jeune fille de Shemarya le Pieux. Il leur parla de la boutique de Hasdi el-Sephardi, du talisman qu'il avait jeté au feu, du magicien qu'il avait surpris au grenier. Tandis qu'il se confessait, sans oublier aucun détail de sa trahison, il eut l'impression d'une corde nouée autour de sa poitrine qui se desserrait peu à peu. Il serait sévèrement puni et ne l'ignorait pas. Les visages consternés autour de lui ne lui promettaient rien d'autre. Certes, il serait châtié, mais il était content d'enfin se libérer.

— Voilà qui est assez grave, déclara Ibn Kammuna quand Ali eut fini. Nous allons te demander d'attendre dans l'entrée pendant que nous délibérons.

— Délibérer ? s'écria Amram ibn Shemarya qui, en colère, se dressa brusquement. Avons-nous vraiment besoin de nous concerter ? Il nous a trahis. Il a voulu ensorceler ma sœur et il ne s'en cache pas.

— Inutile de discuter, ajouta son frère Ephraïm. Nous devrions le jeter à la rue et lui interdire à jamais de revenir à la synagogue. S'il était juif, et nous, musulmans, il serait déjà en prison.

— Pas besoin de nous concerter, répéta Amram, suscitant quelques murmures approbateurs.

Ali ne quittait pas des yeux les lanières de ses sandales. Il ne releva la tête qu'au son de la voix de Shemarya le Pieux.

— Mon enfant.

À la vue de son doux visage, de ses longs cheveux blancs emmêlés dans sa barbe, Ali sentit son estomac se soulever. Les invectives d'Amram et d'Ephraïm n'étaient rien, comparées à la déception de leur père. Il eut envie d'implorer leur grâce, de déchirer sa djellaba et de se prosterner devant les sages, mais il savait qu'un tel comportement ferait mauvaise impression. Alors il se tut.

— Tout cela est très troublant, admit Shemarya après une longue pause. Ces sortilèges que tu décris sont, de fait, très puissants. Et je ne nierai pas que je suis en colère. Mais dans ces instants de colère, nous devons plus que jamais penser que nous sommes capables de clémence. N'oublions pas que nous sommes les descendants d'Abraham, Abraham qui a pardonné à Abimelech, et ensuite prié Dieu pour que son ennemi lui pardonne.

Quand Shemarya eut terminé, Mevorakh ordonna à Ali de s'en aller dans le couloir.

— Nous viendrons te chercher quand nous serons parvenus à une décision.

Ali passa une bonne partie de l'après-midi dans l'entrée, à regarder l'image floue de son visage sur la surface laiteuse du sol marbré. Le dialogue des sages lui parvenait sous la forme d'un flot indistinct, parfois ponctué d'un cri, d'un silence, ou d'un mot isolé qui se réverbérait dans le couloir, tel un ballon qui échappe à un enfant et rebondit dans la rue. Au bout d'un moment, un domestique lui apporta une théière et une assiette de fruits jaunes, blancs et rouges, arrangés en plusieurs cercles colorés. Ali ne put se résoudre à manger. La seule idée d'avaler un morceau de leur pulpe douceâtre et onctueuse lui donnait la nausée. Il étudia la plante calleuse de ses pieds, qui lui rappela le proverbe : « Le paradis est sous les pieds des mères. » Cela paraissait assez vrai. D'un autre côté, que savait-il des mères ? Et, si le paradis se trouvait bien sous leurs pieds, qu'y avait-il sous les siens ? Rien que du cuir usé et de la terre, comme il convient au bâtard orphelin d'un porteur d'eau.

Le jour déclinait quand le domestique revint et l'accompagna dans la cour. Les yeux baissés, Ali s'assit au bord de son coussin et Shemarya le Pieux prit la parole.

— Tu as commis une faute grave.

— Plusieurs fautes, renchérit Amram.

— Tu as conspiré contre nous, poursuivit Shemarya comme s'il n'avait pas entendu son fils. Tu nous as menti. Tu as profané ce que nous possédons de plus sacré. Et, par-dessus tout, tu as envoûté ma benjamine.

À en juger par la formule, le charme avait opéré, semblait-il. Ali tenta de repousser cette pensée, de ne pas imaginer sa bien-aimée en train de se languir de lui. Il préféra se concentrer sur les affirmations de Shemarya.

— Grâce à ce que tu nous as révélé, nous allons pouvoir délivrer cette pauvre enfant.

À cet instant, le grand savant fut la proie d'une quinte de toux. Lorsqu'il en vint à bout, il respira calmement et tenta de reprendre le fil de son discours. Mais, terrassé par l'émotion, il n'arrivait plus à articuler un mot. Finalement, il fit un signe de tête à Ibn Kammuna, qui continua à sa place.

— On pourrait plaider que tu ne savais pas ce que tu faisais, que personne ne t'avait clairement ordonné de ne pas le faire, que tu n'avais pas compris tout seul qu'il ne fallait pas. Difficile à plaider, mais tout de même possible.

Il s'interrompit et regarda les autres sages.

— Nous sommes mécontents de ton attitude. Mais nous apprécions ton honnêteté, ton travail, et nous admettons que c'est ta première incartade. Nos traditions nous recommandent d'être souples comme le roseau, et non durs comme le cèdre. C'est pourquoi nous avons décidé de faire preuve de clémence, mais à deux conditions.

Ali poussa un soupir de soulagement.

— Si tu tiens à conserver ton emploi, il faut nous promettre deux choses. D'abord, tu dois accepter de prendre femme.

— Lorsqu'un homme se marie, dit Ibn Kammuna, tous ses péchés sont pardonnés.

Les autres sages acquiescèrent et Ephraïm ibn Shemarya ajouta un aphorisme de son cru :

— Qui a choisi une épouse trouve le bonheur et les faveurs du Seigneur.

— Tu es bon garçon, déclara le Dr Mevorakh, mais, comme tous les garçons de ton âge, tu es impatient. Nous t'accordons deux mois pour t'amender. Si, à la fin de cette période, tu n'es toujours pas marié, nous serons obligés de te chercher un remplaçant.

Le médecin laissa ses paroles produire leur effet avant de poursuivre.

— Deuxièmement, tu dois oublier tout ce que tu sais à propos du rouleau d'Ezra. Tu n'en diras jamais rien. Tu ne l'as jamais vu. Tu ignores tout de son existence. Cela vaut également pour tes relations avec Hasdi el-Sephardi.

Ali ouvrit la bouche pour poser une question, mais Ibn Kammuna ne lui en laissa pas le temps.

— Hasdi est dangereux, mais ce n'est qu'un magicien de cour d'école. Nous veillerons à ce qu'il soit banni de Fostat. Quoi qu'il en soit, tu n'en parleras plus jamais non plus. Est-ce bien clair ?

— Oui.

— Tu dois aussi comprendre qu'il s'agit seulement d'un jugement provisoire, ajouta Ephraïm ibn Shemarya. Nombreux sont ceux ici qui voudraient te congédier sur-le-champ, mais nous sommes convenus de te donner une deuxième chance. Les sages se réuniront à nouveau dans deux mois pour prendre une décision définitive. Si, d'ici là, d'autres incidents sont à déplorer, je t'assure que nous serons moins indulgents.

Ali hocha la tête.

— As-tu quelque chose à dire aux sages ? lui demanda Mevorakh.

Ali avait tant de choses à dire, beaucoup trop pour les débiter d'une traite. Il se contenta de l'essentiel :

— Merci.

De fait, il leur était très reconnaissant. Pourtant, durant ses rondes, ce soir-là, lorsqu'il scrutait les coins sombres de la cour, qu'il explorait les espaces vides derrière l'Arche, mais aussi les bains rituels et, surtout, le grenier, il sentit son désir remonter à la surface. Malgré tout ce qui venait de se produire, il espérait encore, au fond de lui, découvrir un moyen de se rapprocher de sa bien-aimée. Il s'efforça de chasser ces pensées. Les sages lui avaient accordé leur clémence, ils lui donnaient une deuxième chance. S'il voulait garder leur confiance, conserver son emploi, il lui fallait étouffer cet amour.

Finalement, au milieu de la nuit, il trouva une astuce pour se forcer à oublier. Il terminait sa quatrième ronde – en essayant de ne pas imaginer comment la jeune fille avait réagi aux événements de la journée – lorsqu'il se brûla le poignet en frottant par mégarde une paroi de sa lanterne. Il la lâcha en poussant un cri et il alla s'asperger d'eau froide. Il lui arrivait souvent de se brûler, mais, contre toute attente, il remarqua alors un étrange phénomène. La douleur avait un effet secondaire, comme si une part de ses soucis disparaissait derrière elle. Quand l'image de sa bien-aimée lui revint à l'esprit, il posa son avant-bras pendant quelques secondes sur le globe de la lanterne et il éprouva la même délivrance. Dans le cours de la nuit, il se brûla encore neuf fois, si bien que son bras portait à l'intérieur des marques rouges et gonflées. C'était douloureux, mais efficace. Lorsque Ali se leva, le lendemain après-midi, le désir commençait à s'estomper.

11

L'appartement de M. Mosseri se trouvait dans une petite rue bordée d'arbres du quartier de Mohandessin, non loin du Nil et à proximité immédiate du club de tennis de Tawfikia. Pour une raison ou une autre, cette rue Gamal el-Din particulière ne figurait pas dans l'index de mon plan. Lorsqu'on savait où elle était, cependant, il devenait difficile de la rater.

— La voilà, avait dit Abdallah, le lendemain de ma visite à la synagogue.

Il avait poussé son assiette pour indiquer un écheveau de ruelles près de l'avenue al-Sudan.

— Gamal el-Din, avais-je lu à voix haute. C'est là.

J'avais étalé le plan sur la table et mordu dans mon sandwich au Nutella et au beurre de cacahuète. De fait, elle correspondait aux indications de Mosseri – à Mohandessin, juste à côté du club de tennis. Après avoir cherché pendant des semaines, remonté et descendu différentes rues Gamal el-Din à Nasr City, Embabeh et Héliopolis, je tenais finalement la bonne.

— C'est là, avais-je répété.

Abdallah était passé à la question suivante.

— Quand il t'a invité, Mosseri, que voulait-il, déjà ?

— Il avait quelque chose à me montrer, « qui m'intéresserait probablement ».

Au fil des jours, cette question est sans cesse revenue dans nos conversations. Que voulait-il donc me montrer « qui m'intéresserait probablement » ? J'ai fait de mon mieux pour contenir mes attentes, brider mon imagination. Mais tandis que, sur le trottoir, devant son immeuble, je lisais l'adresse – 72 rue Gamal el-Din – inscrite sur la plaque de bronze près de la porte, tout paraissait enfin possible.

Mosseri m'a serré dans ses bras étonnamment musclés et invité à l'intérieur.

— Bienvenue, m'a-t-il dit. Bienvenue, mon ami. Tu n'as pas eu trop de mal à nous trouver ?

— Non, pas vraiment.

— Bien.

Il a souri et, après une petite tape dans le dos, m'a conduit à la salle à manger.

Autour de la longue table d'acier et de verre était assis un groupe de femmes d'un certain âge, qui parlaient un mélange d'arabe égyptien et de français. Quelques-unes fumaient. La télévision était allumée, et la table, parée de petites assiettes de houmous, d'olives, de pickles et de cacahuètes. Les femmes se sont tues pour me saluer l'une après l'autre.

— Moi et ces dames, a déclaré Mosseri après m'avoir présenté sa mère, ainsi que Mmes Shemarya, Mevorakh, Tunsi et el-Tantawi, nous refusons de partir. Et je ne m'en irai pas sans elles.

— J'ai été navrée d'apprendre le décès de votre père, m'a assuré Mme Mevorakh alors que je prenais place sur la chaise libre en bout de table.

— Un homme si bon, a commenté Mme el-Tantawi.

— Que sa mémoire soit bénie, a ajouté Mosseri, recueillant l'approbation générale.

Je les ai remerciés, puis me suis tourné vers Mme Shemarya afin qu'elle termine l'histoire qu'elle racontait avant mon arrivée, à propos des pigeons que mon grand-oncle – le cousin de son mari – élevait jadis sur le toit de son immeuble.

— C'était une vraie pagaille. Vous n'avez jamais vu rien de tel.

— Vraiment ?

— Vous auriez peine à le croire, a-t-elle affirmé, hochant la tête d'un air dégoûté.

En l'écoutant, je me suis demandé si ce n'était pas ces femmes que Mosseri voulait me montrer. Je m'étais attendu à quelque chose de plus précis – une photographie de mon père ou un vieil ouvrage poussiéreux à propos de la gueniza –, mais peut-être m'avait-il simplement invité pour que je fasse connaissance avec ce groupe de vieilles dames qui, pour autant que je sache, étaient les dernières juives du Caire ? Ou alors étais-je moi-même l'attraction du dîner, le lien entre elles et un monde révolu ?

Mme el-Tantawi m'a posé une main sur le bras pour avoir mon attention.

— Tous les après-midi, a-t-elle commencé, votre grand-mère et moi, nous jouions aux billes chez son père, dans la cour de leur maison. Et, chaque fois, mon cousin Yakob nous regardait depuis le toit de la maison voisine. Elle était bien élevée, votre grand-mère, une fille comme il faut, jamais elle n'a posé les yeux sur lui plus de quelques secondes. Ce qui ne l'a pas empêché, lui, de nous observer, chaque jour, pendant près de trois ans. Puis, quand votre grand-mère a fêté son seizième anniversaire, il est venu le lendemain, en passant par la grande porte, pour demander sa main.

— Vous êtes donc parents ? l'ai-je interrogée. Votre cousin était mon grand-père ?

Elle a pris un air dépité avant de poursuivre :

— Ce jour-là, un peu plus tard, tandis que votre grand-mère et ses parents considéraient sa demande, il a rejoint des amis pour un bon dîner et, au milieu du repas, il s'est étranglé avec un os de poulet. Il est mort, la tête dans sa soupe.

Mme el-Tantawi s'est interrompue pour se servir une assiette de poulet en sauce aux haricots verts, et elle est arrivée à la conclusion de son histoire.

— L'existence est trop courte pour se permettre d'attendre, Yusuf. Beaucoup trop courte.

— Un si charmant garçon, a ajouté Mme Shemarya en mâchonnant ses haricots. Quelle tristesse de mourir comme ça, le nez dans sa soupe.

D'autres histoires se sont succédé pendant toute la soirée – concernant leurs cousins, leurs amis, le courage de mon grand-père, les échecs commerciaux de mon arrière-grand-père. Elles évoquaient le passé comme s'il s'agissait d'une autre vie, et peut-être était-ce le cas. Elles m'ont demandé des nouvelles de ma mère – une si jolie fille, ont-elles précisé. Et cet agneau qu'on avait servi à un mariage, cinquante ans plus tôt, était-il bon ou pas ? Elles en débattaient encore. Elles ont parlé d'objets en cristal et en argent, du Gezira Club, des troupes britanniques, du palais d'Abedin. Puis, vers la fin du dîner, la conversation a de nouveau tourné autour de mon père.

— C'était un type bien, s'est rappelée Mme Tunsi. Même éprouvé, il continuait de sourire, à moi comme à tout le monde.

Ses amies ont exprimé leur accord et elle s'est rappelée le jour où il avait pincé quelques gamins du voisinage qui avaient jeté une boule puante dans les bains rituels. Mme Mevorakh s'est souvenue d'une portée de chats qui ne parvenaient pas à quitter le toit de la synagogue. M. Mosseri a mentionné un marchand de fruits que mon père avait approvisionné, et à qui il avait remboursé dix mille livres. Pendant près de trois ans, le pauvre homme lui avait payé chaque mois bien plus que ce qu'il lui devait. Je connaissais la plupart de ces histoires – de la bouche de l'oncle Hassan ou de mon père lui-même –, mais en les écoutant ici, avec une couleur différente, j'ai commencé à comprendre ce que papa avait représenté pour ces femmes, leur famille, tous ceux à qui il rendait service. Plus qu'un gardien, il avait été un ami, un protecteur, un conseiller. Un pilier de la communauté pour laquelle il travaillait.

— Je le revois encore quand il était petit, a dit Mme Shemarya alors qu'on servait le thé. Ils étaient inséparables, avec votre maman.

Lorsqu'elle a rapporté leur rencontre dans la cour de la synagogue, l'atmosphère s'est légèrement tendue et tout le monde a prêté attention.

— C'était un véritable scandale, a révélé Mme el-Tantawi. Une petite juive et un petit musulman, même si c'était le fils al-Raqb.

Les autres ne l'ont pas contredite. Cela étant, de leur point de vue, le passé était le passé, il fallait prendre en compte le résultat final, à savoir que, de leur union, était né un beau garçon comme moi.

— Je me rappelle quand il est revenu de Paris, a glissé Mme Shemarya. Il était très amoureux.

— Votre maman était bien jeune, aussi, a remarqué Mme Mevorakh. Elle…

Sans la laisser finir sa phrase, Mosseri s'est brusquement levé.

— J'allais presque oublier. Excusez-moi, a-t-il dit avant de disparaître dans le couloir.

Quelques instants plus tard, la discussion portait sur le vrai nom de jeune fille de ma grand-mère lorsqu'il est revenu, muni d'une vieille boîte à chaussures qu'il a posée sur la table devant moi.

— Voilà ce dont je t'avais parlé. Cela pourrait t'intéresser.

La boîte contenait des centaines de lettres – pour l'ensemble, des aérogrammes bleu clair –, classées par ordre chronologique au moyen de bristols, marqués de 1958 à 1976. J'en ai retiré quelques-unes, que j'ai feuilletées. J'y ai reconnu la petite écriture penchée de maman, et elles étaient toutes adressées à mon père, Ahmed al-Raqb, Synagogue Ben Ezra, Vieux Caire, Le Caire, Égypte. Je ne l'aurais jamais cru aussi soigneux. Excepté les rabats adhésifs, desséchés par le temps, ces lettres étaient parfaitement conservées. Une petite armée de soldats bien alignés, revenus d'une autre époque.

— Quand ton père a quitté la synagogue, m'a expliqué Mosseri, j'ai trouvé ça quelque temps après au fond de l'armoire, dans sa maisonnette. J'ai tenté plus d'une fois de les lui redonner, mais il voulait que je les jette. Seulement, je suis sentimental et je n'ai pas pu m'y résoudre. Alors je les ai rangées dans une malle et je n'y ai plus pensé. Jusqu'à la semaine dernière, dans la gueniza, lorsqu'il était question de lui.

Il a retiré ses lunettes pour essuyer une poussière sur un verre.

— J'ai pensé que tu aurais aimé les prendre.

— Oui, merci.

J'ai lu quelques lignes de la première lettre, envoyée depuis Paris en 1958. Puis je l'ai rangée, préférant y revenir plus tard lorsque, assis sur mon canapé au salon, je pourrais lire toute l'histoire d'une traite.

Ma mère, Claudia Shemarya, est née au Caire en 1948. C'était la benjamine de la fratrie et, dès son plus jeune âge, elle s'est montrée très attachée à son père. On avait beau lui dire qu'il en faisait une petite fille gâtée, il l'emmenait partout avec lui dans le quartier, du café à la boulangerie en passant par le marché aux fruits et légumes.

Le seul endroit où elle n'avait pas sa place était l'abattoir, où les hommes de la famille Shemarya étaient employés depuis des années. Cela aurait été inconcevable. Et donc, lorsqu'il avait terminé ses courses du matin, qu'il était prêt à se rendre à son travail, il la conduisait dans la cour de la synagogue Ben Ezra, où les enfants du chantre et du bedeau jouaient avec ceux du gardien.

Au fil du temps, ma mère est devenue inséparable de cette troupe. Elle s'est liée tout particulièrement avec Ahmed, l'aîné des fils al-Raqb, qui veillait sur elle aussi attentivement que s'il s'agissait de sa propre sœur. Selon leurs compagnons de jeu, ils étaient amoureux. Sans doute, oui, comme peuvent l'être des enfants. Cependant, personne n'a trop prêté attention à cette amitié singulière, d'une part, parce qu'ils étaient très jeunes, mais aussi parce que les adultes avaient des soucis plus pressants.

En octobre 1956, le président Gamal Abdel Nasser a annoncé qu'il ferait expulser tous les étrangers résidant en Égypte, parmi lesquels des ressortissants anglais, français, italiens, et des milliers de familles juives qui n'avaient jamais vécu ailleurs. La mesure a pris effet lentement, puis de plus en plus vite. Des commerces ont été saisis, les libertés publiques, restreintes, des professeurs, médecins et ingénieurs juifs, licenciés. Certaines familles se sont converties, d'autres se sont cachées, d'autres encore ont compté sur leurs relations pour rester un ou deux ans de plus. Mais la plupart sont simplement parties. Après plus d'un millénaire sur les rives du Nil, les juifs du Caire se sont dispersés à Londres, Paris, São Paulo, Tel-Aviv et San Francisco.

Les Shemarya ont quitté Le Caire pour Paris en février 1958. Ma mère, qui n'avait que dix ans à l'époque, n'était pas en mesure d'évaluer la portée historique, mondiale, de cet exil. Elle savait seulement que la situation était difficile en Égypte et qu'elle serait plus en sécurité en France – le berceau de la langue qu'elle avait apprise à l'école, le pays de naissance des horribles religieuses qui lui avaient enseigné les maths et la littérature. La veille de son départ, elle a rendu une dernière visite à Ahmed. Elle lui a promis de lui écrire ; il a promis qu'il viendrait la voir un jour.

Comme on ne pouvait se fier aux services postaux pour délivrer le courrier dans des délais raisonnables, ni simplement l'acheminer entre les deux pays, les lettres de ma mère se lisaient comme un journal épistolaire, de petits mots adressés à une relation imaginaire, vivant dans un lointain et étrange univers. La première commençait par ces mots : « Mon cher Ahmed, Je t'écris comme promis. Paris ressemble en tout point au Caire, en bien plus grand. J'habite dans une nouvelle maison, je vais dans une nouvelle école, j'ai de nouveaux compagnons. Nous mangeons chaque matin du pain en baguette avec de la confiture, et de la soupe à l'oignon au dîner. »

Au début, les lettres de ma mère paraissaient sèches, superficielles. Elle décrivait en détail son domicile, faisait la liste de ses lectures, s'attardait sur les disputes de ses camarades de classe. Mais au fil des ans, tandis que l'adolescence succédait à l'enfance, elle a commencé à en rédiger de plus longues, plus personnelles, serrant des flots de pensées intimes dans l'unique page d'un aérogramme. Bien que toujours chaste, elle frisait parfois le romantisme. « Je me sens seule et il pleut, écrivait-elle à l'hiver 1962. Je pense au Caire presque chaque jour, et donc à toi. » Plus d'une fois, elle appelait mon père son meilleur ami. « Tu es la seule personne au monde qui me comprenne, assurait-elle dans une longue missive de mars 1963. Si seulement nous n'étions pas si loin l'un de l'autre. Si seulement. »

Quand il a pris ses fonctions de gardien à la synagogue Ben Ezra, en 1965, il restait moins de mille juifs au Caire, en butte à une hostilité croissante. Leurs commerces étaient victimes d'actes de vandalisme, et la nouvelle synagogue Shaar-Hashamaim a été dégradée au cours d'émeutes provoquées par les discours enflammés de Nasser à la radio. Celle de Ben Ezra n'a évité pareil sort qu'en raison de son délabrement avancé. Mais, malgré les difficultés, mon père a continué de faire son travail avec soin et dévouement, comme son père et son grand-père avant lui.

Après la guerre des Six Jours, alors que le sentiment antijuif atteignait des sommets, son frère a voulu le convaincre de démissionner pour s'associer avec lui dans son entreprise de fruits et légumes. Mon père devait savoir que la synagogue ne serait plus capable de le payer très longtemps. Pourtant il a décliné l'offre de l'oncle Hassan, par fidélité aux juifs du Caire, mais aussi, j'aime à le croire, parce qu'il portait en lui le souvenir d'une petite fille innocente, Claudia Shemarya, voire l'image de la jeune femme qu'elle était devenue. Car, malgré son écriture enfantine, ma mère n'était plus une petite fille.

Les lettres qu'elle lui adressait à cette époque débordaient de passion, de curiosité, de doutes sur sa personne. Elle s'émerveillait des beautés de la vie, donnait libre cours à nombre d'idées, fortes et parfois contradictoires, sur la politique, la culture et l'art. « Hier, en observant un tilleul aux branches gorgées de pluie, j'ai pensé à tous les ouvriers de la Terre, ployant sous le poids de l'histoire. » Elle semblait parfois s'écrire à elle-même, comme on écrit dans son journal, en essayant de donner un sens au monde extérieur et à la place qu'on y tient. D'autres fois, on croyait lire un dialogue entre deux vieux amis, ma mère jouant le rôle de l'un et de l'autre.

« Tu voulais que je t'envoie une photo, rappelle-t-elle à l'automne 1966, peu après son dix-huitième anniversaire. Pour mieux savoir à quoi je ressemble. Je comprends. J'ai souvent hésité à te demander la même chose. Mais c'est une étape que je ne préfère pas franchir. Pourquoi ? Parce que j'ai déjà une image de toi, mon cher Ahmed. Aussi étrange que cela paraisse, je te vois parfaitement, à travers tes mots, l'arrondi de tes lettres, dans les plis de tes feuilles. Je te vois mieux que sur n'importe quelle photo. Peut-être t'interroges-tu à présent : a-t-elle une raison de ne pas le faire ? Que me cache-t-elle ? N'aie crainte, cher et curieux ami. Je te promets que je suis très jolie. »

En juin 1968, après un silence inhabituel de deux mois, maman lui a fait parvenir une longue lettre dans laquelle elle évoquait sa participation aux manifestations étudiantes du printemps. Un furieux déluge idéaliste, sur douze pages d'un épais papier blanc crème. Tout y était, les conférences improvisées au dernier moment, les débats qui se poursuivaient jusqu'à une heure avancée de la nuit, les querelles idéologiques avec les copains de fac et même un épisode particulièrement violent, lorsque, derrière les barricades, ils avaient dû improviser un poste de secours pour les blessés. « Je confirme que manquer d'imagination, c'est ne pas imaginer le manque, écrit-elle. Je déteste de Gaulle de tout mon être. Mais, après ce dont j'ai été témoin aujourd'hui, je ne suis pas tout à fait sûre que la violence soit une solution. » Si elle rendait compte des événements de mai 1968, cette lettre reflétait également un changement profond de personnalité. « Je vois le monde d'un œil neuf. Nous sommes tous liés les uns aux autres, c'est une évidence. L'amour est plus fort que tout. On pourra toujours essayer de nous en priver, il est impossible de réduire le potentiel qui unit deux êtres humains. » Je n'ai aucune idée de ce qu'elle entendait par là. Une sorte de dimension cosmique ? Une aventure avec un de ses copains révolutionnaires ? Ou peut-être était-ce une façon d'exprimer les sentiments confus qu'elle éprouvait pour mon père. Quoi qu'il en soit, cette lettre paraissait marquer un tournant – les derniers feux de l'adolescence avant le passage à l'âge adulte.

Les années suivantes, la maturité et l'affirmation de soi ont pris le pas sur le romantisme. Une fois par mois, elle tenait papa au courant de l'avancement de ses études, de la réussite de son frère qui s'était lancé dans l'alimentation casher, de son propre emploi de secrétaire dans un petit cabinet d'avocats. Elle avait l'intention de préparer un doctorat en littérature française. Maman envisageait l'avenir avec un certain pragmatisme, décrivait précisément la vie qu'elle entendait mener, le type d'endroit où elle voulait habiter, le nombre d'enfants qu'elle souhaitait avoir, etc. Elle évitait soigneusement de fermer la porte à mon père, mais semblait de plus en plus consciente des difficultés que présenterait leur union. « Si mes rêves vont trop loin, lui annonce-t-elle en mars 1971, s'il vaut mieux que je les garde pour moi, que je poursuive mon existence de mon côté, sans rien partager de ces chimères, il faut me le dire. Car nous savons quels problèmes nous aurons à affronter – il y a tes parents, les miens, sans compter tous ceux qui nous entourent. Je ne voudrais pas que tu aies à en pâtir. »

À l'automne 1973 – elle s'était depuis peu inscrite en première année de doctorat –, la guerre du Kippour a éclaté. Une semaine après la fin des combats, elle lui a envoyé une courte lettre, assez énigmatique, chez l'oncle Hassan à Maadi. « Mon cher Ahmed, Au cas où tu en douterais, sache que je m'inquiète beaucoup pour toi et que j'admire ton dévouement pour notre communauté. Ce n'est peut-être pas si évident que ça et, après les épreuves que tu viens de traverser, je tiens à le souligner. Sache aussi que nous sommes nombreux ici à penser la même chose. Tu es vraiment un type bien. Et ils pourront dire ce qu'ils voudront, tu n'as aucune raison d'avoir honte. Tu as fait exactement ce qu'il fallait. J'affirme que tu t'es comporté en héros. » Les dernières lignes étaient dans la même veine. À la fin, maman lui proposait de venir la voir à Paris.

En lisant cette lettre-là pour la première fois, j'ai senti une légère impatience me gagner. On arrivait au moment décisif et, j'avais beau connaître la suite, j'étais comme déstabilisé. J'ai étalé l'aérogramme sur la table basse et imaginé ma mère assise dans un café ou à la bibliothèque de l'université. Qu'avait-elle en tête lorsqu'elle avait déplié cette mince feuille de papier bleu, destinée à cet ami d'enfance, ce confident invisible, toujours présent, le seul lien qu'elle conservait avec la ville où elle était née ? Elle devait avoir vingt-cinq ans à l'époque. Elle avait commencé son premier trimestre en troisième cycle, vivait encore chez ses parents, et ne se doutait absolument pas que cette lettre allait totalement changer le cours de son existence. Avait-elle pensé à lui, ce matin-là, dans le métro ? Avait-elle déjà choisi les mots qu'elle emploierait pour le consoler, voulait-elle déjà l'inviter ? Ou s'est-elle simplement livrée à cœur ouvert avant de cacheter l'aérogramme et de le poster rapidement, pour ne pas changer d'avis. Que signifiait exactement cette invitation, pour elle ? Dans un sens, cela importe peu car, deux semaines plus tard, il prenait le bateau pour Marseille.

Il n'en reste pas de trace écrite, mais il semble que cela se soit bien passé. Quand mon père est rentré de Paris, un mot l'attendait chez l'oncle Hassan. « Mon cher Ahmed, J'aurais tant aimé être là-bas avec toi, t'accueillir à ton arrivée, passer la nuit dans tes bras. Mais, pour l'instant, cette lettre doit me remplacer. Le souvenir des moments que nous avons partagés s'estompe déjà. Alors j'espère que nous nous reverrons bientôt. » Deux jours plus tard, elle se remémorait certains de ces moments – un film au cinéma en milieu d'après-midi, une crêpe partagée dans un square, un week-end au pied levé dans la Loire – et revenait sur les propos qu'il lui avait tenus avant de partir. « Je me demande pourquoi j'ai réagi si vivement, révèle-t-elle. Je ne suis pas pratiquante. Je ne suis même pas sûre de croire en Dieu. Mais de là à me convertir, je ne sais pas. Pour commencer, cela désolerait mes parents. » Quatre jours plus tard, une nouvelle lettre pour lui dire combien il lui manquait. Et une autre encore, la semaine suivante.

Ma mère a gardé le même rythme pendant quatre mois. Puis quelque chose a changé. En mars 1974, elle lui a envoyé une série de longues réflexions – trois aérogrammes bourrés de remarques sur l'histoire et la culture, le passé et l'avenir, les théories d'Ibn Khaldoun à propos de la civilisation, et la confrontation avec l'Autre selon Levinas. « Je veux me libérer des chaînes du Vieux Monde. Je veux une vie meilleure pour moi-même et ma famille. Plus que tout, je voudrais que nous soyons ensemble. Cette vie-là, je voudrais la vivre avec toi. Seulement, mon cher Ahmed, mon doux ami, en vérité je ne sais comment faire. J'aimerais que cela soit possible, que cela soit plus simple, mais compte tenu de ma famille, de la tienne, je ne vois pas comment cela pourrait fonctionner. » En terminant sa lettre, elle mentionne quelques problèmes avec ses parents et demande à mon père de lui adresser désormais ses lettres à son bureau de l'université. En revanche, elle passe sous silence une information essentielle – la raison, probablement, des tensions avec sa famille : elle était enceinte de quatre mois.

L'omission est troublante et l'on imagine aisément quelles difficultés elle affrontait. Ses parents ne devaient pas sauter de joie, surtout lorsqu'ils ont découvert que le père était non seulement musulman, mais en outre un modeste gardien. Différentes options ont certainement été envisagées. À l'époque, l'avortement était interdit en France. Il n'aurait pas été trop compliqué d'en faire pratiquer un à l'étranger ou dans une clinique clandestine à Paris. Il y avait moyen, également, de donner l'enfant en adoption, d'organiser un séjour discret en Suisse pendant quelques mois, au bout desquels ma mère serait revenue comme si de rien n'était. Y a-t-il eu de la vaisselle brisée, des discussions animées, des coups de téléphone à voix basse avec les amis proches ? Ma mère n'en disait mot. Et le choix qu'elle a fait à la fin était le sien uniquement.

La lettre suivante était postée, huit mois plus tard, depuis Culver City en Californie. « J'habite désormais à Los Angeles. J'ai renoncé à mon programme de doctorat et j'enseigne le français, dans une université ici. Je t'écris pour t'apprendre que tu as un fils. Il s'appelle Yusuf et il a trois mois. Pardonne-moi de ne pas te l'avoir annoncé plus tôt. Je comprendrais que tu sois mécontent, puisque je te l'ai caché. Tout cela a été fort compliqué. Bien des fois, j'ai eu envie de t'écrire pour te raconter. Bien des fois, j'ai imaginé prendre un avion pour Le Caire, venir en taxi chez toi et me réfugier dans tes bras. Mais cette décision-là, il fallait que je la prenne seule. »

Huit autres mois se sont écoulés, pendant lesquels elle lui a décrit précisément notre vie à Los Angeles et la façon dont je grandissais. On sent dans ces lettres-là une grande intimité et de la tendresse. « Il a ton sourire, affirme-t-elle alors que je n'ai pas tout à fait six mois. Quand il rit, il plisse le nez exactement comme toi. » Peu à peu, elle semblait accepter l'idée de fonder un vrai foyer avec lui. « Ça te plairait ici. Il fait toujours chaud et on n'est jamais loin de la mer. » En juillet 1975, elle lui envoyait une carte postale de la jetée de Santa Monica. « J'aimerais que tu sois là. » Moins d'un mois plus tard, il la rejoignait.

Dans sa lettre suivante, datée de la fin septembre 1975 selon le cachet de la poste, elle s'étend sur ce séjour qui ne semble pas s'être très bien passé. « Je suis très contente que tu sois venu, car je voulais que tu voies Yusuf. Mais aussi, ta présence m'a aidée à accepter ce que je pressentais depuis longtemps, sans pouvoir l'admettre, à savoir que cela ne marchera jamais entre nous. Il ne s'agit pas de notre dispute à la plage, ni de tes désaccords avec mon propriétaire. Cela ne tient pas à mes sentiments pour toi, qui sont bien réels. Et, oui, je crois que tu ferais un bon père. Tout simplement, nous nous ressemblons trop peu. Je t'aime vraiment beaucoup, Ahmed, mais, sincèrement, nos vies nous mènent sur des chemins différents et il vaut mieux, je pense, le reconnaître maintenant que trop tard. »

À cet endroit, un bristol séparait les aérogrammes d'une série d'enveloppes parfaitement intactes. Elles étaient parties à l'autre bout de la terre, du Caire jusqu'à Los Angeles, d'où elles avaient été retournées à mon père. Vingt-cinq ans plus tard, elles étaient encore cachetées. Je les ai ouvertes, chacune, avec l'ongle du pouce et j'ai commencé à les lire. Elles donnaient l'impression de m'être adressées, comme si c'était à moi qu'il avait écrit, ce qui, dans un sens, était le cas.

C'était, au début, des lettres d'amour, riches de rêves et de promesses. « Tu es la lumière de mes jours, mon amie intime et la mère de mon enfant, affirme-t-il en octobre 1975. Nous sommes faits pour être ensemble. » Au fil des mois, cependant, elles se teintent d'un désespoir croissant. « Nous devrions former une famille, insiste-t-il, le jour de mon deuxième anniversaire. Ce serait la meilleure solution pour tous. Mon fils a besoin de son père, et j'ai aussi besoin de lui. » À cette époque, il avait démissionné de ses fonctions à la synagogue, il travaillait pour la société de l'oncle Hassan et commençait une autre vie. Mais il suppliait encore ma mère : « Je quitterais tout pour vous rejoindre, toi et Yusuf, à Los Angeles, à Paris ou à l'endroit de ton choix. »

De son côté, elle lui écrivait consciencieusement, le premier jour de chaque mois, lui adressait une photo de moi et donnait de mes nouvelles. Elle lui parlait de sa vie aux États-Unis, suggérant même qu'il nous rende visite, afin de voir comment j'avais grandi. Mais elle lui renvoyait son courrier sans l'ouvrir, comme si elle avait peur de ses propres réactions ; comme si, au fond d'elle-même, elle luttait contre le désir de former un couple avec lui. Sans chercher à comprendre les raisons de son silence, mon père continuait à expédier ses lettres dans le vide, deux fois par mois pendant plus d'un an. Ses missives ont emprunté le même chemin, aller et retour, entre Le Caire et Los Angeles, jusqu'en février 1977, quand maman lui a posté un petit mot pour lui apprendre qu'elle s'était fiancée avec Bill. C'était la dernière enveloppe de la boîte à chaussures. Elle lui annonce, à la fin, son intention de rendre visite à ses parents, avec Bill, à Paris au printemps. « Tu aurais l'occasion de voir Yusuf, si tu viens toi aussi », conclut-elle.

Bien que cet épisode date de plus de vingt ans, j'en ai gardé quelques souvenirs : une odeur de moisi dans l'appartement de mes grands-parents ; les marches de marbre blanc devant leur immeuble ; et le zoo où l'on m'a emmené par un jour de pluie. Il y a des images également – un album de photos surexposées que ma mère conservait au fond d'un placard et dont je suis le principal sujet. En salopette de velours et chemise à rayures rouges, j'aide ma grand-mère à souffler les bougies d'un gâteau d'anniversaire. Mon père est là aussi – assis, souriant, sur le canapé, ou par terre avec moi, en train de jouer avec un camion en plastique bleu.

Même sans l'aide des photos, je revois son visage, ses sourcils, sa moustache tombante. La forme de son sourire permet d'imaginer ce qu'il ressentait dans le salon de mes grands-parents, devant ma mère et son nouveau fiancé. Il savait que, dans une semaine ou deux, son voyage toucherait à sa fin et que nous rentrerions dans nos villes respectives, comme si rien de tout cela n'était arrivé.

Quand je me suis réveillé, le lendemain matin – je m'étais endormi sur le canapé –, j'ai fouillé dans la boîte pour retrouver la lettre que maman avait écrite après le séjour de mon père à Los Angeles – celle qui mettait réellement fin à leur relation. « Je t'aime vraiment beaucoup, Ahmed, mais, sincèrement, nos vies nous mènent sur des chemins différents et il vaut mieux, je pense, le reconnaître maintenant que trop tard. »

— Il y a si longtemps, m'a-t-elle dit quand je l'ai appelée dans l'après-midi. Je me souviens de sa visite. Mais cette lettre…

Tandis qu'elle hésitait, j'ai regardé la feuille bleu clair, presque translucide, étalée devant moi sur la table basse. De son écriture soignée, elle l'avait remplie d'un bord à l'autre. J'avais toujours du mal à envisager les choses de son point de vue, à la considérer autrement que ma mère, mais après avoir lu tous ses aérogrammes, je commençais à comprendre ce qu'elle avait éprouvé lorsqu'elle avait été déracinée, si jeune, puis quand elle avait dû à nouveau quitter sa famille et ses amis, seize ans plus tard, pour recommencer sa vie dans un autre pays.

— Tu indiques que sa présence t'a aidée à accepter une chose que tu pressentais depuis longtemps, sans réussir à l'admettre, lui ai-je rappelé en relisant ses mots.

Je lui téléphonais pour savoir ce qui avait provoqué leur rupture, lorsqu'il l'avait rejointe à Los Angeles et qu'elle ne voyait pas d'issue à leur relation. Pendant qu'elle tentait de m'expliquer ce qu'elle avait pensé, vingt-cinq ans auparavant, je gardais un œil sur une autre lettre, posée sur un coin de la table basse, celle dans laquelle elle l'invitait à Paris. Elle constituait le point central, le pivot à partir duquel tout avait basculé. Peut-être y avait-il plus important : ce qui avait motivé cette lettre et dans quelles circonstances papa avait présenté sa démission à la synagogue. Car s'il y était resté, ma mère ne l'aurait pas invité à Paris et, si elle ne l'avait pas invité, je ne serais pas venu au monde.

— Il y a si longtemps, a-t-elle répété quand j'ai voulu savoir pourquoi il avait démissionné. Et ton père n'était pas du genre à parler de ses problèmes.

— Tu as encore ses lettres, non ?

— J'en doute.

Je l'ai entendue remuer des papiers sur son bureau, comme si elle allait les exhumer d'un tas de factures.

— Non, je ne me vois pas les emporter quand j'ai déménagé ici.

Elle s'est interrompue. Le chien aboyait en arrière-fond.

— Bon.

Il restait une chose que je ne comprenais pas.

— Pourquoi lui as-tu retourné son courrier ? Celui qu'il t'a envoyé après son séjour en Californie.

— Je savais que ça ne marcherait pas. J'avais peut-être d'autres raisons, mais c'était une certitude. Et il était si séduisant. Je devais craindre que, si je les lisais…

Une fois encore, elle n'a pas terminé sa phrase et nous avons gardé le silence un long instant. Le souvenir de mon père allait et venait entre nous, le long des câbles du téléphone. Aurait-elle lu ses lettres, son lointain univers aurait achevé de la charmer.

Le dimanche suivant, quand j'ai demandé à l'oncle Hassan s'il se rappelait pourquoi papa avait démissionné, il a frotté la paume de sa main sur l'accoudoir de son fauteuil préféré et m'a regardé en plissant les paupières, comme devant une tomate qui paraîtrait suspecte. J'étais venu chez lui tous les dimanches du mois et, le premier excepté, nous n'abordions plus le sujet de mon père. Nous parlions de sa société, des prochaines élections en Amérique, de Moubarak et des manifestations dans les territoires palestiniens. Il valait mieux, pensions-nous tous, laisser papa reposer en paix.

— Ç'a été sa grande honte, a finalement lâché mon oncle. Sa grande honte.

Il a étudié son verre de thé vide et froncé les sourcils.

Puis il a levé les yeux vers moi pour vérifier si sa réponse me suffisait. Il se doutait bien que non.

— Il a le droit de savoir, a dit Basima en lui resservant du thé.

— Il a le droit, a approuvé Aïcha.

— Oui, je suppose, a admis Hassan.

Il m'a de nouveau regardé en soufflant sur le liquide chaud.

— Il a eu très honte, a-t-il répété. Mais ta cousine a raison. Un fils a le droit d'être fier de son père et de connaître ses zones d'ombre.

Alors il m'a raconté l'histoire.

Pendant les premières heures chaotiques de la guerre du Kippour, alors que les troupes égyptiennes traversaient le canal de Suez et que les tanks syriens gagnaient le plateau du Golan, mon père était à son poste dans la cour de la synagogue. Il n'y avait rien d'anormal à déplorer jusqu'à ce que, en fin de matinée, il entendît des éclats de voix dans la rue qui longeait la salle de prière. Derrière le portail, il a aperçu deux policiers en civil et une douzaine de voisins en colère. Les policiers lui ont dit qu'ils avaient de bonnes raisons de croire que les juifs cachaient des armes dans la synagogue, avec l'intention d'attaquer le commissariat à proximité. Mon père a tenté de les convaincre qu'il s'agissait d'une rumeur infondée. De plus, comme c'était le jour de Kippour, leur a-t-il expliqué, une fête religieuse, ils étaient tous allés prier à la synagogue du centre-ville. Les agents ont tenu à visiter les lieux. S'il n'obéissait pas, ils entreraient de force et ils l'arrêteraient.

Pour sa propre sécurité, pour ne pas laisser le bâtiment sans surveillance dans cette période critique, il les a laissés entrer. Il les accompagnés, a répondu à leurs questions, concernant divers objets rituels, et il a fait valoir à chaque instant que, quelle que soit la nature des événements qui opposaient le pays à Israël, les juifs du Caire étaient de bons Égyptiens qui aspiraient seulement à vivre en paix. Pendant près d'une heure, il a suivi les deux hommes, leur a ouvert toutes les portes en veillant à ce qu'ils n'abîment et ne volent rien. Après avoir inspecté la cour, la salle de prière et les bains rituels, ils ont demandé à voir le grenier.

Il leur a indiqué qu'il était vide, sombre et difficile d'accès. Mais ils ont insisté. Alors, à contrecœur, il a dégagé l'échelle et l'a dressée contre l'ouverture de la mansarde. Tous trois sont montés dans celle-ci et les agents ont éclairé l'intérieur avec leurs torches électriques. Ils ont retourné un vieux seau en métal et examiné une caisse en bois qui contenait des bonbonnes d'eau de Javel. À part quelques ustensiles de ménage et plusieurs lampes cassées, la pièce était bel et bien vide.

Ils étaient sur le point de s'en aller quand le plus petit des deux hommes, remarquant une fente entre deux panneaux de bois, s'est agenouillé pour la regarder de plus près. En réalité, l'un des panneaux servait de porte à un compartiment secret, dans lequel était caché un antique rouleau de la Torah. Malgré les protestations de mon père, les policiers l'ont retiré pour l'emporter au commissariat afin de l'examiner attentivement. Tandis qu'ils redescendaient l'escalier et traversaient la cour, munis du précieux rouleau, il a essayé de leur faire entendre raison : il s'agissait d'un vieux texte sacré qui, sous aucun prétexte, ne devait quitter les lieux. Ils n'ont rien voulu savoir.

Ne s'avouant pas vaincu, il a tenté de leur bloquer la voie, les bras croisés devant le portail. Ils lui ont ordonné de s'écarter, il a refusé, et le plus costaud des deux l'a assommé d'un coup de poing. En partant, ils ont craché par terre près de sa tête.

— Ce n'était pas sa faute, a conclu l'oncle Hassan. Qu'aurait-il pu faire de plus ? Rien. Il n'a pas pu les arrêter et ne se l'est jamais pardonné.

Mon père s'est reproché de ne pas avoir résisté plus énergiquement, d'avoir laissé ces hommes entrer, vandaliser la synagogue et lui voler son bien le plus précieux. Au lendemain de la guerre, il a donné sa démission. Le conseil l'a acceptée, notamment parce qu'il n'avait plus d'argent pour le payer. En outre, même s'il n'était pas vraiment en cause, de nombreux membres de la communauté lui en voulaient. Quelques semaines plus tard, désemparé, ne sachant quoi faire de sa peau, il prenait un bateau pour la France.

— Il ne se l'est jamais pardonné, a répété Hassan. Il est même resté très déprimé à cause de ça, pendant des années.

— Et le rouleau d'Ezra ?

Je repensais à l'article du journal que j'avais trouvé dans la chambre de papa, et au point d'interrogation inscrit à côté du rouleau que Mosseri tenait dans ses mains.

Lissant les bords de sa moustache, Hassan a lentement hoché la tête.

— On ne l'a jamais revu.

12

Il leur arrivait parfois, lorsqu'elles étaient petites, de se réveiller dans le noir avec une impression de double emploi et l'image persistante d'un cheval, d'un bateau ou d'un homme au nez difforme. Agnes et Margaret n'ayant plus fait le même rêve, la nuit, depuis presque trente ans, il leur parut puéril, presque déstabilisant, de se chercher du regard dans la pénombre de cette chambre au bout du monde, en attente d'une confirmation. Avoir les mêmes pensées n'avait rien d'anormal. Elles étaient jumelles, après tout. À partir des mêmes informations, il semblait logique qu'elles arrivent aux mêmes conclusions. Mais faire le même rêve simultanément, comment expliquer cela ?

— J'ai encore cette odeur de poussière dans le nez.

D'un murmure, Margaret confirma. Elle aussi la sentait, revenue comme sa sœur dans ce cimetière plein de papiers et de livres, où les âmes, par vagues, s'élevaient vers le ciel comme au Jugement dernier. Cela n'était pas exactement un cauchemar, mais un rêve tenace, qui les accaparait avec ses tourbillons de fantômes et de poussière.

— Que signifie-t-il, à ton avis ? demanda Agnes tandis qu'elles commençaient leur gymnastique du matin.

— Il y a peut-être un rapport avec le dîner d'hier.

Agnes sourit entre deux flexions.

— Oui, et nous serons bientôt délivrées du purgatoire des douanes.

La veille, tandis qu'elles s'apprêtaient à se coucher, elles avaient reçu un mot fort bienvenu de Mlle de Witt. L'oncle de celle-ci lui avait envoyé un télégramme pour lui annoncer que le consul général serait ravi de recevoir les deux sœurs, le lendemain matin à dix heures, si l'horaire leur convenait. Ni Agnes ni Margaret n'avait vraiment cru que l'oncle en question serait capable de leur fixer un rendez-vous avec lord Cromer. Eh bien, elles se réjouissaient qu'on leur démontre le contraire.

Le plus dur était fait. À présent, il ne serait pas très difficile d'attirer l'attention du consul sur l'inestimable valeur des documents récupérés dans la gueniza. Car en tout administrateur colonial sommeillait un ancien élève d'un bon collège britannique, fasciné par les mystères de l'Orient. Une fois qu'elles l'auraient convaincu, il n'aurait qu'à claquer des doigts pour libérer les caisses des entraves de l'administration. Leur trésor serait expédié à Cambridge sans que les jumelles aient besoin de recourir à Bechor et à ses relations douteuses.

— C'est quelque chose, cette fille, s'étonna Margaret en finissant de boutonner la robe de sa sœur dans son dos.

— Oui, admit Agnes en prenant le chemin de la réception. Mais quoi exactement, je n'en sais rien.

Lorsqu'elles s'assirent pour prendre leur petit déjeuner, le bruit des couverts retentissait dans la salle du restaurant où vacanciers et pèlerins étaient déjà installés. L'hôtel avait une clientèle majoritairement anglaise – n'était-ce pas l'hôtel d'Angleterre ? –, toutefois on remarquait quelques Allemands, un petit groupe de Slaves et une tablée de popes grecs qui faisaient étape avant de partir dans le Sinaï. Plusieurs sujets de Sa Majesté ne manquèrent pas d'identifier deux compatriotes et sourirent aux deux femmes. Celles-ci leur répondirent de même, quoique assez discrètement, afin de garder leurs distances sans paraître désobligeantes.

— Neuf heures, dit Margaret quand sonna l'horloge.

Les jumelles se levèrent et quittèrent la salle. Bien qu'elles eussent rendez-vous à dix heures, Margaret avait réservé une voiture une heure plus tôt. Si l'on voulait être ponctuel dans ce pays, il fallait prévoir large et donner une certaine latitude aux natifs. Naturellement, les deux sœurs étaient enchantées. Lord Cromer, un homme fort occupé, ne recevait pas n'importe qui. Il gouvernait un pays entier pratiquement tout seul. Agnes et Margaret appréciaient donc à sa juste valeur le temps qu'il leur accordait.

— À la résidence du consul général d'Angleterre, dit la première en montant dans la voiture garée au-dehors.

— Trente, rue el-Maghrabi, ajouta Margaret.

Plus tôt dans la matinée, elle avait vérifié l'adresse dans son guide Baedeker, afin d'éviter les éventuels caprices d'un cocher mal disposé.

— Trente, rue el-Maghrabi ? s'étonna l'homme.

— Oui, c'est bien cela, confirma Agnes.

Il les mena le long de la rue Abbassia, à l'extrémité nord de la cité médiévale, et, un quart d'heure plus tard, s'arrêta devant un bâtiment décrépit – qui avait dû être somptueux – de la rue el-Maghrabi. À l'évidence, l'homme le plus puissant d'Égypte ne logeait pas ici. La façade était recouverte de crasse, et deux fenêtres du deuxième étage, condamnées à l'aide de planches en bois.

— Trente, rue el-Maghrabi, annonça le cocher, modérément sûr de lui.

— Je ne sais où vous nous avez emmenées, dit Agnes, mais cela ne peut pas être la résidence du consul général.

Marmonnant des propos inintelligibles, même sans doute pour lui, l'homme mit pied à terre pour aller consulter le portier de l'immeuble.

— Son Excellence a déménagé, déclara-t-il en revenant.

— Et où habite-t-elle à présent ?

— À Garden City, près de l'hôpital de Qasr Al-Ainy, répondit le cocher.

— Combien de temps faut-il pour s'y rendre ?

— Peu de temps.

— Eh bien, en route ! jeta Margaret.

Tandis qu'ils redescendaient la rue Abbassia en direction du Nil, les sœurs commencèrent à craindre d'arriver en retard. En l'occurrence, elles ne pouvaient s'en prendre qu'à elles-mêmes. Silencieuses, elles regardèrent la ville défiler dans l'autre sens jusqu'à ce que la voiture, en quittant la rue Qasr Al-Ainy, se range devant la résidence du consul – la bonne, cette fois. C'était un magnifique immeuble de marbre blanc, doté d'un portail à colonnes et, derrière celui-ci, du jardin le plus vert qu'elles aient vu depuis longtemps.

— Nous avons rendez-vous avec lord Cromer, annoncèrent-elles aux deux jeunes hommes éveillés qui montaient la garde.

— Mme Lewis et Mme Gibson, précisa Margaret, anticipant la question qu'ils ne manqueraient pas de poser.

— J'espère que marcher un peu ne vous dérange pas, dit le plus grand des gardiens après avoir consulté son registre. Pour des raisons de sécurité, les véhicules locaux ne sont pas admis dans l'enceinte.

— Je comprends.

Ce bout de terrain était propriété de la reine, mais les jumelles ne se seraient pas attendues à s'y sentir chez elles. Un exploit : à moins de cent mètres du Nil, dans cette contrée chaude, humide, hostile, le consul général avait réussi à recréer l'atmosphère d'une propriété de campagne en Angleterre. Traversant un parc élégant et bien agencé, l'allée centrale était bordée de peupliers et de haies soigneusement taillées. Devant le bâtiment, un majordome accueillit les sœurs, les conduisit dans l'entrée et les mena à l'étage, par l'escalier principal, jusqu'à une petite bibliothèque qui ressemblait à s'y méprendre au bureau d'un professeur de Cambridge. Il les pria de s'asseoir, ce qu'elles firent, et, au bout d'un moment, lord Cromer les rejoignit par une porte intérieure. Les jumelles se levèrent pour le saluer.

— Madame Lewis, madame Gibson, quel plaisir de vous rencontrer enfin !

Plus que ne le suggéraient ses portraits dans les journaux, il était bien de sa personne. Cromer avait les yeux bleus, vifs, portait une large moustache blanche et le ventre d'une femme enceinte de six mois.

— Tout le plaisir est pour nous.

Les invitant à se rasseoir, il prit place sur une chaise derrière sa table de travail et croisa les jambes.

— Comment aimez-vous votre thé ?

— Sans sucre, un nuage de lait, indiqua Margaret.

Agnes confirma, tandis qu'un domestique passait la porte. Cromer pria celui-ci de leur d'apporter trois tasses de thé, sans sucre, avec un nuage de lait.

— La semaine dernière, je me suis fait livrer une caisse de darjeeling de chez Taylors of Harrogate, leur apprit le consul. Peut-être conviendrez-vous que c'est un luxe nécessaire, compte tenu de la qualité du thé dans ce pays.

Les jumelles admirent que, de fait, certains luxes avaient leur importance et que le thé égyptien laissait à désirer.

— Fort bien, dit lord Cromer, posant les mains sur ses genoux. Ce bon vieux Claude m'a rapporté que vous aviez fait la connaissance de sa nièce, Emily de Witt ?

Les sœurs hochèrent la tête, même si elles ignoraient tout de « ce bon vieux Claude ».

— Je crois savoir que vous avez permis de mettre au jour le palimpseste du Sinaï, n'est-ce pas ?

— En effet, reconnut Agnes, puisque c'est elle qui l'avait découvert.

Le consul pencha la tête d'un côté, puis de l'autre, comme s'il lui était resté dans les oreilles une ou deux gouttes d'eau après sa toilette.

— Est-il vrai que le manuscrit servait de torchon pour envelopper le beurre ?

— Pas exactement, répondit Agnes, qui sourit pour masquer une grimace. Il était manifestement en mauvais état quand nous sommes tombées dessus, mais cette affaire de torchon à beurre, si amusante soit-elle, n'est qu'une invention de journaliste.

— J'imagine que les moines de Sainte-Catherine se passent généralement de beurre, remarqua lord Cromer. Ils utiliseraient plutôt de l'huile d'olive, à mon avis.

Tant de perspicacité fit sourire Agnes, qui se tourna vers sa sœur. On ne rencontrait pas si souvent des gens aussi intelligents.

— Exactement, conclut-elle.

— En sus de vos études et de vos recherches, il paraît que vous participez à la création d'un nouveau synode presbytérien à Cambridge ?

— Oui, admit Margaret.

Comme elle ne pouvait être sûre qu'il pratiquait la même religion qu'elles, ni qu'il approuvait sans réserve l'intérêt que témoignaient les femmes aux associations cultuelles, elle s'efforça de minimiser leur apport en la matière.

— Nous sommes dévouées à notre Église, expliqua-t-elle simplement.

Le consul souffla sur sa tasse de thé et ses yeux se posèrent sur la pile de papiers qui encombraient son bureau. S'il prenait visiblement plaisir à converser avec ces dames, son expression révélait que l'entrevue devrait bientôt se terminer.

— Votre Excellence, nous aurions un petit service à vous demander, dit Agnes.

Cromer joignit ses mains devant sa bouche, signe qu'il écoutait attentivement.

— Mlle de Witt vous aura sans doute rapporté que M. Ben Simon, le grand rabbin d'Égypte, a récemment accordé au docteur Schechter et à nous-mêmes le droit d'utiliser les documents conservés dans la gueniza de Ben Ezra.

— Oui.

— Ce qu'elle recèle est véritablement stupéfiant. Nous n'avons pas eu le temps de tout examiner, mais je peux avancer qu'il s'agit d'une des découvertes les plus importantes des cinquante dernières années.

Le consul hocha la tête pour indiquer qu'il mesurait pleinement la valeur des documents sauvegardés.

— Mais, bien que le grand rabbin nous ait permis de disposer de ces pièces et de les expédier à Cambridge, nous éprouvons de légères difficultés auprès du service des douanes.

Cromer nota quelques mots sur son bloc-notes.

— Je veillerai à ce que cela soit arrangé, assura-t-il, ponctuant le propos d'une pleine gorgée de thé. Y a-t-il autre chose que je puisse faire pour vous ?

Margaret lissa le devant de sa robe en consultant sa sœur du regard. La question signalait-elle la fin de l'entretien ou était-ce une invitation à le poursuivre ? Le consul avait tant de pouvoirs. D'un trait de plume, il était capable de construire une école, de mettre un immeuble sous protection, d'envoyer quelqu'un en prison. Un ou deux mots seulement lui permettaient de changer le cours de l'histoire. Quelle serait sa réaction si elles s'étendaient sur l'attitude de M. Bechor, sur leur expédition à Bassatine, sur leur souhait de retrouver le rouleau d'Ezra ? Margaret en avait le tournis. Mais avant qu'elle donne voix à ses attentes, Agnes préféra conclure.

— Vous êtes certainement très occupé, dit celle-ci, et elles se levèrent toutes les deux. Nous vous remercions infiniment.

Alors qu'elles s'habillaient pour le dîner, le soir même, elles reçurent confirmation que leurs caisses disposaient de titres de circulation en bonne et due forme. Avec la copie des autorisations, lord Cromer leur envoyait un petit mot de sa main pour les remercier courtoisement de leur visite, ainsi qu'une boîte de son darjeeling préféré, en quantité suffisante, espérait-il, pour subvenir à leurs besoins jusqu'à la fin de leur séjour.

Bien qu'elles eussent accompli leur mission – avec, en prime, une boîte d'un excellent thé –, les sœurs eurent malgré elles la sensation d'avoir été manipulées. Peut-être était-ce l'effet que vous faisait lord Cromer ? On vous flattait, vous rassurait, vous secourait, puis on vous montrait la porte. Vrai ou pas, elles se demandèrent, avec un pincement au cœur, si elles n'avaient pas raté une occasion. Être confronté à un tel pouvoir, une telle efficience, avait quelque chose d'enivrant, vous invitait à croire que tout était possible.

Munies des papiers officiels des douanes, les jumelles purent accélérer le mouvement – régler les dernières formalités, rédiger quelques télégrammes, réserver un wagon dans un train. Mlle de Witt se porta volontaire pour convoyer les documents – d'Alexandrie à Marseille, puis jusqu'à Douvres et Cambridge –, afin de permettre à Schechter, comme prévu, de rendre visite à son frère en Palestine. Il y avait un instant renoncé afin de remettre les caisses en personne à la bibliothèque de l'université, mais Emily l'avait persuadé de s'en tenir à son projet initial. Elle avait juré de surveiller le chargement aussi attentivement que s'il s'agissait de son propre nouveau-né. De plus, leur annonça-t-elle, son oncle se proposait de l'accompagner pendant la deuxième phase du voyage.

Mais avant Marseille, avant la Palestine et la bibliothèque de Cambridge, il fallait ordonner, étiqueter et cacheter les caisses, puis les livrer en temps utile à la gare du Caire, pour qu'elles soient chargées à bord de l'express d'Alexandrie, le mardi suivant.

— Cela n'est tout de même pas la mer à boire, dit Mlle de Witt en considérant l'ampleur du travail qui les attendait. J'aime assez mettre les choses en ordre.

Si les jumelles entretenaient encore quelques doutes sur les qualités de la jeune femme, ceux-ci furent dissipés pendant les dernières journées consacrées à balayer la poussière et appliquer la cire à cacheter. Grâce à l'assistance joyeuse de Mlle de Witt, elles vinrent à bout de leur tâche bien plus rapidement qu'elles ne l'avaient anticipé, si bien qu'elles passèrent une bonne partie du lundi après-midi à boire l'excellent darjeeling du consul dans le hall de l'hôtel.

— J'allais oublier, annonça la jeune femme alors qu'Agnes lui demandait à quel moment son oncle envisageait de la rejoindre. J'ai reçu sa dernière lettre hier. Il souhaiterait avoir de vos nouvelles et tient à ce que je vous transmette son meilleur souvenir.

— Votre oncle est-il cambridgien ? s'enquit Margaret, imaginant un obscur professeur de mathématiques avec qui elles dînaient peut-être une ou deux fois par an.

— Non, il habite Londres.

— Et il nous transmet son meilleur souvenir, médita Agnes.

Pour aller plus vite, Margaret pria la jeune femme de leur rappeler son nom.

— C'est que Londres nous est devenue moins familière, depuis quelques années, expliqua-t-elle.

— Claude Montefiore.

Mlle de Witt prononça son nom d'un air légèrement surpris, mais, bien évidemment, les sœurs le connaissaient. Montefiore était l'un des hommes les plus riches d'Angleterre, et le principal bienfaiteur de Schechter.

— Je ne doute pas que M. Schechter vous ait parlé de lui.

La jeune femme étudia Agnes, puis Margaret, et rougit en comprenant. Schechter n'avait en fait pas dit un mot à propos de son oncle. Il avait tout bonnement omis de mentionner que sa jeune assistante était la nièce de M. Montefiore. L'auraient-elles su, les jumelles n'auraient jamais mis sa respectabilité en doute. Mais Schechter était d'une discrétion extrême au sujet de ses revenus et évitait d'évoquer ses anges gardiens. Il les avait donc laissées imaginer pourquoi Mlle de Witt était à son service. Qu'auraient-elles dû penser ? Une jeune femme pouvait avoir bien des raisons d'accompagner un homme marié à l'autre bout du monde.

— Eh bien… murmura Mlle de Witt, incapable de soutenir leur regard.

Elle porta la main à son cou, se leva, se rassit, avant d'ajouter :

— Je ne crois pas que…

Elle ne finit pas sa phrase, et le petit groupe se tut un instant – Agnes et Margaret gênées par leurs suspicions infondées, et la jeune femme, par ce qu'elle en devinait.

— Avez-vous l'intention d'être à Cambridge pour Pâques ? lui demanda Margaret, changeant brusquement de sujet.

Mlle de Witt l'étudia par-dessus sa tasse de thé.

— Oui.

— Nous ne serons pas rentrées avant au moins un mois, expliqua Margaret, mais, à notre retour, nous serions ravies de vous recevoir.

— Avec plaisir.

— Nous nous faisons un devoir d'aider les jeunes étudiantes, compléta Agnes. Surtout lorsqu'elles sont prometteuses comme vous.

— Merci, dit Mlle de Witt.

Après un court silence, Agnes amena de nouveau la conversation sur l'itinéraire qu'allaient bientôt suivre les caisses.

Les jumelles durent attendre la fin de l'après-midi, quand la jeune femme rentra à son hôtel pour se débarbouiller, afin de discuter seule à seule de leur méprise.

— Qu'étions-nous censées croire ? jeta Margaret avec une pointe de colère dans la voix. Schechter aurait dû nous dire qu'elle est la nièce de Montefiore.

Agnes réfléchit un instant.

— En effet, admit-elle. Mais nous aurions également pu lui poser la question.

— C'est vrai, concéda sa sœur.

Silencieusement, elles regardèrent par la fenêtre une nuée d'étourneaux onduler comme un voile, se dissoudre et se reformer dans le bleu grandissant de la nuit. Ni l'une ni l'autre n'aborda le sujet des vérités incomplètes, de leurs malentendus et omissions. Un silence tacite par lequel elles reconnaissaient qu'il valait mieux garder tout cela pour elles. Ne pas parler à Schechter du rouleau d'Ezra, du pilleur de la gueniza, des soupçons que leur inspirait Bechor. De telles révélations ne leur apporteraient rien. Au contraire, il y avait plus à perdre qu'à gagner. Agnes et Margaret continuèrent d'observer les oiseaux un moment, jusqu'à ce qu'ils ne soient plus qu'un bruissement dans le crépuscule.

La vie était ainsi faite que les choses se précipitaient à l'approche de la fin.

— Tout va si vite, remarqua Agnes. De plus en plus vite.

Elles savaient toutes deux qu'elles ne reviendraient sans doute jamais ici. Que le train de seize heures serait peut-être le dernier qu'elles prendraient à la gare du Caire, pour un ultime voyage dans ce désert qu'elles aimaient tant. Elles se félicitaient d'avoir eu la chance de visiter l'Égypte – sans oublier Jérusalem, Istanbul et bien d'autres endroits. La plupart des gens s'estimaient heureux d'être allés à Paris ou à Rome, alors qu'elles avaient plusieurs fois fait le tour du monde. Pourtant, la tentation était grande d'en demander toujours plus – elles imaginaient de nouveaux voyages, de nouveaux livres, de nouvelles découvertes. Quelles surprises les attendaient-elles, si elles restaient quelques jours de plus au Caire ? Un autre rouleau, un autre trésor caché ? La ténacité était souvent une qualité, mais parfois il était bon de lâcher prise.

Margaret se leva pour récupérer le bout de papier qu'elle avait recueilli dans la gueniza, quelques semaines plus tôt.

— Je me demandais, dit-elle en l'observant, si ce parchemin ferait un cadeau convenable pour remercier M. al-Raqb de sa gentillesse.

— Excellente idée, approuva Agnes.

Tandis que, devant la fenêtre, elles scrutaient l'obscurité, leurs pensées convergèrent vers la question qui les hantait, malheureusement privée de réponse – où se trouvait le rouleau d'Ezra ? – et elles se rappelèrent les mots de leur théologien préféré, Hugues de Saint-Victor :

« C'est un grand principe de vertu pour un esprit exercé d'apprendre peu à peu d'abord à changer ces choses visibles et transitoires afin de pouvoir ensuite les abandonner. Il est encore bien délicat, celui à qui la patrie est douce ; il est déjà fort, celui pour qui toute terre est une patrie ; mais il est parfait, celui à qui le monde tout entier est un exil[1]. »

1. *Didascalicon. L'art de lire*, traduction Michel Lemoine.

La sagesse commandait de reconnaître que les voies du Seigneur étaient à la fois infiniment complexes et incompréhensibles dans leur totalité, que cette Terre regorgeait de mystères qui ne seraient jamais percés. Elles le savaient.

13

Pendant les semaines qui suivirent son procès, Ali se réfugia dans la solitude. Il fit ses rondes, s'occupa de ses chats, pria. Les rares fois où il fut obligé de sortir – pour aller au marché ou à la boulangerie –, il garda la tête baissée et prit bien soin de ne pas croiser l'un ou l'autre des sages. Car, s'ils s'étaient montrés cléments, Ali savait que certains ne lui avaient rien pardonné. Pourquoi l'auraient-ils fait, alors que lui-même se condamnait ?

Surtout, l'idée de rencontrer Shemarya le Pieux et ses fils le terrifiait. Parce qu'il avait trahi leur confiance, mais aussi parce qu'il craignait, en les voyant, de réveiller les sentiments qu'il avait si douloureusement réprimés. Malgré tout, ses désirs restaient tapis dans un coin sombre de son esprit. Quand, par malheur, il pensait à sa bien-aimée, le sang bouillonnait sous les cicatrices de son bras, et il devait éviter tout retour en arrière.

Il eut pour seule consolation, pendant cette période, la patiente bienveillance de ses chatons. Les jours où il était particulièrement mécontent, il en posait un sur ses genoux, lui grattouillait les oreilles, et alors ses soucis et ses regrets s'estompaient. Même s'ils ne lui parlaient pas, il avait l'impression qu'ils comprenaient. C'était, eux aussi, des orphelins. Comme lui, ils tâtonnaient, indécis, au seuil de l'âge adulte, s'engageaient à peine dans le monde des grands. Auprès d'eux, Ali se rappelait souvent les mots d'un autre orphelin, le prophète Mahomet. « Les plus vils parmi vous sont les célibataires. Celui qui a les moyens de se marier et ne se marie pas n'est pas de ma communauté. »

Il lui fallait trouver une épouse. Les sages lui avaient donné deux mois pour y arriver. Mais il ne savait pas où la chercher et, de plus, il redoutait qu'aucune femme ne veuille de lui. À mesure que le temps s'écoulait, que l'échéance se rapprochait, Ali se convainquit peu à peu que son problème n'avait pas de solution et il finit par se résoudre à perdre son emploi. Ce serait une punition convenable, et peut-être était-ce ce que les sages avaient eu en tête dès le départ. Ali reviendrait habiter dans la maison de son oncle et resterait toute sa vie un humble porteur d'eau.

Puis, un après-midi, quelques jours avant l'expiration du terme, il décida, sur un coup de tête, de se rendre sur la tombe de Sayyida Nafisa. Ali n'attribuait pas de grands pouvoirs aux tombeaux des saints, mais l'inaction lui pesait et les idées lui manquaient.

Le lendemain matin, quand al-Zikri vint le remplacer, il emballa un peu de nourriture dans un sac et se mit en route. Une fois franchies les portes de Fostat, il croisa une procession de pèlerins qui se dirigeaient vers la plaine déserte. Il distingua parmi eux de vieux hommes qui avançaient à l'aide d'une canne en bois, des enfants malades dans les bras de leur père, des épouses de riches marchands, un âne chargé de pierres tombales en marbre, ainsi qu'un certain nombre de femmes enceintes. Tous partaient visiter le mausolée de Sayyida Nafisa. Selon tante Fatima, la mère d'Ali s'y était elle-même rendue lorsqu'elle avait été inquiète, agitée ou qu'elle avait eu besoin d'inspiration. Elle y était d'ailleurs allée, quelques semaines avant sa naissance. Ali n'avait aucune idée de ce qu'elle avait espéré, mais l'image de sa mère en train de prier, enceinte, devant la tombe de Nafisa le réconforta vivement.

Après avoir marché une bonne partie de la matinée, il aperçut au loin les contours d'un minaret, ainsi que des huttes de terre, quelques arbres disséminés, et les cimetières de fortune de ceux qui avaient décidé de reposer auprès de la grande sainte. En se rapprochant de cet étrange village – la cité des morts – et en examinant ses abords, Ali remarqua que les bâtiments étaient tous ornés de lanternes et d'étoffes vertes. Partout autour de lui, les rues grouillaient de mendiants, de pèlerins, de croyants, de superstitieux, d'hommes et de femmes mus par leurs espoirs. Un peu plus loin, de nombreux marchands vendaient de quoi manger et des bandes de papier sur lesquelles on pouvait inscrire une prière. Il entendit deux femmes parler des célébrations et comprit qu'aujourd'hui était un jour sacré, puisqu'on fêtait l'anniversaire de la sainte. Le jour par lequel il arrivait. Il se fraya un chemin dans la foule, et bientôt se dressa devant lui la grande mosquée jaune qui abritait le corps de Sayyida Nafisa.

Le parvis était encombré par les dévots et Ali dut jouer des coudes pour atteindre l'entrée. Cela fait, il retira ses sandales, les plaça sur la pile de chaussures et, les pieds nus sur les tapis, se faufila entre les pèlerins jusqu'à se trouver à moins d'un mètre de la tombe. Altruiste et parfaite érudite, Nafisa avait eu le don des miracles. Elle était l'arrière-arrière-arrière-petite-fille de Mahomet et figurait parmi les trois saints patrons d'al-Qahira. Nafisa avait été une grande sainte, c'est pourquoi sa tombe recélait de grands pouvoirs, disait-on. Elle guérissait les femmes de la stérilité et accordait la richesse aux plus humbles des hommes. Ali s'agenouilla, passa les bras à travers la grille qui protégeait la tombe et entrelaça ses doigts. Il ne demandait pas de miracle. Ni la guérison. Ni encore de l'argent. Il ne voulait pas s'élever au-dessus de sa condition. Il avait seulement besoin d'un conseil.

Le front posé contre le métal froid, il adressa une prière à la sainte et à son arrière-arrière-arrière-grand-père Mahomet. Il pria le seul vrai Dieu qui, s'il portait plusieurs noms – Allah, Deus, Elohim –, était indivisible.

— Ali.

Au milieu de sa prière, il reconnut son propre nom et, se retournant, aperçut une jeune femme à l'entrée de la mosquée. Elle n'avait rien d'exceptionnel, sinon qu'elle ressemblait terriblement à sa cousine Fawzia. Supposant que c'était elle, il se redressa et s'employa à fendre la foule derrière lui. Lorsqu'il arriva à l'entrée, elle avait disparu.

N'était-il pas futile d'interrompre ses prières pour courir après cette jeune femme ? Tandis qu'il enfilait ses sandales et suivait le flot des dévots qui sortaient de la mosquée, Ali se couvrit de reproches. Il aurait dû aller jusqu'au bout et la grande sainte lui aurait prodigué ses conseils. Mais il était trop tard, maintenant. Comment trouverait-il jamais une épouse, s'il n'était même pas capable de terminer une prière ? Tremblant de rage, il s'assit à l'ombre du tombeau d'un homme riche et prit sa tête dans ses mains. Lorsqu'il eut fini de se repentir de cette dernière bêtise, Ali égrena une litanie plus familière. Il était un menteur, un tricheur. Il avait trahi ceux qui croyaient le plus en lui, n'avait pas su profiter de la chance qu'on lui avait donnée. Il ne méritait pas de rester le veilleur de nuit de Ben Ezra, encore moins de se marier.

Ali releva la tête et glissa un pouce le long du train de cicatrices qui couvraient son bras. Et, soudainement, une idée étrange lui traversa l'esprit. Elle semblait stupide au départ, mais plus il y songea, plus elle lui parut bonne. À la réflexion, il s'étonna de ne pas y avoir pensé plus tôt. Une solution astucieuse à un problème qu'il avait cru inextricable. Serait-il possible, se demanda-t-il en outre, que cette idée soit une réponse à sa prière ? Que l'image de la jeune femme à l'entrée de la mosquée soit l'œuvre de Sayyida, qui lui montrait la voie ? En tout cas, il savait ce qu'il lui restait à faire.

Il marcha encore une bonne partie de l'après-midi et, lorsqu'il atteignit Bab Zuwayla, le soleil déclinant couronnait le portail. Ali salua le garde et emprunta la grande rue pavée qui traversait son ancien quartier. Il prit à gauche devant la boucherie, à droite passé la mosquée, et il était arrivé. La porte de la maison de son oncle Rachid était plus petite qu'il ne s'en souvenait. La chaux avait jauni et des restes de graines de tournesol garnissaient la petite marche du perron. Ali jeta un coup d'œil au pigeon qui roucoulait sous le toit. Il avait un goût aigre dans la bouche. Mais il domina ses appréhensions et frappa.

— Qui est-ce ?

— C'est moi, oncle Rachid, ton neveu, Ali.

— Ali, chantonna l'oncle Rachid, qui se tourna vers la cuisine. Le grand chef Ali nous accorde une visite !

— Belle journée, fit Ali en entrant.

— Oui, belle journée, approuva Rachid, raillant cet excès de politesse.

Ali hésita. Valait-il mieux poser sa question assis ou debout ?

— Eh bien, assieds-toi, suggéra son oncle. Il faut tout te dire, maintenant ?

Ali prit place sur un coussin, près de la cuisine, et étudia la pièce. Ici, le sol avait été balayé – pas de coques vides de tournesol –, cependant les murs sentaient le vin de palme et les fèves rances. Ali n'était là que depuis un instant et, déjà, il mettait en doute sa décision. Certes, il obéissait à une impulsion, mais c'était le seul moyen de conserver son emploi, son logement et l'existence à laquelle il s'était habitué. De plus, il pourrait ainsi offrir une vie plus agréable à sa cousine.

— Oncle Rachid, dit-il finalement, je suis venu te demander une chose.

— Alors, demande.

— Je suis venu te demander la main de ma cousine Fawzia.

À peine avait-il prononcé son nom que celle-ci sortit de la cuisine avec des tasses de café sur un plateau.

Rachid sourit à sa fille, révélant une rangée de dents très noires.

— Tu as entendu ? Ali et toi allez vous marier.

Fawzia, qui souriait elle aussi, baissa la tête pour le cacher et rougit. Puis elle revint en courant à la cuisine pour apprendre la nouvelle à sa mère.

— Elle est folle de joie, dit l'oncle Rachid. Nous finissions par croire que nos prières ne servaient à rien.

Ali se rendit compte qu'ils n'avaient pas attendu autre chose de sa part. Ce n'était donc pas une idée stupide, loin de là. Rachid leva son verre de café et ils burent ensemble à la santé de ses futurs petits et arrière-petits-enfants.

Selon Mahomet, un homme marié a accompli la moitié de ses devoirs religieux – pour le reste, il lui suffit de craindre son Créateur. De fait, lorsqu'il se réveilla le lendemain après-midi, Ali eut la sensation d'entamer une vie nouvelle. Il avait mal aux pieds et un coup de soleil à la nuque, mais ces désagréments ne faisaient, semblait-il, que confirmer sa bonne fortune. Il mangea rapidement, se lava, puis revêtit sa plus belle djellaba et se rendit directement au magasin de tissus d'Ephraïm ibn Shemarya. Lorsqu'il apparut, les conversations cessèrent et tous les hommes se tournèrent vers lui.

— Où étais-tu passé ? demanda Ephraïm.

Ali les observa et, reconnaissant ceux qui l'avaient jugé, oublia un instant ce qu'il était venu dire. Il ouvrit la bouche et cligna des paupières.

— Qu'y a-t-il ? s'inquiéta le Dr Mevorakh. Tu n'as pas l'air bien.

— J'ai une nouvelle à vous annoncer, jeta finalement le garçon.

Il ne savait comment aborder le sujet, alors il déclara tout de go :

— Je me suis fiancé hier avec ma cousine Fawzia. Nous nous marions dans trois jours à la mosquée de Bab Zuwayla.

— Félicitations ! dit Ephraïm, qui marqua un temps, puis se leva pour lui serrer la main. Tous mes vœux !

Les autres hommes l'imitèrent aussitôt. L'un après l'autre, ils serrèrent la main d'Ali et lui présentèrent leurs vœux de bonheur.

— Deux couples fiancés la même semaine, remarqua Mevorakh, et les autres se turent.

— Deux couples ? s'étonna Ali en essayant de ne pas paraître trop curieux.

— C'est une double bénédiction que nous accorde le Seigneur, expliqua Ibn Kammuna, après avoir croisé le regard d'Ephraïm ibn Shemarya. Il y a deux jours, mon fils aîné s'est fiancé avec la sœur d'Ephraïm.

La gorge sèche, Ali sentit une douleur se propager le long de son bras. Il garda les yeux baissés sur la djellaba de son interlocuteur, à l'ourlet brodé, tandis que ces messieurs l'étudiaient. Il savait ce qu'ils attendaient de lui. Mais il imaginait sa bien-aimée, le soir de ses noces, allongée dans la chambre du fils d'Ibn Kammuna, et les mots restaient prisonniers de sa bouche comme un immangeable bout de viande. Il fit un gros effort de volonté pour les en sortir.

— Mes félicitations, dit-il finalement.

Puis il serra la main de chacun comme ils l'avaient fait avec lui.

— Tous nos compliments aux deux couples, ajouta al-Zikri.

— Tous nos compliments, répétèrent les autres hommes.

Ephraïm offrit un verre de thé à Ali, qu'il accepta volontiers, car il avait terriblement soif. Il s'assit à sa place habituelle, près de l'entrée, et, tout en sirotant le thé noir et sucré, les écouta discuter. Les hommes se demandaient s'ils avaient le droit de manger une espèce de poisson particulier. Personne ne lui fit de reproche, ne posa sur lui un œil courroucé. Il n'était pourtant pas à l'aise. Comme si l'on prêtait attention à sa présence, que l'on avait changé d'attitude envers lui.

— Il y a une chose que j'aimerais savoir, leur dit-il, profitant d'un temps mort dans la conversation.

Cela n'était pas prémédité mais, à présent, il ne pouvait pas revenir en arrière.

— Bien sûr, dit le Dr Mevorakh. À quoi penses-tu ?

Ali but une petite gorgée de thé et posa son verre.

— Pourquoi m'avez-vous pardonné ?

Cette question le taraudait depuis un moment.

Les hommes offrirent nombre d'explications sensées, exposant des raisons qu'ils avaient déjà invoquées : la tradition leur recommandait l'indulgence et ils suivaient l'exemple d'Abraham. Mais Ali n'était pas vraiment satisfait.

— C'est peut-être l'occasion de raconter une histoire, suggéra Ephraïm ibn Shemarya.

— Celle des deux frères ? devina al-Zikri.

— Celles des deux frères, confirma Ephraïm.

Les hommes s'installèrent sur leurs coussins pour l'écouter.

— Il était une fois deux frères, aussi proches l'un de l'autre qu'il est possible de l'être. Jacob et Noah étudiaient ensemble, mangeaient ensemble et, quand le jour vint pour eux de prendre un métier, ils choisirent de s'associer. Pendant des années, leur entreprise connut un grand succès. Puis, un soir, le plus jeune des deux, Noah, constata de curieuses incohérences en vérifiant les comptes. Le lendemain, il en fit part à son frère, Jacob, qui reconnut lui avoir volé de l'argent. Noah était furieux, Jacob le supplia de lui pardonner et Noah refusa. Ils décrétèrent à la fin que Jacob quitterait le village, tandis que Noah resterait seul à la tête de leur entreprise.

« Les années qui suivirent, Noah fut confronté à de nombreuses difficultés, dans ses affaires comme dans sa vie personnelle. Aucune femme ne voulut l'épouser et une série de naufrages faillit l'acculer à la ruine. Pendant ce temps, son frère monta une autre affaire qui prospéra, il se maria et sa femme lui donna trois enfants. Ce qui contrariait Noah plus encore que ses ennuis. Pourquoi cumulait-il les problèmes, alors que tout réussissait à son frère malhonnête ? Selon le rabbin du village, c'était la volonté de Dieu. Mécontent de cette réponse, Noah alla consulter le rabbin de la ville voisine, lequel lui expliqua que les voies du Seigneur étaient parfois mystérieuses. Cette autre réponse ne lui convint pas davantage. Alors il décida de parcourir la Terre jusqu'à trouver une réponse qui le satisfasse.

« Il chemina pendant des années, posant la même question à chaque personne qu'il rencontrait. Ses pas le menèrent un jour dans un lointain royaume, à des mois de marche de son village natal. En arrivant à la capitale, il demanda à parler au plus grand sage de la ville et on le conduisit chez un vieux cabaliste, qui allait bientôt mourir. Devant son lit de mort, Noah lui raconta son histoire et lui posa sa question. Pourquoi cumulait-il les problèmes, alors que tout réussissait à son frère malhonnête ? Le cabaliste lui répondit aussitôt, comme s'il méditait la chose depuis longtemps.

« "Le premier univers qu'a créé Dieu, lui dit-il, reposait sur l'idée d'une justice infinie. Tout acte malhonnête ou violent recevait une punition équivalente. Lorsqu'un homme volait la chèvre de son voisin, la maladie frappait ensuite tout son troupeau. Si une femme battait son enfant, sa cuisine devenait immangeable. Mais, rapidement, cet univers s'est effondré sous le poids écrasant de la justice. Donc, quand Dieu a voulu créer un autre univers, il a tablé cette fois sur l'idée d'un amour infini. Dans celui-là, tout acte malhonnête ou violent serait digne d'un pardon équivalent. Ai-je répondu à ta question ? demanda le vieux cabaliste, et Noah fondit en larmes.

« — Oui, oui, répondit-il. Si seulement j'étais en mesure de pardonner à mon frère."

« Alors le vieux cabaliste révéla qui il était.

« "C'est toujours possible, offrit-il, souriant, en tendant sa main à Noah. Tu ne me reconnais pas ?"

« C'est ainsi que les deux hommes s'embrassèrent et moururent dans les bras l'un de l'autre.

Lorsqu'il eut terminé, Ephraïm sourit brièvement, l'œil brillant, et se servit un nouveau verre de thé.

— Magnifique, approuva al-Zikri, et tous les hommes se tournèrent vers Ali.

— Je crois comprendre, dit celui-ci, bien qu'il n'en fût pas entièrement sûr.

L'histoire illustrait pourquoi il était si important de savoir pardonner. Pourtant, la fin suggérait quand même que la justice n'était pas totalement absente de ce monde. Pourquoi, sinon, Noah aurait-il eu la possibilité de pardonner à son frère ? À défaut d'autre chose, le récit semblait confirmer les sages propos du deuxième rabbin, selon qui les voies du Seigneur étaient parfois mystérieuses.

— Réfléchis-y, conseilla Ibn Kammuna, et Ali promit qu'il le ferait.

Ali tenta de mieux saisir le sens de l'histoire d'Ephraïm. Cependant, les trois journées suivantes, des soucis plus immédiats occupèrent ses pensées. Il fallait pourvoir aux dépenses de son mariage imminent. Qu'il soit humble ou princier, un mariage coûtait cher et, comme l'oncle Rachid n'avait ni argent ni emploi, Ali devrait tout payer lui-même. Le salaire des musiciens, l'aumône pour les pauvres, un don à la mosquée – conseillé –, la robe de Fawzia, son henné et son maquillage. Il acheta plusieurs costumes neufs à porter pendant la cérémonie, pour lui-même, son oncle et sa tante. En outre, il lui revenait de composer le trousseau de sa cousine : garde-robe, draps, matelas et bijoux. Al-Zikri lui avait versé une avance sur ses gains du mois suivant, mais cela ne suffisait pas. La veille des noces, tante Fatima persuada Ali de retourner chez al-Zikri lui demander un peu plus, afin de pouvoir acheter un peigne en argent, indispensable à tout trousseau digne de ce nom. Il allait se rendre chez lui quand Fawzia l'arrêta.

— C'est inutile, affirma-t-elle. J'ai déjà un peigne.

En la regardant dans l'encadrement de la porte de la cuisine, il sut qu'il avait pris la bonne décision. Ce n'était pas une beauté éblouissante, de celles qui inspirent des vers ou vous font battre le cœur, mais son sourire avait un certain charme, comme l'assurance tranquille qui accompagnait tous ses gestes. De plus, en quelques mois, elle était devenue une vraie femme.

Quand il découvrit son épouse, le lendemain, dans ses vêtements de mariée – les mains tatouées au henné, les cheveux teints au safran, les yeux soulignés d'un trait de khôl, et les joues rouges tant elle rayonnait de bonheur –, Ali resta bouche bée. Il n'aurait pu imaginer une plus belle femme. L'imam déclama quelques phrases, puis les deux époux posèrent leurs mains sur le Coran et récitèrent ensemble la première sourate. Ali eut l'impression que les mots prenaient vie devant lui. « Au nom d'Allah, le Bienfaiteur miséricordieux… Souverain du Jour du Jugement… Conduis-nous sur la voie droite. » Et ils furent unis.

La cérémonie terminée, Ali et Fawzia, les parents de celle-ci et quelques voisins se rassemblèrent dans la cour de la mosquée. Ils écoutèrent un autre extrait du Coran, et l'on distribua l'aumône aux pauvres. Aucun fidèle de Ben Ezra ne se joignit à eux, ce que l'on pouvait comprendre. Ali ne les attendait pas. Il n'en avait réellement invité aucun.

Après la réception, on chargea le trousseau de Fawzia sur une charrette, tirée par un âne, et les mariés prirent la direction de leur foyer. Son épouse à son bras, tandis que, sur la route de Fostat, le soleil de la fin d'automne lui réchauffait le visage, Ali repensa aux mots de la première sourate. « Au nom d'Allah, le Bienfaiteur miséricordieux. » Ces divins attributs, ces autres noms de Dieu, pensa-t-il, désignaient les qualités que nous devions éveiller en nous. Car c'est par notre générosité, notre amour, notre disposition au pardon que nous reflétions Sa Générosité, Son Amour, Son Inclination au pardon – telle une feuille de fer exposée au soleil.

Ali méditait ces pensées, cherchant un lien éventuel avec l'histoire des deux frères, quand la charrette s'arrêta devant la synagogue. Une foule d'enfants accueillit les époux devant les portes.

— Hourra pour Ali ! crièrent-ils. Hourra pour al-Raqb !

Les jeunes mariés sourirent quand le portail s'ouvrit. On avait installé des tables dans la cour pour un grand banquet, et tout le monde était là : les sages au complet, les habitués de la boutique d'Ephraïm et quantité de personnes qu'Ali n'avait encore jamais vues, parées de leurs plus beaux habits.

Quand Mme Mevorakh aida Fawzia à descendre de la charrette et l'emmena du côté des femmes, Ali comprit qu'il s'agissait d'une seconde réception en leur honneur. Sans lui laisser le temps de parler, on l'assit au bout d'une table, garnie de montagnes de nourriture, et les réjouissances commencèrent. Ce fut un excellent repas – le vin coulait à flots, on avait préparé toutes sortes de viandes et de pâtisseries dans le seul but de célébrer le mariage d'un pauvre orphelin, simple veilleur de nuit à la synagogue Ben Ezra.

Al-Zikri déboucha une jarre de vin de palme et posa une main sur l'épaule d'Ali.

— Je savais bien que j'avais raison, lui dit-il, l'œil joyeux. Je ne serais pas plus fier si l'on fêtait les noces de mon propre fils.

— Tu es un bon garçon, ajouta Shemarya le Pieux, et tu seras un meilleur homme encore.

À la fin du repas, alors qu'Ali avait englouti plus que sa part d'agneau rôti, de baklavas aux pistaches et de thé à la menthe, il crut un instant reconnaître la silhouette de son ancienne bien-aimée, à l'endroit même où il l'avait remarquée, la première fois, dans un angle de la cour. Il sentit une vague de désir le submerger, de la pointe des orteils jusqu'au bout de ses doigts. Même le jour de son mariage, il ne put l'éviter. Il restait au fond de lui une part de son amour pour elle. Car l'amour ne s'éteint jamais ; on s'en détourne seulement. Il le savait, mais il ne regrettait rien de sa décision. Ali aimait Fawzia et se réjouissait de partager sa bonne fortune avec elle.

Les musiciens avaient arrêté de jouer, tout le monde était rentré chez soi et l'aube effleurait l'horizon quand il présenta à son épouse son nouveau domicile. Elle étudia la grande pièce et il suivit son regard, des tentures sur les murs jusqu'aux nattes qui recouvraient le sol, sans oublier la petite cuisine bien rangée. Ali éprouvait la fierté d'un homme qui offrait à sa femme bien plus qu'elle n'avait espéré. Lorsqu'elle aperçut les chatons, endormis dans un coin, Fawzia fit claquer sa langue et se dirigea vers eux. Un court instant, Ali craignit qu'elle lui demande de s'en débarrasser mais, quand il la vit se baisser vers eux avec tendresse, puis leur gratter les oreilles, il comprit qu'elle les aimerait autant que lui.

Au printemps, Ali et Fawzia fêtèrent la naissance de leur fille aînée. Ils l'appelèrent Nafisa, en hommage à la grande sainte qui avait eu la sagesse de les réunir. Un an passa, puis ce fut un fils, Hassan, qui eut bientôt un petit frère, Hussein, et une petite sœur, Zaynab. Leurs cris animaient la maison, ils étaient tous en bonne santé et Ali trouva auprès de sa famille un bonheur qu'il n'aurait pas imaginé.

Ainsi se succédèrent les générations. Les anciens disparurent et les plus jeunes vieillirent. Shemarya le Pieux s'éteignit, entouré de ses petits-enfants adorés ; le fils d'Ibn Kammuna se joignit à son père parmi les sages. Le rouleau d'Ezra resta caché à l'ombre dans son armoire. Les rejetons des chatons d'Ali remplirent la cour de taches grises. Hasdi el-Sephardi vécut en exil. Le jour vint où Ali prit le nom de sa charge, al-Raqb, l'observateur, et continua de s'acquitter de sa mission jusqu'à l'âge de presque cinquante ans. Le conseil de la synagogue décida alors de confier ses fonctions à son fils Hassan, qui, à son tour, les légua à son fils Ali. Ainsi la lignée des al-Raqb se perpétua au fil des siècles, bravant la famine et la peste, les incendies et les inondations, la guerre civile et l'occupation, les destructions et les déportations. Ils furent les témoins d'émeutes, d'assassinats, de violentes répressions. Sans cesse, ils poursuivirent leurs rondes, de père en fils et de père en fils, une chaîne unique qui s'étendit le long de mille printemps.

14

Sur le plan que m'avait dessiné Mosseri – avec son stylo à plume, au dos de l'addition de notre déjeuner au restaurant du Nile Hilton –, la tombe de mon père était indiquée à l'aide d'un petit carré et deux caractères hébraïques. Mosseri avait entouré d'un pointillé le secteur nord-est du cimetière, réservé aux non-juifs, où papa était enterré. L'entrée principale, les services funéraires, la présence d'un grand arbre et le mausolée de Moïse Cattaui étaient signalés à l'aide de cercles et de quelques flèches. Mais ce plan ne me servirait pas à grand-chose, tant que je n'aurais pas localisé le cimetière lui-même.

— À la cité des morts, ai-je dit en m'installant sur le siège passager d'un taxi garé devant l'hôtel en face de chez moi.

Le cimetière juif – Bassatine – ne figurait sur aucun plan. Mais, d'après Mosseri, il ne serait pas spécialement difficile à trouver – entre la citadelle et le cimetière sud, quelque part dans cette vaste nécropole, dénommée « la cité des morts », sous la colline de Mokattam.

— Où allez-vous ? m'a demandé le chauffeur en anglais.

— À la cité des morts. Au cimetière sud.

J'avais passé l'essentiel de la semaine précédente à intégrer ce que maman et l'oncle Hassan m'avaient appris. J'avais de nouveau parcouru les lettres de mes parents, parlé à Aïcha, à tante Basima, à Mosseri pour tenter d'assembler les pièces. Les questions que je m'étais posées à propos de ma mère étaient assez simples à résoudre. Mais, en ce qui concernait mon père – qu'avait-il ressenti lorsqu'on avait retiré le rouleau d'Ezra de la synagogue, puis en s'installant chez son frère cadet, pourquoi avait-il inscrit un point d'interrogation sur l'article du journal, où pensait-il que le rouleau avait fini par atterrir, y avait-il un moyen de réhabiliter papa ? –, les réponses ne coulaient pas de source.

Je suivais donc la rive du Nil en taxi pour, selon la formule d'Abdallah, « lui poser ces questions en personne ».

— Où allez-vous ? D'où êtes-vous ? s'est mis à chanter le conducteur en changeant de file. Où allez-vous ? D'où êtes-vous ?

Ce n'était pas une chanson, plutôt une sorte d'incantation musicale, un commentaire poétique sur le caractère éphémère de la vie.

— Vous êtes philosophe, ai-je remarqué.

Avec un grand sourire, il a levé le doigt vers le plafond affaissé du véhicule, suggérant que Dieu décidait de tout. S'il avait un penchant pour la philosophie, c'est à Dieu qu'il le devait.

— *In sha Allah*, a-t-il dit en détachant chaque syllabe.

« Si Dieu le veut. »

Puis il a fait un geste vers la boîte de mouchoirs en papier, vert et or, lustrée, collée au tableau de bord. Je ne suis pas arrivé à déchiffrer l'inscription en arabe sur la boîte, mais j'ai supposé qu'il s'agissait aussi de la volonté du Tout-Puissant.

— *Inshaallah*, ai-je répété, et il a souri de nouveau.

— Vous savez vraiment où vous allez ? a-t-il demandé, quelques minutes plus tard, quand nous nous sommes arrêtés devant l'entrée du cimetière sud.

— Bassatine, le cimetière juif.

Il a fait la grimace.

— Dans le cimetière sud, il y a la mosquée de Qaitbay, la mosquée de Barquq, et beaucoup de pauvres logent dans les caveaux. Mais Bassatine, ça n'existe pas.

Il a redémarré et il est parti.

La cité des morts est un bidonville planté dans un cimetière. Ou peut-être est-ce un cimetière aménagé dans un bidonville. *Lonely Planet* n'indique pas clairement dans quel ordre cela s'est produit. Cette ambivalence dure cependant depuis des siècles. De grandes allées poussiéreuses sont bordées de caveaux décorés et de mausolées, occupés par des familles ou de petites boutiques où l'on vend cigarettes et confiseries. C'est un quartier organisé, avec ses stands de fruits et légumes, ses taxis, et qui dispose même du courant électrique, grâce à un branchement illégal à un répartiteur voisin.

Je ne voudrais pas idéaliser l'existence certainement pénible de ceux qui sont établis là. L'endroit offre un spectacle poignant. Mais ses résidents affichent tous une certaine tranquillité et semblent cohabiter simplement avec les juges et les marchands dont ils squattent les dernières demeures. Cette femme qui jette un coup d'œil à travers ses volets vert menthe, de la même couleur que le mausolée mitoyen ; cet homme qui écoule des chargeurs téléphoniques sous le dôme à côté du tombeau d'un saint ; cette jeune fille qui bat un tapis tendu entre deux pierres tombales – tous sont des gardiens du passé, des sentinelles postées à la frontière translucide de la vie et de la mort.

Après avoir tourné en rond pendant un petit quart d'heure, je me suis arrêté pour acheter une bouteille d'eau dans une boutique de fortune. En face, vêtue d'un peignoir violet délavé, une femme balayait le sol du tombeau dans lequel sa famille devait résider.

— Excusez-moi, lui ai-je demandé, savez-vous où se trouve le cimetière juif?

— Le cimetière juif? s'est-elle étonnée, réprouvant cette idée ridicule d'un hochement de tête. Il n'y a pas de juifs ici.

Et elle a poursuivi son ménage.

Un vieil homme juché sur un baril vide nous a entendus et m'a invité à m'asseoir près de lui.

— Vous cherchez le cimetière juif?

J'ai confirmé.

— Il n'y en a plus. Moubarak l'a fait recouvrir, il y a plus de trois ans. C'est un centre commercial, maintenant. Bientôt, tout ça aussi deviendra un centre commercial.

Je savais que c'était faux. Évidemment. Si le cimetière avait été détruit, trois ans auparavant, comment aurait-on pu y enterrer mon père? Cependant, dans la cité des morts, tout était possible – pour un temps, du moins.

Au bout d'une heure de recherches infructueuses, je me suis reposé à l'ombre d'un bâtiment trapu, surmonté d'un petit dôme à nervures. Selon *Lonely Planet*, c'était le mausolée des califes abbassides, l'un des plus remarquables de la nécropole sud. Jetant un coup d'œil à l'intérieur, j'ai vu qu'il était décoré d'une série de niches en stuc, les unes au-dessus des autres, garnissant le plafond. J'allais ressortir quand j'ai senti la présence de quelqu'un près de moi.

— Dix livres pour entrer, a dit l'homme.

Dans ce vieux veston et cette djellaba grise qui avait vu de meilleurs jours, il n'avait rien d'un garde officiel. Mais il était parfois difficile de distinguer l'autorité établie de celle, spontanée, des micro-entrepreneurs qui s'attribuaient la propriété de divers coins de rue, places de parking et attractions touristiques. D'une certaine façon, la différence était négligeable. Il suffit de se poster devant une construction pour en devenir le gardien.

— Je ne fais que regarder, ai-je objecté.

Sans ciller, l'homme a tendu sa main.

— Cinq livres pour regarder.

Je lui ai donné la somme en riant. Presque toute la matinée, tandis que je cherchais mon père et un cimetière qui n'existait peut-être plus, j'avais contemplé une misère abjecte et j'étais heureux de procéder à cette simple transaction – un peu de monnaie contre un peu de travail. Après lui avoir tendu ses cinq livres, j'ai reculé d'un pas pour mieux observer le bâtiment. Il m'a imité et, bien décidé à ce que j'en aie pour mon argent, s'est mis à débiter les noms des califes abbassides. Leurs restes, m'a-t-il appris, avaient été transportés de Bagdad au Caire dans le courant du XIIIe siècle, après le pillage de Bagdad par les Mongols.

— Tout le monde veut se rapprocher de la tombe de Sayyida Nafisa, a-t-il ajouté, une main sur le front à cause du soleil, alors qu'il indiquait le dôme de la mosquée au second plan. Même les grands califes. Nafisa est la sainte patronne du Caire. C'est elle qui protège la mère du monde.

Cette affirmation – « Le Caire est la mère du monde » – m'avait toujours semblé étrange, mais en observant la mosquée de Nafisa, son dôme de pierre jaune qui veillait sur le passé, le présent, les morts, les vivants et nos successeurs, il m'est apparu que cette métropole poussiéreuse pouvait bien avoir donné vie au reste du monde.

Avant de passer à la suite, mon guide s'est interrompu pour me dévisager.

— Êtes-vous égyptien ?

— Je suis né aux États-Unis, mais mes parents sont égyptiens.

Il m'a serré la main comme pour me féliciter de cette bienheureuse ascendance.

— Je m'en doutais. Je reconnais toujours les Égyptiens.

— En fait, je cherche la tombe de mon père.

— Savez-vous où il est enterré ?

— À Bassatine, ai-je répondu, ajoutant peu après : Au cimetière juif.

— Au cimetière juif ? a-t-il répété en m'étudiant plus attentivement.

— Mon père n'était pas juif, mais ma mère, si. Et mon père…

J'ai essayé de reprendre au début, de lui expliquer pourquoi mon père, musulman, avait été inhumé dans un cimetière juif, mais, sans m'en laisser le temps, mon guide m'a posé une main sur l'épaule.

— Le voilà, votre cimetière, a-t-il dit, avec un grand geste du bras pour désigner toutes les stèles, tombes et mosquées autour de nous. Quand nous disparaissons, il n'y a plus ni juif, ni musulman, ni chrétien. À la cité des morts, il n'y a qu'un Dieu pour tout le monde.

D'une certaine manière, il avait raison. Peu importe qui était mon père et où il était enterré, c'était mon cimetière. Car les morts se trouvent toujours autour de nous, par leurs lettres et par leurs récits, dans les platanes et le fin nuage blanc qui fendait le ciel comme une rivière. En traversant la nécropole dans l'autre sens, puis en longeant la rue Khalifa, j'ai pensé à ceux qui étaient ensevelis de l'autre côté, dont l'existence passée croise et chevauche les millions d'âmes en transit dans le règne des vivants. La femme qui vendait du jus de canne à sucre, l'homme qui gardait le mausolée des califes abbassides, les califes eux-mêmes, les Mongols, les al-Raqb, les Shemarya et le petit chat tigré qui cherchait de quoi manger dans une pile de détritus – nous vivions tous dans la même ville. Toute ville est une cité des morts, et chacun de nous un habitant de ce bidonville particulier.

J'avais deux messages enregistrés quand je me suis réveillé de ma sieste, plus tard dans l'après-midi. Le premier d'Aïcha, qui voulait savoir si j'étais libre pour dîner, et l'autre de Mosseri, qui m'apprenait que l'on fêtait Sim'hat Torah samedi et me demandait si je voulais lui faire l'honneur de participer à une petite fête entre amis à la vieille synagogue Ben Ezra. On danserait et il y aurait de la vodka, précisait-il. Avec un peu de chance, le rabbin Saada nous rejoindrait. Je l'ai rappelé dans l'espoir qu'il m'indique plus clairement l'emplacement de la tombe de mon père, mais il ne pensait qu'à Sim'hat Torah.

— C'est à la fois la fin et le début, disait-il. La Torah est un cycle, toujours en devenir, elle se recrée constamment. Sim'hat Torah représente le point d'inflexion où le livre se replie sur lui-même et renaît. Nous célébrons la fin de l'histoire, puis nous recommençons au début, avec la Genèse et « que la lumière soit ».

— Mais le cimetière… ai-je insisté, revenant à ma question initiale.

— Oui, oui, bien sûr. Nous en reparlerons samedi.

Avant que nous raccrochions, il m'a averti que la synagogue pouvait être difficile à trouver, la nuit. Bien que je m'y sois rendu, à peine quelques semaines plus tôt, il m'a rappelé le chemin deux fois de suite. Emprunte le petit passage qui traverse le quartier ; prends à droite devant le couvent Saint-Georges ; à gauche devant l'église Saint-Serge. Si j'atteignais l'entrée du cimetière orthodoxe grec, c'est que j'étais allé trop loin.

Le jour venu, quand mon taxi m'a déposé avant de se fondre dans la nuit, j'étais content que Mosseri m'ait bien expliqué mon itinéraire. Au-delà des grandes portes du vieux Caire, les rayons de la lune se perdaient dans l'obscurité violette et le brouhaha de la station de métro voisine. Excepté un distributeur de billets cabossé et un restaurant qui devait servir de la soupe aux lentilles, la plupart des magasins avaient baissé leur rideau de fer. Les rares personnes que j'ai croisées étaient, soit en train de fermer boutique, soit pressées de rentrer chez elles, soit blotties dans un coin sombre où elles comptaient dormir. Suivant les recommandations de mon hôte, j'ai pris à droite devant le couvent Saint-Georges, puis à gauche devant ce que je pensais être Saint-Serge. Mais pas de synagogue. J'avais beau faire demi-tour, changer de direction, essayer de déchiffrer les inscriptions sur les murs, je me retrouvais systématiquement à l'entrée du cimetière orthodoxe grec.

Pour la quatrième fois, j'étais allé trop loin et je commençais à penser que j'avais tout compris de travers, quand j'ai perçu, derrière un mur de pierre, le son vaguement métallique d'un rythme de musique pop égyptienne. En explorant un peu les alentours, j'ai débouché sur une allée sombre, menant à un grand portail de fer, surmonté d'une étoile de David. J'ai bien failli, pourtant, ne pas reconnaître les lieux. Dans la cour, à peine éclairée par la lune, un rayon de lumière jaillissait de la porte ouverte de la salle des prières. Il traçait une ligne jaune vers Mosseri et un homme qui devait être le rabbin Saada. Tous deux étaient assis et se réchauffaient devant un brasero à charbon. Il y avait, par terre, un gros radiocassette et le rabbin tenait un rouleau de la Torah sur ses genoux.

— Le voilà !

Quittant sa chaise d'un bond, Mosseri m'a présenté à M. Saada et à Khalid, un gardien de Saint-Serge qu'ils payaient, de temps en temps, pour veiller également sur la synagogue.

— Je suis en avance ? ai-je demandé en scrutant la cour noire.

Nous étions seulement quatre, en sus des deux chats argentés qui fuyaient la lumière.

— Non, vous êtes parfaitement à l'heure, m'a répondu Saada.

— Nous avons célébré Sim'hat Torah plus tôt dans la soirée,

à la nouvelle synagogue du centre-ville, a expliqué Mosseri. Ici, c'est une petite fête entre amis, pour s'amuser un peu.

Avec un clin d'œil complice, il a ramassé la bouteille de Smirnoff, posée sous sa chaise, et nous en a servi à chacun une dose généreuse. Saada lui a confié son rouleau un instant, puis il a levé son verre à notre santé et nous avons tous bu. La première gorgée m'a brûlé la gorge, la seconde est passée plus facilement et je n'ai presque pas senti la troisième. En écoutant distraitement Mosseri disserter sur le dernier chapitre du Deutéronome – Moïse qui avait vu la Terre promise du sommet de la montagne, mais ne l'avait pas lui-même atteinte –, j'ai promené mon regard vers la porte ouverte de la salle de prière, les bancs, la chaire de marbre blanc au milieu et l'Arche.

— Ainsi nous avançons, commentait le rabbin Saada, chaque génération apportant sa pierre à l'édifice de la précédente. Cette montagne, nous pouvons la gravir et, avec un peu de chance, apercevoir seulement la Terre promise. C'est pourquoi nous comptons sur nos successeurs pour continuer le voyage.

Elle était toujours hors d'atteinte, cette terre, toujours au-delà du prochain sommet. Alors on reprenait la route, de génération en génération. D'année en année, on répétait les mêmes histoires, animés du même espoir de voir, pour ainsi dire, le bout du tunnel. Pourtant, les années avaient beau passer, il restait toujours du chemin à parcourir.

À moins, bien sûr, que la route ne fasse qu'une avec l'histoire, qu'elle soit elle-même la finalité. Dans ce cas, il n'existait que le désert, une étendue de sable infinie qui se déroule au loin, avec une oasis en point de mire. Et, d'ici deux ou trois cents ans, les synagogues de New York et de San Francisco seraient identiques à celle-ci, de splendides coquilles vides que l'on visiterait en passant, avant d'aller admirer la statue de la Liberté ou le Golden Gate Bridge. Il était étrangement rassurant de penser que, dans quelques siècles, un groupe de juifs raconterait les mêmes histoires à Bangkok ou à Calcutta, estimant leur long voyage terminé et croyant une fois de plus avoir trouvé un refuge.

— Et voici notre bénédiction, a conclu Saada en posant une main sur le bord supérieur de son rouleau de Torah, comme s'il s'agissait d'une épaule. Joseph a enterré son père avec ses propres mains. Moïse a pris ses os avec lui. Et c'est notre Seigneur bien-aimé qui a enterré Moïse.

— Excellent, a commenté Mosseri en nous servant une nouvelle tournée. Dommage que tu ne sois pas là toute l'année.

Le rabbin a vidé son verre d'un trait.

— Je croyais que vous étiez établi ici, au Caire.

Je bafouillais un peu à cause de la vodka.

— Oh non, s'est esclaffé Saada. Je suis un rabbin itinérant. Né ici, à Maadi, mais j'ai presque toujours vécu en Angleterre, à deux pas de la gueniza.

— De la gueniza ?

Spontanément, j'ai jeté un coup d'œil vers le grenier de la synagogue, et remarqué l'échelle posée contre l'ouverture de la mansarde.

— Le fonds documentaire de la gueniza, a expliqué Mosseri, qui s'est tourné vers moi. Presque tout ce qu'elle contenait se trouve à Cambridge.

— À Cambridge, ai-je répété, comme si le mot avait une saveur particulière. Comment se fait-il que…

Une vague idée a surgi au fond de ma tête, mais a disparu aussitôt.

— Bien, a dit le rabbin, qui s'est appuyé sur mon genou pour se lever. On a besoin d'un peu de musique.

Khalid a monté le volume de son radiocassette et, tandis que le tempo m'électrisait, Mosseri a joint ses mains à celles de ses amis. Ils ont commencé à danser une sorte de hora autour de moi, assez lente pour que Saada puisse les suivre, mais assez rapide pour me donner le tournis.

— Il faut le tenir comme un bébé, a glissé le rabbin en me confiant le rouleau.

Je n'avais jamais pris un bébé dans mes bras, mais j'ai compris ce qu'il voulait dire : protéger la tête et soutenir le corps. Oscillant en rythme avec la musique, j'ai senti le rouleau vibrer sous mes doigts et dégager de la chaleur, comme une pierre laissée au soleil toute une journée. Ils n'étaient que trois à danser, et pourtant je devinais la présence de nos prédécesseurs, de tous les Shemarya, tous les al-Raqb qui avaient gravité autour de cet endroit, les fidèles de la synagogue et ses protecteurs.

Au bout de plusieurs chansons, ils se sont rassis, et Mosseri a rapporté le rouleau à l'intérieur. Les bancs semblaient illuminés comme un décor de cinéma, comme une carte postée depuis un rêve. L'éclairage a changé d'intensité quand il est monté dans la galerie des femmes. À mi-échelle, Mosseri tenait toujours le rouleau comme un bébé. J'ai soudain considéré ce qu'il avait dans les mains. Le rouleau n'était plus dans les miennes, et la vibration que j'avais sentie, accompagnée d'un chatouillement, s'est brusquement intensifiée. Tandis que je regardais tour à tour Saada et Khalid, les mots se sont précipités dans mon esprit – la Torah, mon père, le parchemin, le fonds à Cambridge…

— Est-ce le…

Sans me laisser le temps de finir, Mosseri est revenu, les mains vides, et j'ai ravalé ma question.

— Tu crois que c'était celui d'Ezra ? m'a demandé Abdallah, plus tard dans la soirée, quand je lui ai parlé de Saada et de son rouleau.

— Je n'en sais rien.

J'étais encore un peu ivre avec des airs de musique dans les oreilles. J'avais envie de laisser tout ça de côté. Je me suis allongé et j'ai essayé d'attirer Abdallah vers moi. Il s'est redressé sur le canapé.

— Peut-être que ton oncle s'est trompé ? a-t-il insisté. Peut-être qu'on ne l'avait pas volé, ce rouleau ? Ou que la police l'a rendu ?

— Peut-être.

J'ai placé ma tête sur l'accoudoir et regardé les reflets du lustre sur le mur. J'essayais de me rappeler ce que le rabbin nous avait dit – Moïse au sommet de la montagne, les os de Joseph et la promesse d'une terre. J'ai repensé à la gueniza, tous ces papiers, tous ces récits, une infinité de témoignages éparpillés dans les bibliothèques du monde entier, alors que la mansarde restait vide comme un vieux puits de mine. J'ai repensé aussi à mon père, que je voyais en train de rassembler ses affaires, puis de s'installer chez son frère, et je l'ai imaginé assis sur le fauteuil orange à un angle de la pièce, glissant un pouce sur les bords du parchemin.

Ce parchemin était la seule chose qui le reliait encore à un monde révolu, le monde tel qu'il était avant la guerre du Kippour, avant Nasser et Golda Meir, avant la création d'Israël et la montée du nationalisme arabe. L'unique preuve qu'il n'avait pas inventé ses histoires, le seul souvenir matériel de ce qu'il avait perdu. Et j'aime à penser que, dans sa profonde tristesse, alors que ses yeux se posaient de nouveau sur le parchemin, qu'il était confronté à la honte de sa vie, il ne m'avait pas oublié. Peut-être même éprouvait-il une certaine joie à l'idée de léguer ce bout de vélin à son fils, dernier maillon d'une chaîne longue d'un millénaire.

— À quoi tu penses ? m'a encore demandé Abdallah, revenant à sa question. C'était le rouleau d'Ezra ?

— Je ne sais pas, ai-je répondu en me retournant sur le ventre.

J'aurais aimé réhabiliter mon père, reprendre l'histoire de l'oncle Hassan et réécrire la fin, prouver qu'elle était basée sur un malentendu, un secret que la communauté juive n'aurait pas révélé à son fidèle gardien.

— C'est juste que…

Dans un sens, cela n'avait pas vraiment d'importance que le rouleau soit toujours caché au grenier. La question comptait beaucoup plus que la réponse. Si le rouleau d'Ezra avait un sens, il ne résidait pas dans ce qu'il contenait, ses mots ou la main qui les avait écrits. Ses pouvoirs magiques, si tant est qu'il en eût, provenaient de son existence incertaine, des myriades d'histoires qu'il avait engendrées. Et, pour donner vie à une histoire, rien ne vaut une question sans réponse.

15

— Vous ai-je montré ma lettre pour le *Times* ?

Sur un quai découvert, à une centaine de mètres du remue-ménage de la gare du Caire, le Dr Schechter, Mlle de Witt et les jumelles regardaient le groupe de porteurs en train de charger leurs précieuses caisses dans le wagon d'un bleu criard que lord Cromer leur avait réservé.

— Non, répondit Agnes en réprimant une toux, mais si vous en avez une copie, nous serions heureuses d'en prendre connaissance.

Bien sûr qu'il en avait une ! D'un grand geste du bras, Schechter sortit une feuille de la poche de son veston, la déplia et commença à lire à haute voix. Les paragraphes d'introduction étaient suivis d'une longue description de la gueniza.

« C'est un champ de bataille que j'y ai trouvé, où des siècles de livres ont joué le rôle de troupes, qui nous restent aujourd'hui sous forme de *disjecta membra*. Certains belligérants n'auront pas survécu, d'autres n'étaient que poussière dans cet espace réduit, et d'autres encore, presque broyés, agrégés en tas informes. »

Le savant s'attardait ensuite sur ses « belligérants » – bibles anciennes, vieux actes de commerce, contrats de mariage, textes rationalistes récusant l'existence des anges et des démons, amulettes invoquant le recours à ceux-ci dans les affaires du cœur –, sans une fois mentionner l'assistance d'autres personnes, que cela soit Mlle de Witt ou Mmes Gibson et Lewis. Bien que blessantes, ces omissions n'étonnaient plus guère les deux sœurs. Sa lecture terminée, Schechter replia sa feuille et étudia son public.

— Sans vous, je ne serais arrivé à rien, déclara-t-il, comme ajoutant la phrase manquante.

— Oui, sourit Margaret, merci de l'avoir signalé.

Avait-il perçu le sarcasme ? L'affirmer aurait été difficile. Schechter s'en tenait généralement au sens littéral des choses et peut-être n'avait-il tout bonnement pas entendu. Il se retournait déjà vers les deux porteurs qui essayaient maladroitement de faire entrer une caisse un peu trop lourde dans le compartiment réservé.

— Doucement ! leur cria-t-il en arabe, avant de se diriger vers eux pour leur expliquer comment manipuler correctement son précieux chargement. Doucement, je vous prie.

— Il est surexcité, commenta Mlle de Witt à voix basse.

— Il semblerait.

— Et il apprécie votre aide à sa juste valeur.

— Sans doute, observa Margaret. Toute chose a sa valeur, n'est-ce pas ?

Schechter avait de bonnes raisons d'être enthousiaste. Il avait sauvegardé le contenu de la gueniza. Et sa lettre au *Times* – dont les rédacteurs étaient convenus de ne la publier que lorsque les caisses seraient livrées dans leur totalité à la bibliothèque de Cambridge – ferait résonner son nom dans toute l'Angleterre. Comment Agnes et Margaret, deux veuves vieillissantes, pourraient-elles lui reprocher de passer leur participation sous silence ?

En le regardant diriger les porteurs, elles remarquèrent que, sous sa façade d'humble lettré, il paraissait avoir gagné en assurance. De fait, un avenir radieux l'attendait. Les sociétés savantes l'inviteraient à donner des conférences. Il serait convié à dîner par ses pairs qui, après quelques verres, insisteraient pour qu'il raconte son histoire – la fameuse découverte de la gueniza du Caire. Du fait qu'il était juif, Cambridge ne lui accorderait pas le statut de professeur titulaire, mais une brillante carrière s'ouvrait devant lui. Un jour, son nom serait sur les lèvres des écoliers du monde entier.

— C'est demain que vous partez ? demanda Mlle de Witt.

— Par le train de seize heures pour Suez, confirma Margaret. Nous continuons ensuite à dos de chameau dans le désert.

Même si elles se réjouissaient de retrouver celui-ci, les sœurs éprouvaient quelque regret à l'idée de quitter Le Caire et de s'éloigner, peut-être, du rouleau d'Ezra.

— Quelle chance ! s'exclama Mlle de Witt en frappant dans ses mains. Vous avez tant de fois séjourné dans le désert que vous devez presque vous y sentir chez vous.

— Si vous saviez comme il est difficile de s'y réhabituer, la contredit Agnes. Certes, nous y sommes allées bien souvent, mais les nuits y semblent toujours aussi froides et le voyage aussi interminable.

— Une telle immensité dépasse l'entendement, ajouta Margaret. Je crois que les Bédouins eux-mêmes s'en étonnent encore lorsqu'ils se réveillent, le matin.

Elle allait décrire cette sensation – se réveiller entourée par le désert – quand le grand rabbin Ben Simon et M. Bechor arrivèrent dans une voiture qui transportait les six hauts panneaux de bois – l'ancien coffrage de l'Arche – qu'avait remarqués Schechter lors de leur première visite à Ben Ezra.

— Nous sommes ravis que M. Schechter ait accepté de leur offrir un abri sur votre sol, déclara le rabbin en rejoignant les sœurs, tandis que Bechor donnait ses instructions aux porteurs.

Et, bien sûr, c'est un moyen pour nous de vous exprimer notre gratitude.

Pendant des siècles, expliqua-t-il, ces panneaux avaient protégé la synagogue. Sur chacun était gravé un passage des Saintes Écritures, ou une dédicace pour rendre grâce à ceux qui avaient contribué à l'entretien de l'édifice. En regardant un panneau de grandes dimensions disparaître dans le train, Agnes crut reconnaître un passage d'un de ses psaumes préférés.

— « Entrez dans ses portes avec des louanges, dans ses parvis avec des cantiques ! » murmura-t-elle. « Célébrez-le, bénissez son nom ! »

— S'il nous est possible de vous remercier pour votre générosité et vos habiles négociations avec l'administration des douanes, glissa le rabbin, répondant en quelque sorte à ses incantations, j'espère que vous n'hésiterez pas à nous le faire savoir.

Les jumelles semblèrent indifférentes à son offre. Un instant silencieuses, elles observèrent les porteurs qui maniaient les panneaux, telle une immense couronne démantelée. Puis Margaret prit la parole.

— Oui, finalement, j'ai une idée.

— Je vous écoute.

— Nous rêvons, ma sœur et moi, d'examiner le rouleau d'Ezra.

Elle n'en dit pas plus. Ce n'était pas une demande explicite, cependant le rabbin émit une petite toux, signalant qu'il avait bien compris.

— Nous devrions pouvoir arranger quelque chose, assura Ben Simon en jetant un coup d'œil vers Bechor, à quelque distance sur le quai. Êtes-vous libres, ce soir ?

— Comme l'air.

— Alors retrouvons-nous à votre hôtel. À neuf heures.

— À neuf heures, confirma Agnes.

— M. al-Raqb a pour vous la plus haute estime, ajouta le rabbin, leur signifiant que la recommandation du gardien comptait pour beaucoup dans la décision qu'il venait de prendre.

— J'espère que nous le verrons aussi ? poursuivit Agnes. Nous aimerions lui faire un petit cadeau pour le remercier.

— Le remercier ? répéta Bechor qui, se rapprochant, s'immisça brusquement dans la conversation. C'est nous qui voulons vous remercier, mesdames, pour votre remarquable contribution, pas l'inverse.

S'inclinant devant elles, il fit le baisemain à chacune de ces dames remarquables.

— Et vous, monsieur Bechor, dit Margaret, vous devez vous féliciter que le contenu de la gueniza soit en lieu sûr.

— Certainement.

Il s'interrompit pour ajuster un bouton de manchette.

— Mais je pensais à…

— Oui ? demanda Agnes sur un ton dénué de complaisance.

— Avez-vous eu le temps d'écrire un mot de recommandation pour mon fils Marcel ?

Margaret ouvrit la bouche, prête à débiter la tirade qu'elle préparait depuis quelques jours. Elle se retint quand sa jumelle lui posa une main sur le coude.

— Pas encore, répondit Agnes, mais nous le ferons, cet après-midi. Vous serez sans doute satisfait du résultat.

Sa sœur l'étudia d'un air incrédule, tandis que Bechor, les remerciant, renouvelait ses baisemains. Puis il prit congé.

— Tu as vraiment l'intention d'écrire cette lettre ? s'étonna Margaret sur le chemin du retour.

— Son fils n'a rien volé, que je sache. Il mérite un peu de compassion.

Agnes s'interrompit et pencha la tête comme pour se rafraîchir la mémoire.

— Qu'avait dit père, après cette affaire avec son cousin ?

— « L'indulgence fait plus que la justice », récita Margaret en imitant la voix rocailleuse de leur père. « Le pardon vaut mieux que la vengeance. »

— Peut-être lord Cromer voudra-t-il intercéder pour le jeune Marcel ? suggéra Agnes.

— C'est bien possible, approuva Margaret, réjouie par cet élan de charité inattendu. À condition que nous lui demandions, il est capable de le faire.

Blotties l'une contre l'autre dans la voiture à chevaux du grand rabbin, les deux sœurs suivaient attentivement le faisceau de la lanterne à l'avant du véhicule. Elles écoutaient le claquement des sabots sur les pavés, sentaient ici et là l'odeur des repas que les habitants préparaient chez eux. Depuis combien de temps attendaient-elles ce moment ? Combien de nuits étaient-elles restées éveillées en pensant au rouleau d'Ezra ? Et voilà que, ce soir, on les emmenait le voir. Il avait fallu le demander, bien sûr ; il faut toujours demander. Pourtant, cela fait, la réponse avait semblé couler de source.

— M. Bechor se joindra-t-il à nous ?

Al-Raqb posa la question en ouvrant les portes de la synagogue. Ben Simon ne dit mot, mais une sorte de complicité animait son regard. Le gardien fit la moue. En les observant, Agnes et Margaret comprirent qu'il serait inutile d'incriminer Bechor. Le rabbin et le gardien n'ignoraient rien du pillage de la gueniza, des ventes au marché noir, des excavations au cimetière de Bassatine. Ils en savaient probablement bien plus. Si Bechor n'avait pas encore été jugé, cela ne tarderait pas, et il serait confronté au plus sévère des tribunaux : les membres affligés de sa propre communauté.

— Par ici, indiqua al-Raqb, comme recevant chez lui des visiteurs inattendus.

Les jumelles se sentirent bêtes de l'avoir un instant soupçonné. De plus, avec le recul, certaines erreurs se teintent de honte.

Agnes s'inclina légèrement.

— Merci.

En se dirigeant vers le bâtiment, à l'intérieur rayonnant de lueurs dorées, Agnes jeta un coup d'œil vers la maisonnette du gardien. Devant sa porte, une dizaine de chats gris se pressaient aux pieds d'un jeune homme qui n'avait sans doute pas plus de seize ans. Il leur servait apparemment les restes de son dîner. Grouillant autour de la nourriture, les chats formaient une mer d'argent sous sa lanterne.

— Mon plus jeune fils, Rachid, les informa al-Raqb.

Comme gêné par la générosité du jeune homme, il ajouta :

— Il aime beaucoup les chats.

Les sœurs étudièrent le garçon. C'est lui qui avait été surpris en train de se livrer à de coupables étreintes avec Marcel Bechor. Assez fluet, avec des yeux verts et une tignasse ébouriffée, brun foncé. Lorsqu'il s'aperçut qu'elles l'observaient, il ramassa ses couverts et rentra dans la maisonnette.

— C'est un bon petit, commenta al-Raqb, comme pour se rassurer. Il lui faudrait seulement quelque chose pour s'occuper.

— Si cela ne vous dérange pas, nous pourrions peut-être intervenir. Quand nous l'avons vu récemment, lord Cromer a indiqué que le consulat était à la recherche de personnel. Si vous pensez que votre fils serait disposé à…

Agnes fronça les sourcils. Lord Cromer n'avait rien dit de tel, mais l'idée était en tout point excellente. Même s'il n'avait besoin d'engager personne, le consul serait sûrement en mesure de fournir un emploi décent au jeune homme, à l'écart du vieux Caire et des regards réprobateurs.

— Certainement, répondit al-Raqb. Merci.

— À propos, se rappela Agnes, qui ouvrit son sac. Ma sœur et moi avons un petit cadeau pour vous.

Après y avoir consacré une bonne partie de l'après-midi, elles avaient finalement trouvé une plaque de verre et un étui pour protéger le parchemin qu'elles souhaitaient offrir au gardien.

— C'est bien le moins que nous puissions faire, déclara Margaret, pour vous remercier de votre concours.

Al-Raqb les remercia de nouveau en retournant l'étui entre ses mains. Il l'ouvrit, lut l'inscription sur la plaque de cuivre signée des deux sœurs, glissa un pouce sur la garniture intérieure de velours noir. Il ne saisissait peut-être pas tout l'intérêt de l'objet qu'elles lui confiaient, mais il appréciait visiblement l'intention. Après l'avoir examiné un long instant, il referma l'étui et le glissa dans la poche de sa djellaba. Puis il conduisit les jumelles dans la synagogue, nimbée de lumière jaune.

— Le voilà, dit le rabbin Ben Simon, le bras tendu.

Au milieu de la salle de prière, placé sur une bimah[1] de marbre hexagonale, était déployé un vieux rouleau de Torah. Agnes retint son souffle, tandis que Margaret s'avançait vers lui. Elle se pencha pour l'étudier, le visage presque collé au parchemin. Les bords de celui-ci étaient craquelés, jaunis, et le rouleau, ouvert sur le passage dans lequel Moïse observe le buisson ardent, qui brûle sans jamais se consumer. Quatre siècles avant Jésus-Christ, pensa-t-elle, Ezra – le grand scribe, fleur apparue sur terre[2] – s'était donné pour mission de composer une version irrécusable de la Bible hébraïque, exempte d'altérations et d'interprétations. Margaret l'avait à présent devant elle, cet original à l'aune duquel

1. Dans les synagogues, estrade où se lit la Torah et où est célébrée la liturgie.

2. Référence au « Cantique des cantiques » (2,12).

toute autre version devait être évaluée. Le bâtiment lui-même portait le nom de cet homme : Ben Ezra, fils d'Ezra. Car tous les fidèles, d'une façon ou d'une autre, étaient ses enfants. Tous fondaient leur foi sur ce texte.

Margaret frissonna en humant le vieux parchemin, qui dégageait une odeur légèrement aigre. Elle le croyait de tout son être : on ne pouvait entendre la parole de Dieu que du fond de son cœur. Pourtant, là devant la bimah, elle reçut comme un souffle de chaleur en contemplant cette écriture légèrement penchée, ces minuscules et flamboyantes arabesques. Ce rouleau-là était en quelque sorte son propre buisson ardent.

— Extraordinaire, murmura-t-elle, souriant comme une enfant ravie.

Puis elle recula pour céder la place à sa sœur.

Agnes remarqua d'abord la couleur du parchemin, notamment du côté vierge. Au fil des siècles, il avait pris la teinte particulière, brun-gris, de la peau de chèvre écharnée. Son grain extrêmement lisse l'étonna, car il impliquait que les poils de l'animal avaient été retirés après trempage dans un bain de chaux. C'était pour le moins troublant. Pour autant qu'elle sache, ce procédé avait été élaboré en Italie, presque un millénaire après la naissance du Christ. Agnes s'approcha plus près. L'odeur de la chaux était encore vaguement perceptible, plus de mille ans après son utilisation.

Il se pouvait, bien sûr, que le procédé ait été employé plus tôt qu'on ne l'estimait. Il était également possible qu'Ezra ait préféré écrire sur des peaux de chèvre, plutôt que des peaux de veau ou de mouton, plus prisées et plus courantes à l'époque. Cependant, si Agnes avait dû évaluer son âge, sans rien connaître de sa provenance réelle, elle aurait placé le rouleau quelque part entre les xᵉ et xɪᴠᵉ siècles. Et elle aurait pensé que le parchemin était originaire du sud de l'Europe.

— Stupéfiant, dit-elle.

Évitant le regard de sa sœur, elle se tourna vers Ben Simon.

— Merci mille fois de nous avoir donné cette chance.

Que lui dire d'autre ? Elle n'allait pas lui faire part de ses hypothèses. Cela reviendrait à déposséder la communauté de son bien le plus précieux ou, pire, accuser le grand rabbin d'utiliser sciemment un faux. Elle se tut, donc, jusqu'à ce que les deux sœurs retrouvent l'intimité de leur chambre à l'hôtel.

— Meggie, murmura-t-elle dans le noir, allongée dans son lit.

— Qu'y a-t-il ?

— Ce parchemin. Je suis pratiquement certaine que c'est de la peau de chèvre, traitée à la chaux.

Margaret n'avait pas toutes les connaissances de sa sœur en matière de documents anciens, mais elle en savait assez pour comprendre ce qu'impliquait cette observation. Un silence pesant s'ensuivit, puis Agnes tendit le bras entre leurs lits pour prendre la main de sa jumelle.

— Vraiment certaine ?

— On ne peut jamais être totalement certain, dans ce domaine.

— On ne peut jamais être totalement sûr de rien, n'est-ce pas ?

— Jamais, non.

Peut-être aurait-il mieux valu qu'elles ne voient pas ce rouleau, qu'elles vivent encore dans l'illusion qu'il représentait la perfection. Pourtant, elles puisaient l'une et l'autre une forme de réconfort dans cette incertitude, dans la marge indistincte qui séparait la véritable parole de Dieu et son interprétation. N'était-ce pas la quête du divin qui nous ouvrait l'esprit ? Les obstacles que rencontrait la foi – entre l'Eucharistie et le sang du Christ, entre l'église et la chambre de Kierkegaard*, la chaîne de transmission entre les Hadiths et le prophète, le brocart noir isolant la Kaaba des pèlerins en procession, l'impossible désir des juifs pour leur ancienne Jérusalem, pour un temple toujours détruit à l'avance… Autant d'actes de foi qui empruntaient au divin. Le rouleau imaginé était aussi réel que le rouleau lui-même.

Mais l'espoir leur restait permis. Celui qu'elles avaient observé n'était-il qu'un simulacre ? Dans ce cas, un vrai rouleau existait. Dissimulé dans une armoire, quelque part, il attendait patiemment qu'un autre savant l'en sorte. Ou peut-être ne devait-il surtout pas être découvert. Peut-être était-il censé demeurer pour toujours dans un meuble, caché dans une ruelle du vieux Caire, oublié, intact, inaccessible jusqu'à la fin des temps.

16

Quelques jours avant de quitter Le Caire, je suis allé déjeuner une dernière fois, le dimanche, chez mon oncle Hassan et ma tante Basima. Elle avait préparé du poulet pané au citron, le plat que je préférais quand j'étais petit, et nous avons parlé de mes projets pour le trimestre à venir. Je les ai tous remerciés de leur gentillesse envers moi. Lorsqu'il m'a embrassé en me disant au revoir, Hassan a affirmé que j'étais à tout moment le bienvenu chez eux.

— Tu es un bon garçon, a-t-il dit en me tenant par les épaules pour bien me regarder. Ton père serait fier de toi.

Aïcha m'a proposé de me raccompagner en voiture. À Maadi, nous avons longé le club sportif, au portail surmonté de lettres dorées, franchi le pont au-dessus du métro avant de traverser le faubourg aux rues bordées de fast-foods et aux trottoirs encombrés de vendeurs d'appareils électroniques. Puis elle a pris la grande route au nord vers le centre-ville, et la colline de Mokattam s'est dressée à l'horizon.

— Sais-tu aller à Bassatine ? lui ai-je demandé.

— Au cimetière ? Bien sûr. C'est un peu avant Héliopolis.

— Cela te dérangerait de t'y arrêter en chemin ?

— Pas du tout.

Cinq minutes plus tard, nous suivions l'autoroute en direction d'Héliopolis. On apercevait, d'un côté, quelques immeubles d'habitation au milieu de centres commerciaux inachevés, et, de l'autre, une succession d'usines, d'émetteurs de radiotélévision et d'installations militaires. Nous avons bifurqué au bout d'un moment et continué le long d'une contre-allée non goudronnée, qui menait à une zone industrielle occupée par des briqueteries et des tailleurs de pierre. La poussière qu'ils dégageaient virevoltait dans l'air, par-dessus divers chariots élévateurs et pickup, chargés de tuiles, de colonnes, conduits par des hommes sales et fatigués.

Le cimetière juif de Bassatine se nichait dans une courbe de l'autoroute, au-delà des entrepôts. Le portail était fermé au moyen d'une chaîne épaisse et d'un cadenas qui ne semblait plus avoir été ouvert depuis des années. Pendant qu'Aïcha m'attendait dans la voiture, j'ai cherché du regard un second accès et crié au cas où quelqu'un pourrait m'aider. Au bout d'un instant, un employé d'un atelier voisin s'est approché et m'a demandé ce que je voulais.

— C'est bouclé, a-t-il dit en indiquant le cadenas.

— Il n'y a que cette entrée-là ? Mon père est enterré ici.

Il a hoché la tête. Puis il a réfléchi et s'est placé contre le mur pour me faire la courte échelle.

— Soyez prudent, a-t-il conseillé en me poussant de l'autre côté. Il y a des fantômes, là-dedans.

Une fois à l'intérieur, j'ai repéré sans trop de mal la tombe de papa. Isolée par un petit mur de brique, la section des non-juifs était reléguée dans un coin, près du mausolée de Moïse Cattaui. La tombe se trouvait à l'arrière, une simple pierre tombale noire sur laquelle étaient gravés son nom, ses dates de naissance, de décès, et un court verset du Coran : « Dieu est témoin de toute chose. » Après m'être recueilli un long instant, je me suis agenouillé et j'ai posé mon front sur le marbre noir et chaud. J'ai fermé les yeux et, quand je les ai rouverts, mon souffle avait embué la pierre.

J'avais tant à lui dire. J'aurais voulu lui parler du parchemin, d'Abdallah et de M. Mosseri ; de ce rouleau que j'avais tenu comme un bébé dans mes bras et qui était peut-être – ou pas – celui photographié avec l'article du journal ; peut-être – ou pas – celui que la police avait retiré de la synagogue. Mais, finalement, rien de tout cela ; j'ai simplement murmuré la question que j'avais en tête depuis des années.

— Tu me racontes une histoire ?

J'ai attendu un instant, observé la silhouette de la colline de Mokattam, écouté le bruit des tailleurs de pierre et de l'autoroute, les oiseaux qui pépiaient dans les branches d'un platane. Puis je me suis redressé, j'ai essuyé la poussière sur mes genoux et j'ai placé un petit caillou sur la tombe. En repartant, j'ai aperçu celles des grands-parents de ma mère, ainsi que toute une rangée de Shemarya, que j'ai salués au passage. J'ai escaladé le portail dans l'autre sens et suis remonté dans la voiture.

— Tu l'as trouvé ? m'a demandé Aïcha en redémarrant.

— Oui, il était bien là.

Avant de reprendre l'avion, j'avais encore quelques détails à régler, des cadeaux à acheter au souk de Khan al-Khalili, et ma dernière soirée était pour Abdallah. Comme il ne pouvait quitter son poste qu'assez tard, ce soir-là, nous avons dîné au pied de l'immeuble. J'ai jeté les papiers d'emballage et repoussé une de ses boucles noires derrière son oreille.

— Tu devrais m'accompagner, lui ai-je suggéré, à moitié sérieusement.

Il a fait la moue.

— Tu reviendras, a-t-il assuré, et il avait raison.

Au fil des ans, je suis revenu au Caire plus de fois que je ne saurais compter : pour mes recherches et pour le plaisir ; pour le mariage d'Aïcha et la naissance de Maryam, sa première fille ; lors de colloques consacrés au Moyen Âge méditerranéen, à la chute de Moubarak et à l'art poétique judéo-arabe ; pour rendre visite à M. Mosseri et lui présenter mes condoléances après le décès de sa mère ; pour entretenir les tombes des Shemarya et des al-Raqb, préserver leur mémoire pour des descendants oublieux. Mais cette dernière soirée en ville était sacrée. Abdallah a mis la cassette d'*Astral Weeks*[1] dont nous avons écouté toute une face en sirotant des bières Fayrouz à la pomme verte. Être ensemble était un baume, pendant que la ville filait devant nous, telles les étoiles dans le ciel du désert.

Pendant les années qui ont suivi, je me suis souvent demandé – autant pour mon père que pour moi – si c'était bien le rouleau d'Ezra que j'avais vu, dressé sur une chaise entre Mosseri et le rabbin Saada. Était-ce le même que papa avait tenté d'arracher aux griffes de la police ? Était-ce bien cet objet magique aux reflets lustrés qu'Ali al-Raqb avait utilisé pour séduire sa bien-aimée ? Le texte parfait que les sœurs Lewis et Gibson auraient tant aimé mettre au jour ? La question ressurgit à d'étranges moments de la journée – pendant que je fais la queue à la cafétéria ou que je me penche sur un antique contrat prénuptial ; elle est suscitée par l'odeur d'un parchemin, un tube au néon qui s'allume en tremblotant, ou le soleil qui éclabousse la surface de la Cam[2].

Je ne sais ce que j'ai tenu entre mes mains, dans la cour de la synagogue, pendant que Mosseri, le rabbin Saada et Khalid

1. Autre album de Van Morrison.
2. La rivière qui traverse Cambridge.

dansaient autour de moi, mais cette chose a produit son effet. Le lendemain, je m'étais réveillé avec un violent mal de tête, la bouche pâteuse et un désir intense, irrépressible, de séjourner le trimestre suivant à Cambridge, auprès des papiers de la gueniza. J'ai changé mon billet d'avion dans l'après-midi ; expliqué à mon directeur de thèse que je pensais prolonger mon congé ; trouvé un nouveau sous-locataire pour mon appartement à Berkeley. Saada m'a déniché un job à la Collection Lewis-Gibson, qui conserve les documents de la gueniza, et c'est là que je travaille depuis.

Cela n'est pas une vie de strass et de paillettes. Je me réveille chaque matin à sept heures, petit-déjeune rapidement, puis traverse la ville jusqu'à l'entrée secondaire de la bibliothèque de l'Université. La Collection Lewis-Gibson est logée au premier étage, derrière des rayonnages de livres et les locaux de l'administration. J'ai un bureau au fond de la salle de conservation – une vieille table à dessin, sur laquelle sont posés un bloc de buvards sans acide et un coffret bleu, contenant mes outils : pinceaux, pinces, scalpels, loupes, de la colle d'amidon de blé et des protections transparentes. Quand je ne retape pas un palimpseste, ce qui arrive parfois, ou un manuscrit enluminé, mon travail est assez simple. D'abord, il faut dégager le fragment de papier ou de parchemin de sa boîte, et retirer soigneusement les petites saletés accumulées au fil du temps. Puis je découpe une feuille de polyester à la bonne taille et je couds le parchemin dessus, en faisant un point unique avec de la ficelle sans acide. Enfin, je découpe une deuxième feuille dont je couds les bords sur la première. Cela terminé, j'étiquette le fragment pour qu'il soit répertorié et je l'envoie aux photographes. Ensuite, je répète l'opération avec un nouveau fragment.

Le fonds en contient des centaines de milliers, qui attendent dans une salle climatisée au deuxième étage de ce grand immeuble de brique. Nous sommes trois à faire ce travail et nous avons procédé à un calcul, l'autre jour, au déjeuner. En y consacrant chacun quarante heures par semaine, cinquante semaines par an, il nous faudrait environ trois siècles pour traiter tous les fragments. Contribuer à une entreprise qui dépasse le cadre d'une vie humaine est une leçon d'humilité. Dans les périodes de doute, je me rappelle les mots qu'a prononcés Rabbi Tarfon, il n'y a pas loin de deux millénaires : « Il ne t'est pas imposé d'achever l'ouvrage, mais tu n'es pas libre de t'y soustraire. »

Peu à peu, j'ai accompli de grands progrès en hébreu et en arabe. Je suis capable de déchiffrer un peu de syriaque et la grammaire excentrique du judéo-arabe ne m'effraie plus. Mais pour vraiment comprendre ces vieux parchemins, il faut parler couramment une autre langue, celle du papier et de la poussière, traduire la graphie oblique du scribe anxieux de terminer une lettre avant le coucher du soleil, deviner les situations urgentes cachées dans les plis du papier. Il faut savoir trouver un sens derrière les taches de nourriture, les dégâts causés par le soleil, les fautes d'orthographe et les mots à moitié effacés. Chaque fragment recèle des dizaines de récits, enchevêtrés dans la trame du parchemin, dans son mode de production, dans la dégradation des encres. J'ai pour mission de les ressusciter, de les libérer, les protéger, les préserver pour les générations futures de chercheurs.

J'ai pensé ne faire cela qu'un temps, comme un exutoire, avant de retourner à Berkeley et d'y terminer mon doctorat. Je pouvais aussi en commencer un autre, à Cambridge, en études moyen-orientales. Un jour, peut-être. Pour l'instant, je suis satisfait de l'existence que je me suis choisie. Mon père serait fier de moi. Et ma mère a fini par s'y faire. Lorsqu'elle m'a rendu visite avec Bill, il y a quelques années, je leur ai montré mon petit bureau, les différents outils de ma profession, leurs nom et fonction. Ses yeux se sont emplis de larmes. J'avais les joues mouillées quand elle a retiré ses lunettes pour m'embrasser.

— Tout ce que souhaite une mère, a-t-elle dit, c'est que son enfant soit heureux.

Je le suis. Après tant d'années dans l'abstraction, cela a été une révélation de travailler de mes mains, de sentir sous mes doigts le grain d'une histoire. Je suis avant tout un lecteur, le témoin lointain de mariages, de querelles domestiques, d'accords commerciaux passés entre des personnes disparues depuis des siècles. Comme je vis entouré de si nombreux récits, il n'est pas étonnant que j'aie éprouvé le besoin de rédiger enfin le mien. Peu après la révolution de juillet 2011, je me suis mis à écrire le matin avant de rejoindre mon poste, mais aussi pendant les week-ends et les vacances, dans le but de reconstituer le puzzle de mon histoire familiale pour en faire un tout cohérent.

Je suis revenu en Égypte, l'année dernière, pour m'entretenir avec Claude Mosseri, Mme el-Tantawi, l'oncle Hassan et tante Basima. Je leur ai posé toutes les questions que j'avais en réserve depuis longtemps. Pourquoi les juifs du Caire avaient-ils confié à Solomon Schechter les documents de la gueniza ? Qui avait appris à mon père les histoires qu'il me racontait ? J'ai passé une semaine à fouiller dans les archives de la communauté juive. Je suis parti à la recherche de lointains cousins, j'ai fait des calques de pierres tombales à Bassatine. Et, lentement, d'autres histoires ont commencé à émerger. Mosseri m'a rapporté des légendes familiales que j'ignorais totalement. Basima s'est rappelée le jour où elle avait rencontré mon grand-père. Elle avait été impressionnée par la coupe élégante de son costume. Mme el-Tantawi m'a parlé d'un certain Rachid, le grand-oncle de papa – fils cadet de Mohammed al-Raqb –, celui qui, dans sa jeunesse, avait été surpris dans « des ébats contre nature », pour reprendre l'expression de cette dame, avec un jeune juif nommé Marcel Bechor.

Selon elle, le grand-oncle Rachid avait travaillé pendant des années à la cuisine du consul général d'Angleterre, puis il avait trouvé une place au Nile Hilton où il avait gravi les échelons jusqu'à devenir chef cuisinier. L'oncle Hassan en avait gardé le souvenir d'un homme strict et assez réservé. Mais ni lui ni Mosseri n'en savaient plus sur la vie qu'il avait menée. Par quel biais avait-il été engagé par lord Cromer, y avait-il eu un lien avec le scandale qu'il avait causé avec le fils Bechor ? Je n'ai eu l'explication qu'à mon retour à Cambridge – ou du moins, une partie –, en feuilletant de vieux papiers d'Agnes Lewis et de Margaret Gibson.

Avant de quitter Le Caire pour le Sinaï, les jumelles avaient écrit au consul général pour lui recommander les services d'un jeune homme très capable, répondant au nom de Rachid al-Raqb. Lorsqu'elles étaient rentrées en Angleterre, trois semaines plus tard, une lettre de celui-ci les attendait. Il tenait à les remercier de leur aimable intervention. « Vous ne pouvez imaginer combien ma situation s'est améliorée dans ce nouvel environnement, ce dont vous avez été informées, je pense. J'espère un jour être en mesure de récompenser votre générosité. »

Je voulais, au départ, composer un livre qui rassemble toutes ces histoires, mille pages pour embrasser mille années de la vie des juifs au Caire. Au fil du temps, cependant, j'ai réduit mes ambitions, optant pour une évocation plus modeste de personnages – pères et fils, cousins et inconnus – et de sentiments – le chagrin, le pardon, les amours interdites. Je suis conscient que mon récit a des défauts. Il est imparfait, incomplet. Mais quel roman ne l'est pas ? La langue est un geste, un doigt qui montre la lune, et non la lune elle-même. Et le moment vient toujours où un récit touche à sa fin.

Quoi qu'il ressorte de ces pages, les écrire s'est révélé une expérience gratifiante. Dans la couleur des jours, au fil de mes recherches, entre la colle d'amidon et la ficelle en polypropylène, dans les longues heures passées voûté sur un parchemin, ou en rentrant le soir le long de la rivière, c'est moi que j'ai trouvé, de bien des façons. Je ne dirais pas que je suis croyant, dans le sens classique du terme – il faudrait pour cela que je choisisse une religion –, mais un éclat est là que je ne voyais pas avant. Je ne saurais le caractériser d'une manière ou d'une autre. Comme mon père et le sien avant lui, je suis un observateur, un gardien, qui protège le contenu de la gueniza et se satisfait de vivre dans ses mystères.

GLOSSAIRE
(établi par le traducteur)

ARCHE : armoire où sont conservés les livres saints dans les synagogues. Dans la Bible, l'Arche d'alliance transportée par les Israélites depuis le désert du Sinaï jusqu'en Terre d'Israël contenait les tables des dix commandements.

LA CHAMBRE DE KIERKEGAARD : référence au *Post-scriptum aux Miettes philosophiques,* « Et c'est pourtant chez soi que l'on doit livrer la bataille, pour que le combat religieux ne se change pas en une relève de la garde une fois dans la semaine. C'est chez soi que l'on doit livrer la bataille, non pas fantastiquement à l'église, en sorte que le pasteur s'escrime dans le vide, tandis que ses auditeurs regardent. C'est chez soi que l'on doit livrer la bataille, car la victoire doit justement consister en ceci que la chambre devient un sanctuaire. » Sören Kierkegaard, Gallimard, traduit du danois par Paul Petit.

CODEX SINAITICUS : découvert par Agnes Lewis au monastère Sainte-Catherine du Sinaï, manuscrit datant de la fin du IVe siècle ou du début du Ve siècle, contient une traduction en syriaque des quatre Évangiles canoniques.

HADITH : recueil des traditions relatives aux actes et aux paroles de Mahomet et de ses compagnons.

HUSSEIN : petit-fils de Mahomet.

KAABA : grande construction cubique dans la mosquée sacrée de La Mecque.

ROULEAU DE TORAH : voir ci-dessus.

SEFER TORAH : copie manuscrite de la Torah, livre saint du judaïsme. La Torah peut se présenter sous forme d'un ou plusieurs rouleaux, que l'on déroule au fil de la lecture.

SOUCCOT (fête des Cabanes, des Huttes, des Tabernacles) : fête de remerciement à Dieu, qui marque la fin du cycle agricole annuel.

NOTE DE L'AUTEUR

Comme tout roman, celui-ci mêle les faits et la fiction. Certains personnages sont basés sur des figures historiques, d'autres dérivent de personnes que j'ai connues, et d'autres encore sont entièrement inventés. Il en va de même pour les différentes intrigues. À quelques exceptions près, l'histoire de la gueniza du Caire et de sa « découverte » repose sur des comptes rendus historiques (particulièrement *Les Aventurières du Sinaï*, de Janet Soskice, *Un infidèle en Égypte*, d'Amitav Ghosh, *Sacred Trash*[1], d'Adina Hoffman et Peter Cole, *A Mediterranean Society*[2], de Shelomo Dov Goitein). La saga des al-Raqb m'a été inspirée par une conversation que j'ai eue, dans un avion, avec une musulmane bengalie dont la famille avait veillé, pendant plusieurs générations, sur une synagogue de Calcutta. L'histoire de Joseph / Yusuf, et les descriptions contemporaines du Caire s'appuient notamment sur un séjour que j'y ai fait à l'automne 2000. D'une façon générale, je me suis efforcé de restituer le contexte historique, culturel et géographique aussi précisément que possible. À cette fin, j'ai trouvé une aide précieuse dans les ouvrages de spécialistes tels Timothy Mitchell, Joel Beinin, David Sims et André Raymond. Toute inexactitude, voulue ou pas, m'est imputable. Comme le notait le poète Edmond Jabès : « L'écrivain, comme l'historien, prête un sens au passé, mais contrairement à ce dernier, il détruit le passé en lui donnant forme. »

1. « Détritus sacrés », non traduit.
2. « Une société méditerranéenne », non traduit.

REMERCIEMENTS

D'abord et surtout, mon infinie gratitude à Nicole Aragi – agent littéraire et ange gardien, capable de terrasser le dragon, de préparer le caviar d'aubergine, de vous apporter des chaussons et bien d'autres choses –, qui a lu de nombreuses versions de ce livre, l'a mis en forme et l'a propulsé dans ce monde. À ma remarquable éditrice également, Emi Ikkanda, qui a cru en lui, décelé son potentiel et l'a défendu en tout lieu (selon certains, de tels éditeurs n'existeraient plus). Merci aussi à l'inimitable Duvall Osteen, aux équipes formidables de Spiegel & Grau et de Random House, et tout particulièrement à Cindy Spiegel, Julie Grau et Denise Cronin.

Pour le temps, l'espace et l'inspiration nécessaires à la rédaction de ce roman, toute ma reconnaissance au Montalvo Arts Center, à la Santa Maddalena Foundation, à la Bread Loaf Writers'Conference, au Book Passage, au Pizzaiolo, au Anne and Robert Cowan Writers Award, au Center for Middle East Studies de l'université de Californie-Berkeley et à la Collection Lewis-Gibson de l'université de Cambridge.

Mille mercis à tous ceux qui m'ont lu et soutenu au cours des phases d'écriture : Anna Akullian, Rabih Alameddine, Rachel Brand, Maud Casey, Carolyn Cooke, John Engell, Mark Epstein, Danny Fingerman, Daniela Gerson, Rebecca Jefferson, Billy Karp, Reese Kwon, Ben Lavender, Krys Lee, Ben Outhwaite, Jeffrey Rotter, Melonie Schmeirer-Lee, Amy Smith, David Stein, Indira Stewart, Christina Toma et Tristam Wolff. Plus encore à ces âmes courageuses qui ont lu plus d'une version : Adam Akullian, David Akullian, Lillie Brum,

Jonah Charney-Sirott, Kevin Fingerman, Joy Johannesen et Reif Larsen.
Last but not least, ma gratitude aux membres de ma petite famille : à Rashi pour son amour et son enthousiasme sans limite ; à Mona qui a repoussé les frontières de mon cœur au-delà de ce que j'aurais pu imaginer ; et à Haley, pour tout et pour toujours.

DANS LA MÊME COLLECTION

FRED D'AGUIAR, *Les cris de l'océan*
SAMINA ALI, *Jours de pluie à Madras*
CHLOE ARIDJIS, *Le livre des nuages*
CHLOE ARIDJIS, *Déchirures*
HOMERO ARIDJIS, *La zone du silence*
SAWAKO ARIYOSHI, *Kaé ou les deux rivales*
SAWAKO ARIYOSHI, *Les dames de Kimoto*
SAWAKO ARIYOSHI, *Le crépuscule de Shigezo*
ELIZABETH VON ARNIM, *Mr. Skeffington*
LUKAS BÄRFUSS, *Les hommes morts*
JULIAN BARNES, *La seule histoire*
JULIAN BARNES, *Un homme dans sa cuisine*
JULIAN BARNES, *La table citron*
JULIAN BARNES, *England, England*
JULIAN BARNES, *Dix ans après*
JULIAN BARNES, *Quelque chose à déclarer*
JULIAN BARNES, *Arthur et George*
JULIAN BARNES, *Rien à craindre*
JULIAN BARNES, *Pulsations*
JULIAN BARNES, *Une histoire du monde en dix chapitres ½*
JULIAN BARNES, *Une fille, qui danse*
JULIAN BARNES, *Quand tout est déjà arrivé*
JULIAN BARNES, *Par la fenêtre*
JULIAN BARNES, *Le fracas du temps*
JULIAN BARNES, *Ouvrez l'œil !*
DIKSHA BASU, *Pauvres millionnaires*
LOUIS DE BERNIÈRES, *Des oiseaux sans ailes*
LOUIS DE BERNIÈRES, *La fille du partisan*
LOUIS DE BERNIÈRES, *Un immense asile de fous*
TONY BIRCH, *Du même sang*
MARLENA DE BLASI, *Mille jours à Venise*
MARLENA DE BLASI, *Mille jours en Toscane*
MARLENA DE BLASI, *Un palais à Orvieto*

DENNIS BOCK, *Le docteur rouge*
ANIRBAN BOSE, *La Mort de Mitali Dotto*
ALAIN DE BOTTON, *Les Consolations de la philosophie*
ALAIN DE BOTTON, *L'Art du voyage*
ALAIN DE BOTTON, *Du statut social*
ALAIN DE BOTTON, *L'architecture du bonheur*
ALAIN DE BOTTON, *Splendeurs et misères du travail*
IVAN BOUNINE, *L'amour de Mitia*
SYLVIA BROWNRIGG, *Quelques pages pour toi*
SYLVIA BROWNRIGG, *Un amour de plus*
THOMAS BUERGENTHAL, *Un enfant de la chance*
DOROTHY BUSSY, *Olivia*
BELLA CHAGALL, *Lumières allumées*
JEROME CHARYN, *Mort d'un roi du tango*
JEROME CHARYN, *Rue du Petit-Ange*
JEROME CHARYN, *La lanterne verte*
JEROME CHARYN, *Dans la tête du frelon*
JEROME CHARYN, *Sténo sauvage, la vie et la mort d'Isaac Babel*
JEROME CHARYN, *El Bronx*
JEROME CHARYN, *Citizen Sidel*
JEROME CHARYN, *Sous l'œil de Dieu*
JEROME CHARYN, *Bronx amer*
JEROME CHARYN, *Cris de guerre avenue C*
TERRENCE CHENG, *L'étudiant chinois*
ANNE CHERIAN, *Une bonne épouse indienne*
JULIE COHEN, *Les inséparables*
JUSTIN CRONIN, *Huit saisons*
JUSTIN CRONIN, *Quand revient l'été*
JOSE DALISAY, *La sœur de Soledad*
ACHMAT DANGOR, *La malédiction de Kafka*
ACHMAT DANGOR *Fruit amer*
ANITA DESAI, *Le jeûne et le festin*
ANITA DESAI, *Poussière de diamant*
ANITA DESAI, *Un parcours en zigzag*
ANITA DESAI, *L'art de l'effacement*
ROBERT DESSAIX, *L'amour de toute une vie*
ROBERT DESSAIX, *Arabesques*

ELLEN DOUGLAS, *Le brasier d'une vie*
HELEN DUNMORE, *Le mensonge de Daniel Branwell*
HELEN DUNMORE, *Trahir*
MIRCEA ELIADE, *Minuit à Serampore*
STANLEY ELKIN, *Mrs. Ted Bliss*
ASHOK FERREY, *L'incessant bavardage des démons*
ANA GARCIA BERGUA, *L'île aux fous*
MAXIME GORKI, *Veilleur de nuit*
ELIZABETH GOUDGE, *Le domaine enchanté*
ELIZABETH GOUDGE, *L'auberge du pèlerin*
ELIZABETH GOUDGE, *Le domaine enchanté*
ELIZABETH GOUDGE, *La maison des sources*
SHILPI SOMAYA GOWDA, *La fille secrète*
SHILPI SOMAYA GOWDA, *Un fils en or*
HAN SUYIN, *Multiple splendeur*
ASHLEY HAY, *La femme du chef de train*
CRAIG HIGGINSON, *Une maison de rêve*
CRAIG HIGGINSON, *L'été de « La Tempête »*
ANDREA HIRATA, *Les Guerriers de l'Arc-en-ciel*
MIREILLE JUCHAU, *Le révélateur*
GAIL JONES, *Pardon*
GAIL JONES, *Cinq carillons*
MIREILLE JUCHAU, *Le révélateur*
MARGARET KENNEDY, *Tessa*
JHUMPA LAHIRI, *L'interprète des maladies*
PENELOPE LIVELY, *Paquet de cartes*
PENELOPE LIVELY, *Le tissu du temps*
PENELOPE LIVELY, *La photographie*
PENELOPE LIVELY, *Des vies multiples*
AMANDA LOHREY, *Un certain vertige*
JOAN LONDON, *Elsa et Frank*
PING LU, *Le dernier amour de Sun Yat-Sen*
HEMA MACHERLA, *La brise qui monte du fleuve*
MIRA MAGUEN, *Des papillons sous la pluie*
MIRA MAGUEN, *L'avenir nous le dira, Anna*
MIRA MAGUEN, *La soeur du menuisier*
AMULYA MALLADI, *Une bouffée d'air pur*

AMULYA MALLADI, *Le foyer des mères heureuses*
MARGARET MASCARENHAS, *La couleur de la peau*
ELLEN MATTSON, *Le Rivage de la joie*
SUSAN MINOT, *Trente filles*
LUANA MONTEIRO, *L'extase de São Mercúrio*
TIMERI N. MURARI, *Les arrangements de l'amour*
TIMERI N. MURARI, *Le Cricket Club des talibans*
CHRIS OFFUTT, *Les hommes ne sont pas des héros*
EDITH OLIVIER, *Une enfant de l'amour*
KÁROLY PAP, *Azarel*
JILL PATON WALSH, *La grotte serpentine*
I. L. PERETZ, *Contes hassidiques*
MEHER PESTONJI, *Dans les rues de Bombay*
CARYL PHILLIPS, *La nature humaine*
SOLEDAD PUERTOLAS, *Une vie inattendue*
SOLEDAD PUERTOLAS, *Ils étaient tous à mon mariage*
SOLEDAD PUERTOLAS, *Adieu aux petites fiancées*
MICHAEL PYE, *L'antiquaire de Zurich*
SARAH QUIGLEY, *La symphonie de Leningrad*
REBECCA RASMUSSEN, *Evergreen*
TORE RENBERG, *Charlotte Isabel Hansen*
TORE RENBERG, *Pixley Mapogo*
JOSÉ MIGUEL ROIG, *Souviens-toi, Schopenhauer*
JOSÉ MIGUEL ROIG, *Le rendez-vous de Berlin*
JOSÉ MIGUEL ROIG, *Le voyage qui ne finit jamais*
JOSÉ MIGUEL ROIG, *Soleil coupable*
ADINA ROSETTI, *Deadline*
ELIZABETH ROSNER, *Des démons sur les épaules*
MADELEINE ST JOHN, *Rupture et conséquences*
CAROLA SAAVEDRA, *Paysage avec dromadaires*
DAVID SANDES, *La méthode miraculeuse de Félix Bubka*
LAVANYA SANKARAN, *Le tapis rouge*
CATHLEEN SCHINE, *Rencontres à Manhattan*
MIHAIL SEBASTIAN, *L'accident*
ISAAC BASHEVIS SINGER, *Ombres sur l'Hudson*
ISAAC BASHEVIS SINGER, *Au tribunal de mon père*
ISAAC BASHEVIS SINGER, *De nouveau au tribunal de mon père*

JOSEPH SKIBELL, *Bénédiction sur la lune*
SIMONE SOMEKH, *Grand angle*
VIDOSAV STEVANOVIC, *La même chose*
JAN STRUTHER, *Mrs. Miniver*
LARS SUND, *Une petite île heureuse*
MADELEINE THIEN, *Une recette toute simple*
MADELEINE THIEN, *Lâcher les chiens*
HITONARI TSUJI, *Le bouddha blanc*
HITONARI TSUJI, *La lumière du détroit*
HITONARI TSUJI, *L'arbre du voyageur*
SAMRAT UPADHYAY, *Dieu en prison à Katmandou*
SAMRAT UPADHYAY, *Le maître de l'amour*
ANNELIES VERBEKE, *Dors!*
PALOMA VIDAL, *Mar azul*
DAVID VOGEL, *Le sanatorium*
URSULA WERNER, *Cet été-là à Blumental*
EDITH WHARTON, *La France en automobile*
ZOË WICOMB, *Octobre*
VIGINIA WOOLF, *Les années*
VIRGINIA WOOLF, *La maison de Carlyle*
VIRGINIA WOOLF, *Journal de Hyde Park Gate*
KENICHI YAMAMOTO, *Le secret du maître de thé*
JIANG YUN, *Délit de fuite*
LAJOS ZILAHY, *L'ange de la colère*
LAJOS ZILAHY, *Le siècle écarlate*

À paraître

A. E. HOTCHNER, *Les étonnantes aventures de Aaron Broom*

Composition : Entrelignes (64).
Achevé d'imprimer
sur Roto-Page
par l'Imprimerie Floch
à Mayenne, en avril 2019.
Numéro d'imprimeur : 94231.

ISBN 978-2-7152-4873-1 / Imprimé en France.

338031